青岛市市南区档案资料丛书

青潮

青岛市市南区档案馆　编

中国海洋大学出版社
·青岛·

图书在版编目(CIP)数据

青潮 / 青岛市市南区档案馆编. —青岛：中国海
洋大学出版社，2020.10

　ISBN 978-7-5670-2614-8

　Ⅰ.①青… 　Ⅱ.①青… 　Ⅲ.①中国文学－现代文学－
作品综合集 　Ⅳ.①I216.1

中国版本图书馆 CIP 数据核字（2020）第 202829 号

出版发行	中国海洋大学出版社			
社　　址	青岛市香港东路 23 号		**邮政编码**	266071
出 版 人	杨立敏			
网　　址	http：//pub.ouc.edu.cn			
电子信箱	cbsebs@ouc.edu.cn			
订购电话	0532－82032573(传真)			
责任编辑	孙宇菲		**电　　话**	0532－85902349
印　　制	青岛泰兴印刷有限公司			
版　　次	2020 年 10 月第 1 版			
印　　次	2020 年 10 月第 1 次印刷			
成品尺寸	170 mm×230 mm			
印　　张	16.5			
字　　数	270 千			
印　　数	1—1600			
定　　价	76.00 元			

发现印装质量问题，请致电 0532－83812887，由印刷厂负责调换。

《青潮》新版编委会

王统照（刘增人《王统照传》，东方出版社 2010 年版）

杜宇（杜小悌提供）

王卓（王坚提供）

王玫（王坚提供）

李同愈（周融《冷翠烛，劳光彩
——李同愈的〈忘情草〉》）

燕志俊（燕冲提供）

位于青岛市南区观海二路49号的
王统照故居（青岛市史志办公室、青
岛市文物局编《青岛文物志》，中国
出版社2004年版，第110页）

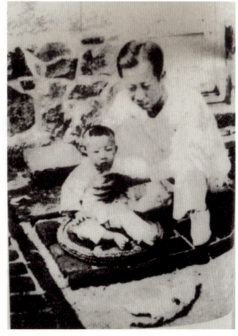

王统照与儿子王立诚于青岛家中
（1927至1928年）（刘增人提供）

《青潮》月刊的发行方青岛书店位于博山路中间路东。图为 20 世纪 20 年代的博山路街
景（张帆提供）

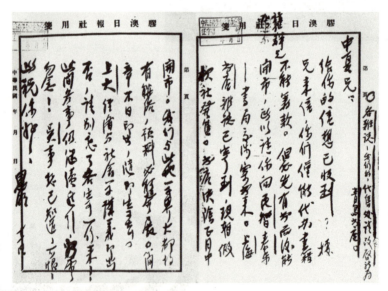

据《青岛市志·新闻出版志》《青岛市志·中国共产党青岛地方组织志》等记载，青岛书
店由中共一大代表邓恩铭等倡建，发行、代销进步书刊。图为邓恩铭给中夏的信，信中有"代
售处请改启新为青岛书店"的字样。全文详见《邓恩铭关于青岛书店决定开市等事致中夏
信》[《山东革命历史文件汇集》(甲种本第一集)]（中共青岛党史纪念馆提供）

《青潮》新版序

1930 年的青岛，如同一个刚刚长开身量、蓄势待发、渐次出落成亭亭玉立的青岛小嫚儿，已经开始向世人展示出她的青春魅力，表现出不同寻常的城市形象。这个形象带着某种洋气，又具有某种说不出的土气，既生活在传统的世俗生活中，又具有时尚的风姿。海风阵阵，长发飘飘，青春的气息如同海风那样扑面而来，热烈，浪漫，而又世俗，土气。于是，我们不能不关注到青岛城市发展中本土化与外来文化的冲突与交流，不能不思考时尚与地方的矛盾与融合，正是在这种东西文化急剧碰撞的文化背景中，青岛的城市发展获得了历史的最佳机缘。恰在这时，文学以及报纸期刊的发展，也迎来了历史的最好机遇，并且已经呈现出迅猛发展的迹象。

文学月刊《青潮》，正是在这种环境下出现的文学现象，而它的迅速消失，也从另一个方面说明了青岛文学的环境与城市发展中的暗影。

一

《青潮》创刊于 1929 年 9 月 1 日。这是一个非常有意味的时间节点。

1928 年初，随着北伐革命军抵达山东境内，已经走过四年历程的私立青岛大学不得不因为经费等问题而停办。5 月，南京国民政府教育部开始筹办国立山东大学，并成立了包括何思源等 11 人的国立山东大学筹备委员会。在蔡元培等人的极力主张下，将原拟建于济南的国立山东大学迁至青岛，利用私立青岛大学的校舍筹建国立青岛大学。1929 年 7 月，蔡元培、蒋梦麟等人专程到青岛参加国立青岛大学筹备会议，接受私立青岛大学校产，选聘教师，研究办学章程、经费、学科设计，紧锣密鼓地筹建新的国立青岛大学。

正是在国立青岛大学筹办的过程中，原本"难产"的《青潮》诞生了。

当然，并不能说《青潮》的创刊与国立青岛大学有直接的关系，但是，恰恰在国立青岛大学筹办最为紧张、热烈的阶段，《青潮》出刊，向世人展现出青岛第一本文学杂志的形象，自觉不自觉地向筹备中的国立青岛大学投出了最为深情的一瞥,不能不说国立青岛大学筹建过程所带来的城市文化自信、城市自我型塑的积极努力,为王统照等作家带来精神鼓励。王统照时为青岛市立中学教师,杜宇原为日商洋行的职员,李同愈则是青岛电报局的电报员。就这样一些作家与文学爱好者,在中国现代文学蓬勃发展的时期,文学期刊"如'雨后春笋'了,特别是所谓文艺刊物正各自在这大时代中争着,奋跃着,挣扎着,呻吟着他们未来的运命"①,他们以自己的力量创办了这份杂志,使得《青潮》以自己独特的声音努力融入这时代的文学风雨之中。

值得注意的是,1926年王统照回山东诸城为母亲奔丧,随后于1927年4月举家迁往青岛,在观海二路19号(今49号)购置一座平房,开始20多年定居青岛的生活。1934年2月《出版消息》第29期曾刊载有关王统照的消息:"老作家王统照氏,近来思想转变,其作品这内容,多描写北方农村之实况,王本富有,在青岛生活极优裕,专心从事于创作云。"这则晚来的消息,虽然透露的信息极简,却也能够看到王统照在青岛的生活与创作情况。王统照来到青岛,至少显示了三个方面的意义:第一,出生于诸城的王统照定居青岛,为青岛作为一座移民城市留下了形象生动的一笔,王统照随后创作的长篇小说《山雨》中也写到了诸城农民奚大有在农村破产之后,只身来到青岛,开始其新的生活道路,某种程度上写出了新兴城市青岛的移民特征;第二,作为文学研究会成员之一的王统照,告别北京,告别文学研究会,到青岛重新开始其文学生活,为青岛文学的发生与发展,种下了一棵具有勃勃生机的树苗,为青岛在国内文学界的地位确立了坐标;第三,定居青岛之后的王统照,无论是思想还是创作,都发生了重要的变化。1929年,度过了母丧的哀痛、迁移的动乱、病痛的折磨和困苦之后,正是王统照思想情绪从低潮开始振奋上升的时期,他受到革命文学运动的影响,开始寻找新的思想表达的方法与出路,同时也受到了正在复兴的青岛文化环境的带动。从王统照身上,我们看到了20世纪30年代旅青文化名人极为相似的情况,闻一多、梁实秋、沈从文、老舍等,在青岛时期发生了生活与创作上的重要改变。闻一多到青岛后,不仅写出了他的惊世之作长诗《奇迹》,而且开始逐渐淡出文学界,成为楚辞、唐诗研究的学者;梁实秋在青岛开始了他一生的事业——莎士比亚全集的翻译,从文学批评家转而为文学翻译家;沈从文则以《三三》《阿黑小史》《虎雏》《月下小景》等作品,形成了"湘西小说"的风格;老舍则在青岛以创作

---

① 序中引文,未注明者,均出自王统照《我们的意思》。

《骆驼祥子》开始了他的职业作家的生涯。这些现象是偶然，是巧合，也是一种必然，是那个时期旅青文化名人重要人生选择的表征。正是如此，王统照创办《青潮》，"不是为'河山生色，乡土增光，'或是迎合社会需要之陈旧的与投时的货品的观念，但在天风海水的浩荡中迸跃出这无力的一线青潮也或是颇有兴致的事吧"，而是身居偏远青岛的王统照对时代的呼应，对新兴革命文学浪潮的呼应，同样也是对开始振兴的青岛文化的呼应。

从这个意义上说，从王统照定居青岛开始，他将青岛融入文学的世界之中，同时也开启了他的新的人生道路和文学生活。

二

创办《青潮》，是青岛文学对左翼文学的感应与呼应。

仅仅出刊两期的《青潮》，在浩若烟海的中国现代文学期刊史上，如一颗划过夜空的流星，虽然存世时间短暂，却在文学的世界中留下了耀眼的光亮，尤其是为20世纪青岛文学史留下了浓墨重彩的一笔，具有不可替代的文献史料价值。

在中国现代文学史上，1929年是一个值得重视的年份，虽然中国文坛的暴风骤雨并没有对青岛形成真正的影响，中国文学的动荡与历史转型的中心也远离青岛，但是，作为风暴边缘的青岛，同样会感受到这个时代动荡的气息。1929年，经历了"革命文学"的激烈论战之后，文学界进一步分化与重组，"革命文学"以新姿态出现在人们面前，而追求纯文学立场的新月派文人，同样以自己的方式追求着文学的梦想。身在上海的鲁迅开始成为左翼文学的领袖，而作为自由主义文人的代表人物胡适，此时也身在上海。激烈交锋的文化夹缝中，新兴的"革命文学"在论争中越来越显示出不屈的身影。远离文学中心地带的青岛，此时还没有引发人们更多的关注。但是，"时代的飞涛确已迅疾地掠过了我们古旧思想的防岸，与卷没了它的荒芜枯干的平原"。对于时代中的一个新兴城市而言，"我们在此中沉浮？我们在此中随流？还是我们在此中奔越呢？"王统照等青岛作家当然选择了后者，在时代的浪潮中以奔越的姿态迎接到来的文学新潮。

有意味的是，以上海为中心的新文学运动以及"革命文学"论争中的激进主义文学思潮和保守主义文学思潮的不同力量，在20年代末30年代初，不约而同地以不同的方式进入青岛，为这座新兴而文化气息沉闷的"岛城"带来了刺激与劲风，从而激起了青岛文学界的一股"青潮"。正如《我们的意思》所说，"文艺自不能以地域为限,但在这风景壮美及近代的新都市的各种刺激与现示的青岛,我们平常想望着有这种刊物"。由此可以看到,《青潮》从创刊之初就将眼光瞄向文学的先锋潮流,试图以自己独特的方式与文学界形成对话,即使仅仅是无边浩荡的天风海水中的"一线青潮",也会呈现出自己的姿态,发出自己的声音。

当然,王统照在创办《青潮》时,并不是简单地从地域的视角透视中国文坛,所谓"青潮"既突出了青岛之"青",也体现出了青岛与海的密切关系。在地域中表现出开放的姿态;"青潮"之"潮",是青岛作为地域特征的表现,也是时代之潮、文学之潮,是青岛作为"新都市"的形象体现与有话要说的努力。从《青潮》的作者群体来看,基本上都是生活、工作在青岛的作家及文学爱好者。王统照以及杜宇、姜宏、王卓、燕志俊、王匠伯(姜贵)等,尽管他们都带有"移民"的特点,却实现了青岛"本土作家"的角色定位,同时又赋予青岛作为一座移民城市的文学内涵,使这座"荒岛"开始出现了文学的绿色。杜宇也是典型的"移民型"本土作家,他不仅有文学创作,而且以翻译著称,在两期《青潮》上发表了《决定》《青湖》《诗选》等包括小说、戏剧、诗歌在内的多篇作品。不仅如此,《青潮》作为一家地方性刊物,在1929、1930年中国文学期刊如"雨后春笋"般发展起来的时候,她虽然不是引人注目的,却具有自己的风姿,形成了与国内文学界的对话之势。王统照不仅在小说创作仍然保持了强劲的势头,而且在文学翻译方面也显示了独特的优势。其出版的两期刊物中,创作与翻译几乎平分秋色,各占半壁江山。这在当时国内文坛上是极为少见的现象。

无论从刊物的创办者与作者群体,还是从出版的两期《青潮》刊物来看,虽然不能简单地以左翼文学、自由主义文学或右翼文学的概念进行定性,但应当说具有进步的思想倾向与追求时代的浪潮,成为《青潮》鲜明的特征,"我们只希望借此小刊物同大家来以时代意识认明甚么是文艺品,以及由文艺品来点清我们的人生"。作为文学研究会十二位发起人之一的王统照,从早期创作"唯美主义"的探寻,到20世纪20年代中期后走向现实主义文学之路,体现了这位作家对人生社会的执着,显示了从玫瑰色的"幻梦"到残酷的现实"山雨"的创作方向。在20世纪20年代末的"革命文学"论战及其思潮的影响下,开始由玫瑰色的梦想而尝试到了现实社会的苦味,并且在现实的观察与探索中,"能找到真实的自己,也能看清自己在时代中怎样搭成了渡过自己的桥梁"①,真切感受到了

---

① 王统照《号声·自序二》,《王统照文集》(第1卷),济南:山东人民出版社1980年版,第276页。

时代的变化与社会现实的冷酷，看到了这时代"火与血浇洗着城市与乡村的尸骸"，"金属弹的飞声，长久，长久征服了安静的田园"。但他从这残酷中看到了希望，"希望之光是新燃起的一枝风雨中的白烛；这时代，火与血烧洗的地方是待燃的烛台"①。

有意味的是，正是在《青潮》经历了创刊、停刊之后，当青岛的左翼文学逐渐成为青岛文学的主流之际，国立青岛大学正式成立。1930 年 9 月 21 日，国立青岛大学举行开学典礼，杨振声宣誓就职为校长。与此同时，被杨振声邀请来的闻一多、梁实秋、黄际遇、赵畸（太侔）、方令儒、陈梦家等，组成了国立青岛大学强大的师资阵容。毫无疑问，当人们提起青岛文化时，就不能不提及这些曾经风云一时的文化人物，提及那些仙风道骨的名人身影，他们的故事，他们的课程与教学，他们在青岛写下的每一个字，都成为这座城市最令人怀念的文化符号。但是，这些在文化界享有盛誉的文化名人，却并没有得到青岛这座城市的认同，他们的身影留在了汇泉浴场、中山公园，留在了顺兴楼、春和楼，甚至也留在城市的大街小巷，但是，他们却难以成为城市的风景，无法真正融入青岛的城市文化之中。一群国内文坛的大师级的人物，却在青岛这座著名的沿海开放城市感受到了寂寞。

相反，激进的左翼文化思潮却悄然潜入这座城市，成为以德国为主的欧陆文化之后对青岛产生最重要影响的文化思潮。欧陆文化的"洋气"，使这座城市在"绿树红瓦"的映衬下多了一份其他城市少有的时尚、现代的气质；而左翼文化思潮则是本土文化中的红色基因在时代浪潮中的奔涌，也成为这座城市的主流文化思潮。1922 年中国政府收回青岛，1924 年私立青岛大学成立，1929 年 7 月设青岛为特别市，直隶中央政府行政院管辖，在这个时期，青岛由于特殊的政治环境和文化环境，多种力量纷纷集结于这座背景复杂的城市。与此同时，青岛的工人罢工一直持续不断，1929 年爆发了声势浩大的反日大罢工。国立青岛大学建校后，在外文系、物理系就读的中共地下党员王弢、俞启威组织部分学生，秘密成立了新文学研究会、时事研究会、读书会等文学团体，进一步加强了左翼文学的力量。新进的左翼文学力量很容易形成与已成势力的自由主义文人的矛盾斗争，而这种矛盾在国立青岛大学的建校及其发展过程中，表现得尤其突出。

---

① 王统照《这时代》，《王统照文集》（第 4 卷），济南：山东人民出版社 1982 年版，第 207～208 页。

三

王统照在创刊号《青潮》的《我们的意思》中已经清晰地表明了创办这个刊物的意思，以自己对文学艺术的理解及其对城市文化的追求，也即表达了刊物立足本土，面向全国的办刊宗旨。在第一期的《编辑后》中也说："在北方纯文艺的刊物太少，有这份小小的月刊可以为大家发表文艺的园地；虽然寄来的文稿我们不能说一定全数刊登，但这点诚意却是如此。"强调"北方"的目的不仅仅是突出地方意识，说出了中国文学艺术界的一种现实，相比较于上海等南方城市，北方除了北京、天津等少数几个城市外，其他地区在文学期刊方面比较滞后，而尤其青岛与其迅速发展的城市形象不相适应，在报纸期刊以及文学发展方面不能令人满意，经过30年的发展建设，作为新兴城市的青岛已经颇具规模，形成了自己的独特城市风格，但在文化建设上并没有太多令人骄傲的地方。王统照来青岛之前虽然有洪深、宋春舫、冯至、陈炜谟、陈翔鹤等作家光临，但只能是散兵游勇，不成阵势。青岛文学不仅无法与文学上海、文学杭州、文学南京、文学武汉、文学成都或者文学北京相比，甚至也很难与宁波、无锡、济南、郑州相比较。王统照将刊物定位于"北方"，为生活在北方当然首先是青岛的作家提供一个可以发表作品的园地，从根本上改变了青岛的文化形象和文化生态，从报刊的经营开始为青岛营造一片小小的绿洲。从这个意义上说，王统照从北京回到家乡，再来到青岛，既是个人生活道路的重新选择，也在客观上重新描绘了中国文学的版图。在这方面，王统照虽然不能与蔡元培、杨振声、胡适相比，却具有大体相似的文化意义。

《青潮》是早期青岛文学者的天堂。

作为一份具有本土特征的刊物，《青潮》的作者队伍并不庞大，主编王统照以本名和笔名庸人、息庐、提西、梦观等，发表了大师的作品及译作，主要作者李同愈、杜宇、王匠伯、王玫、姜宏、燕志俊等，多是移民青岛的作家，而且多来自青岛的主要移民地之一的诸城。这些作家与随后国立青岛大学的几位名人，形成了鲜明的对比。闻一多、梁实秋、沈从文、陈梦家等多为国内文坛的名家，他们为青岛文化带来的名人效应不断地被传播、被消费，已经成为这座城市的一个个符号。而李同愈、杜宇等显然还不具有这种文化效应，不能成为这座城市的某种符号，甚至如李同愈这样的作家被后人作为"海派"作家看待。虽然李同愈原籍为江苏常熟，但他在1927年就成为"青漂"，并且成为《青潮》《避暑录话》的主要作者,无论个人的身份特征还是文化属性,"对于他属于'青岛籍作家'却没有什么异议"①。杜宇、王匠伯、姜宏、燕志俊等同样作为"青岛作家",成为早期青岛城市的文学记忆。

《青潮》是具有本土意识的文学月刊。

王统照的《刀柄》《火城》、李同愈的《父子》、王匠伯的《白棺》等作品,多立足于北方乡镇的现实生活,写出了中国北方浓郁的地方特色。王统照笔下的北方农村的铁匠及其乡村的生活现实,具有浓郁的乡土气息,已经具有了后来《山雨》的风格雏形。王匠伯的《白棺》"已经显示出特别的艺术气质"②,显示出作家小说叙事的一定功力。而作品所叙述的故事与人物显示出北方城市与乡村的影像。

本土意识还表现在刊物对青岛的关注和表现。第一期特别开设了"海滨微语"的散文随笔栏目,虽然只开了一期,发表了王统照用笔名"提西"写的《一只手》以及用笔名"梦观"写的《生活与直接亲知·轿夫的话》就停止了,但至少表现出编者和作者对青岛的关注,突出了青岛作为滨海城市的特点,也写出了崂山道中所见的人物与故事,记下了崂山的"实在的情形"③,传达出一种朴实的生活观念。王玫的《黎明》等作品,也具有鲜明的青岛地方色彩,写出了海滨、沙滩等人们熟悉的意象。

《青潮》又是具有文学先锋性的出版物。

定位于青岛,并不是固守于青岛的一隅,而是以开放的心态面对文学的世界。从出版的两期《青潮》来看,这是一份具有世界眼光和开放胸怀的刊物,最突出的标志就是对外国文学的翻译。在两期刊物中,翻译作品差不多占据了一半的篇幅,包括德国哈森克莱弗的戏剧《决定》、葛斯捷夫的诗歌《警笛》、阿尔斯基的诗歌《太阳的撒布者》、查罗夫的诗歌《少女之歌》《流冰》等,无论选取的作家作品,还是关注的文学焦点,都带有一定的新潮特点。哈森克莱弗是德国20世纪初期著名的表现主义戏剧家,杜宇翻译的《决定》几乎可以与哈森克莱弗的创作同步,表现出其对世界文学的熟悉与反应的迅捷。第二期姜宏翻译的黑岛传治的《雪的西比利亚》(又译为《风雪西伯利亚》)是日本左翼文学的代表作之

---

① 周融《长街翠色无人识——评李同愈的〈忘情草〉》,《青岛文学》2016年第10期。
② 周怡《王统照与〈青潮〉》,《新文学史料》2012年第4期。
③ 梦观(王统照)《生活与直接亲知》,《青潮》1929年第1期。

一,出版于 1927 年。姜宏几乎是同步翻译为中文。慕华翻译的《幼儿之杀戮时代》是日本著名的戏剧作品,剧作者秋田雨雀是日本著名的戏剧家、作家,从事印度哲学和世界语研究,经历了从自然主义到现实主义的创作过程,《幼儿之杀戮时代》是其代表作之一。姜宏翻译的德国作家滋尔·苗林的《小彼得》,曾由鲁迅选给许广平学习日语使用,后许霞(许广平)译本于 1929 年由上海春潮书局出版。这部童话著作"不消说,作者的本意,是写给劳动者的孩子们看的,但输入中国,结果却又不如此。首先的缘故,是劳动者的孩子们轮不到受教育,不能认识这四方形的字和格子布模样的文章,所以在他们,和这是毫无关系"①。从这些翻译作品来看,这些作家、翻译家对当时世界文学了然于心,掌握了世界文学发展的基本趋势,取得了与世界文学同步的重要方法。

四

《青潮》是一份具有较高文献价值的刊物。

首先,这种价值表现在它的稀缺。中国现代文学文献史料受特定的时代和环境的制约,纸张变旧、脆弱,战火焚毁以及搬运转移过程中的丢失等原因,一些报刊或图书受到不同程度的损坏和遗失,同时也由于印刷方面的局限,数量有限。其次,《青潮》是在青岛创刊、发行的期刊,受到地域的局限,发行更为有限。《青潮》是由在即墨路上的青岛书店负责发行,由中华书局代售,发行数量目前尚不得知,但从存世的情况来看,数量不会太大。《青潮》创刊于青岛,却很难在青岛寻找到它的踪影。

《青潮》的文献价值还表现在它所提供的诸多重要信息,诸如《青潮》作者的信息,作品中所蕴含着的青岛及其时代的文化信息,能够从中窥见到王统照、杜宇、王玫、姜宏、姜贵等作家的情况。

近年来由于各种原因,众学者史家以及出版社,纷纷整理出版民国时代的期刊图书,为学术研究提供了诸多方便。而《青潮》的此次新版实属不易。青岛市市南区档案馆的研究者、工作者,披沙拣金,以为镜鉴,他们以对历史、对档案文献负责的态度和精神,不惜劳苦,寻找到了《青潮》及其相关的重要材料,并且在极为困难的情况下,一字一句地将《青潮》的作品抄录下来、整理出来,集成了

---

① 鲁迅《〈小彼得〉译本序》,《鲁迅全集》(第 4 卷),北京:人民文学出版社 1981 年版,第 151~152 页。

厚重的一本,让这两册历史文献重见天日,让更多的研究者和读者获得了阅读和研究的机会。我知道,他们为了寻找《青潮》,为了能够与《青潮》的作者家属以及《青潮》的研究者取得联系,以便能获得更多的资料和信息,更好地出版该书,付出了巨大的劳动,甚至将因为缺页而无法阅读的《青潮》,通过《天津益世报》寻找到另一个版本的《在青湖上》,使我们得以阅读。这里有他们对文献资料工作的热爱,有他们对事业的执着与操守,也有他们对历史和刊物的责任和担当,为一个城市的文脉尽自己的本职责任。我为这种敢于担当的精神和行为感动,我向为这册期刊的"新生"而付出各种辛勤劳动的所有朋友,表示敬意。王统照的《火城》几经努力,无法查找到其他版本,无法完善其作品,只能留下无法弥补的缺憾。当然,缺憾也是一种美。

《青潮》和它的那段历史已经离我们远去,那个时代的城市也早已成为学者以及作家们笔下的记忆,有惋惜,有遗憾,也有珍惜,有感动。现在,《青潮》以另一种方式唤起了我们的记忆,拯救了发黄变旧的老期刊的同时,也拯救了我们与城市一起老去的脆薄精神。这些积极的努力汇成点点烛光,照亮着城市的街巷,为鉴古灼今、弘扬传统、光大精神再增薪木。

受此期刊新版编撰者、资料整理者以及出版者精神之感动,故愿略述浅见于书端,以与各位同人共勉,并向方家求教。

是为序。

周海波

2020 年 7 月初稿,8 月修改于青岛大学

《青潮》新版目录

第二期

附录

原《青潮》创刊号封面（王卓设计）

青潮月刊

第一卷第一期

主 編	王 統 照
出版者	青潮月刊社
	青島博山路
發行者	青 島 書 店
	青島卽墨路
代售處	中 華 書 局

一九二九年九月一日出版

青潮月刊投稿簡章

1. 關於文藝的各種創作與翻譯均收。

2. 來稿本刊編者有刪改權，不願刪改者可預先聲明。

3. 來稿經採納後，酌贈：——（甲）現金每千字一元願自定價者另議。（乙）酌贈本刊。

4. 來稿概不退還，如過五千字並附有郵票者為例外。

5. 寄稿處：青島博山路青島書店收轉青潮月刊社。

廣 告 價 目	定 價
普通每面八元　半面五元	另售每期大洋二角郵費二分
	預定全年二元四角半年一元
	二角國內及日本郵費不加
指定每面十五元半面八元	國外全年外加郵費八角半年
	四角

青潮月刊

创刊号

目 录

青 潮 月 刊

创 刊 號

目 錄

我們的意思

石堆前的幻梦（長詩）……………… 庸　人

刀　　柄（小說）……………… 王統照

决　　定（戲曲）……………… 杜宇譯

父　　子（小說）……………… 李同愈

兩 個 世 界（小說）……………… 息慮譯

詩　　選 ……………… 杜宇

漫　漫　夜（詩）……………… 王玫

小　彼　得（長篇童話）（1—2未完）…… 姜宏譯

海 滨 微 話（小品）……………… 提西。梦觀

編　輯　代 ……………… 編　者

我 們 的 意 思

近二三年來定期刊物，真的，如「雨後春筍」了，特別是所謂文藝刊物正各自在這大時代中爭着，奮躍着，掙扎着，呻吟着他們未來的運命。這究竟是一個蓬勃的現象。雖然在社會上，在思想上，在我們這樣民族的國家裏，而一切時代意識的認識已給予我們對於渺茫的前程有微光的啓示與希望。這是暴風雨後的澄明？或是暴風雨的前夜？誰敢說定。然而時代的飛濤確已迅疾地掠過了我們古舊思想的防岸，與捲沒了牠的荒蕪枯乾的平原，我們在此中沈浮？我們在此中隨流？還是我們在此中奔越呢？時代是無情的轉輪，自有天然的力之推動，但是我們呢？

光彩絢爛的微光正射在我們的遠處，時代思想更從無形

我们的意思

近二三年来定期刊物，真的，如"雨后春笋"了，特别是所谓文艺刊物正各自在这大时代中争着，奋跃着，挣扎着，呻吟着他们未来的运命。这究竟是一个蓬勃的现象。虽然在社会上，在思想上，在我们这样民族的国家里，而一切时代意识的认识已给予我们对于渺茫的前程有微光的启示与希望。这是暴风雨后的澄明？或是暴风雨的前夜？谁敢说定。然而时代的飞涛确已迅疾地掠过了我们古旧思想的防岸，与卷没了它的荒芜枯干的平原，我们在此中沈浮？我们在此中随流？还是我们在此中奔越呢？时代是无情的转轮，自有天然的力之推动，但是我们呢？

光彩绚烂的微光正射在我们的远处，时代思想更从无形

中在后面向我们追逐着——于此中我们自不容其迟疑，回顾，我们想借文艺的力量来表现我们的思，感，与希望；但这并非是以文艺品作何等宣扬，而思，与感，与希望，在任何伟大与超越的文艺中能脱却，避免时代意识的明指或暗示呢？

文艺自不能以地域为限，但在这风景壮美及近代的新都市的各种刺激与现示的青岛，我们平常想望着有这种刊物，这不是为"河山生色，乡土增光"，或是迎合社会需要之陈旧的与投时的货品的观念，但在天风海水的浩荡中迸跃出这无力的一线青潮也或是颇有兴致的事吧！

我们的意思只是这样的简单与笼统吧，我们只希望借此小刊物同大家来以时代意识认明甚么是文艺品，以及由文艺品来点清我们的人生。至于再进一步问何为文艺品？何为时代意识？则自有他们的本质在，这绝不能以何种定例，原则，可以归纳，可以范畴，可以不许它跑到圈子外边去的。

至于共同来办这个刊物的只不过三四人，作始也虽不必不简，但我们以诚实的希冀盼望好文艺的朋友们的助力！

也正如某杂志一样，这刊物内最古的与最新的作品一例容纳，只以作品的价值为准，这也是须附告的一句。

就这一点——如大海中的微波一点，我们借她飞流着赠给大家。

2　　　青潮月刊　　　第一卷

中在後面向我們追逐着，——於此中我們自不容其遲疑，回顧，我們想藉文藝的力量來表現我們的思，感，與希望；但這並非是以文藝品作何等宣揚，而思，與感，與希望，在任何偉大與超越的文藝中能脫却，避免時代意識的明指或暗示呢？

文藝自不能以地域爲限，但在這風景壯美及近代的新都市的各種刺激與現示的青島，我們平常想望着有這種刊物，這不是爲「河山生色，鄉土增光，」或是迎合社會需要之陳舊的與投時的貨品的觀念，但在天風海水的浩蕩中迸躍出這無力的一綫青潮也或是頗有興致的事吧！

我們的意思只是這樣的簡單與範籠吧，我們只希望藉此小刊物同大家來以時代意識認明甚麼是文藝品，以及由文藝品來點清我們的人生。至於再進一步問何爲文藝品？何爲時代意識？則自有他們的本質在，這絕不能以何種定例，原則，可以歸納，可以範疇，可以不許牠跑到圈子外邊去的。

至於共同來辦這個刊物的只不過三四人，作始也雖不必不簡，但我們以誠實的希冀盼望好文藝的朋友們的助力！

也正如某雜誌一樣，這刊物內最古的與最新的作品一例容納，只以作品的價值爲準，這也是須附告的一句。

就這一點——如大海中的微波一點，我們借牠飛流着贈給大家。

王统照（1897—1957） 字剑三，中国现代著名作家，山东诸诚人。在《青潮》月刊中曾用笔名庸人、息庐、提西、梦观等。两期《青潮》月刊中，王统照的作品有小说《刀柄》《火城》、诗歌《石堆前的幻梦》、散文《海滨微语》、译作《两个世界》《头巾》、创刊词《我们的意思》以及《编辑后》。①

石堆前的幻梦

庸　人

悄悄的风阵掀起幻美的海波映映，
将暗中的柔光递与那空河畔的游星。
　轻软夜幕静罩住山林，幽草，与僻道上的明灯；
　用迷荡的情思织成了人间辛苦的夏夜浮梦。

聪：大街上正奏着动人官感的迷乐叮东，
粉香，发味，透体的丝罗下女人们肉的颤动。
　陶醉的冽酒，仙使般的纤足，惨绿室中的「人形，」

石堆前的幻梦

庸　人

悄悄的风阵掀起幻美的海波映映，
将暗中的柔光递与那空河畔的游星。
　轻软夜幕静罩住山林，幽草，与僻道上的
明灯；
　用迷荡的情思织成了人间辛苦的夏夜浮
梦。

听：大街上正奏着动人官感的迷乐叮东，
粉香，发味，透体的丝罗下女人们肉的颤
动。
　陶醉的冽酒，仙使般的纤足，惨绿室中的
"人形"，

---

① 周怡《王统照与〈青潮〉》，《新文学史料》2012年第4期。

在此中，欲的追求，占有力的喷涌，妒的情怀，与野兽似的抱拥。

闪：水上怪物的晶眼明烂；窗前风驰电掣的车行。

高楼上裂出尖调的胡琴，沿道旁薰发出肴馔的香腾。

都市中的艺术，都市中的文化，都市中夜的妙景。

忘却了你与我，忘却了悲哀与惨痛，更忘却了这世界的拇成！

夜幕下只有一个中年男子的幻梦，他的幻梦消灭了一切憧憬，

他沉没在汗污的破蓝衣包裹的强韧筋肉与风裂日炎的皮肤之中。

他木强的头颅无哲理，无幽默，无恋爱，更没有康德与但丁。

在白日里只是肉体的机械供惠福的人类利用，

它生锈无油，在"力"与"能"的挥发里不曾有过过分的悲声！

没落的人只有意识下的一梦浮现在无拘碍的夜空，

他身旁的石堆依然是尖削峥嵘。

他看守这未穿华衣的大厦，却是他手造的儿童，

这儿童裂开大口正在冷笑他的运命！

4   青潮月刊   第一卷

在此中，欲的追求，佔有力的喷汤，妬的情怀，與野獸似的抱拥。

閃：水上怪物的品眼明爛；窗前風馳電掣的車行。

高楼上裂出尖調的胡琴，沿道旁薰發出餚饌的香腾。

都市中的艺術，都市中的文化，都市中夜的妙景。

忘却了你與我，忘却了悲哀與惨痛，更忘却了這世界的拇成！

夜幕下只有一個中年男子的幻梦，他的幻梦消滅了一切憧憬，

他沉沒在汗污的破蓝衣包裹的强韌筋肉與風裂日炎的皮膚之中。

他木强的頭顱無哲理，無幽默，無戀爱，更沒有康德與但丁。

在白日裏只是肉體的機械供惠福的人類利用，

牠生銹無油，在「力」與「能」的揮發裏不曾有過過分的悲聲！

沒落的人只有意識下的一梦浮現在無拘礙的夜空，

他身旁的石堆依然是尖削崢嵘。

他看守這未穿華衣的大廈，却是他手造的兒童，

這兒童裂開大口正在冷笑他的運命！

斜月正射着海边茅屋，
沙径旁树叶通沐着清露。
是渔村畔的春夜黎明时光，
一声鸡鸣叫醒了这圆球的浮荡。
披上短衣，趁月光在冷灶上
硬吃过隔夜的干薯，
一根杨枝，一卷单褥，还有一个烫热的瓦壶。

出门去！不会做亲吻，受训的礼仪，
海岸旁只有同灰发的妈，抱乳的妻，
赤体的孩子互相呆视。
出门去！前路上是一片迷朦，一阵阴湿，
这微明之光与郁发的草气配衬了
轻涛哭诉。烧余下的穷村尚露着
强支的瘦骨，冲毁了的沙堤，不生长的硵土，
前后的柞村中这一年添了多少新土？——新土遮埋了应死的穷奴，刀与火，枪刺与鞭笞，
榨尽了汗血，他们都早归乐域！
即在鬼魂也不能更向人间哭诉！
出门去！晨星三五引导他走上征途。

柴扉外的家人早被浓密的朝雾遮住。
为了口腹，为了一家的号哭，别了乡村！
可咀咒的乡村！将他这健跃的生体投
掷到酷冷迷热的都会中去。
在那里憧憬着金彩的幻光，
活跃的力趣，可以吞纳他这血旺的身躯。
别了乡村！他没有诗人的幽心，科学者
的意识，
曲涧枫林，道旁蒙茸的草露
揉罩住灵的心，实证的分析；却不
能饱满了这一个黧黑少年的饥腹！

轧轧轧，力的机。浩浩浩，水的面。
煤屑飞尘，
腥臭污汗，
娇女的揭中，纸绳的牵拦。
黑气遍于晴空，
呼声闷在石畔。
中有少年——
中有为一顿大饼而果腹的少年。
赤了紫铜色的臂膊，他在流连，

6 青潮月刊 第一卷

柴扉外的家人早被浓密的朝雾遮住。
为了口腹，为了一家的号哭，别了乡村！
可咀咒的乡村！将他这健跃的生体投
掷到酷冷迷热的都会中去。
在那里憧憬着金彩的幻光，
活跃的力趣，可以吞纳他这血旺的身躯。
别了乡村！他没有诗人的幽心，科学者的意识，
曲涧枫林，道旁蒙茸的草露
揉罩住灵的心，实证的分析；却不
能饱满了这一个黧黑少年的饥腹！

轧轧轧，力的机。浩浩浩，水的面。
煤屑飞尘，
腥臭污汗，
娇女的揭中，纸绳的牵拦。
黑气遍于晴空，
呼声闷在石畔。
中有少年——
中有为一顿大饼而果腹的少年。
赤了紫铜色的臂膊，他在流连，

流连！肩上是二百斤的重担！

他目光中也收过妇女们袅娜好媚的姿态，

也印上了绅士们的白领长衫。

另一世界啊！他们应分是地上游仙。

有发掘出的金宝，有他人造成的绸绢，有宰割一切的食餐。

天然是他们应享的利权。

一个个的米包，一圈圈的炼铅，一块块的牛肩，

神圣的生活？奴隶的表现？

以汗与力挥发出近代都市文明的真面！

他来回于铁的巨物的起重机前；

海流滔滔，车声啵啵，

且慢欣赏这机械下的自然！

那一旁有吃他们的米粮的人们在舞着藤鞭。

看惯了一样运命的无家奴，

争前！争前！如疯似的拥上帝国者的汽船。

人们在上层甲板与俯视"啊！支那的威权！支那人的大观！"

坠了铜环扯了布衫，喧叫啼泣的悲声谁得闻见？

失落在碧流中，卧倒在热石面，侥幸啊！

是谁着了"先鞭？"

中有少年！

肩上的重货也在抖颤！他回想那地狱的故乡，

那饿鬼们都一般，一般！

他再不敢抱怨为人牛马的烦冤与恐怖的棒与鞭，不是么？

人家还给他一口剩饭！

沥青油的街市中炎日毒薰，

杂沓的车马飞奔！飞奔！

这中间有东方文明的"胶皮双轮"，

草鞋蓝衣的兄弟们与骡马同亲。

人造的器具，金钱下的魔法，

风雨的袭击，神圣的灵文。

在汽轮下宛转逃生，在雅丽的士女中逡巡，

是现社会下的佣奴？否，是古国的都市重新。

他套上藤绳，曾拖过文明骄子的种族，

曾拖过他的东邻，污衣讨饭的白党，狂饮滥嫖的美军。

"打倒！打倒！服务！服务！"

总之是一切耻辱者更耻辱的低级人！

白罗衫口臂部肥润，红花领带飘现双襟。

铁的细管在巨手中威武，轻小羽扇媚掩重点的红唇。

8　　　　青潮月刊　　　　第一卷

中有少年！

肩上的重货也在抖颤！他回想那地狱的故乡，

那饿鬼们都一般，一般！

他再不敢抱怨为人牛马的烦冤与恐怖的棒与鞭，不是么？

人家还给他一口剩饭！

沥青油的街市中炎日毒薰，

杂沓的车马飞奔！飞奔！

这中间有东方文明的"胶皮双轮"，

草鞋蓝衣的兄弟们与骡马同亲。

人造的器具，金钱下的魔法，

风雨的袭击，神圣的灵文。

在汽轮下宛转逃生，在雅丽的士女中逡巡，

是现社会下的佣奴？否，是古国的都市重新。

他套上藤绳，曾拖过文明骄子的种族，

曾拖过他的东邻，污衣讨饭的白党，狂饮滥嫖的美军。

"打倒！打倒！服务！服务！"

总之是一切耻辱者更耻辱的低级人！

白罗衫口臂部肥润，红花领带飘现双襟。

铁的细管在巨手中威武，轻小羽扇媚掩重点的红唇。

都在他背上跳動，在他眼中眩暈！
這線機輪，高巍華美的建築，
却一絲毫不曾沾潤到他跑步的窮身！
出門啊，一件破衣，一雙穿履，
歸去啊，一身疲憊，一片草茵。
在明燈華座中正高談着「人生學術」；
在會議廳中正敷衍着「生活條陳」；
在露星的屋角，隱僻的街道上却有他們這類的生物呻吟！
呻吟！他沒敢作思想的過分，他是溫馴的聽命於命運之神！

多方的生活纔有趣，
多方的鑒賞纔滿足，
於是他離開碼頭，丟了膠皮，
投身於層層階級下的建築。
原來建築歷史的階級，
也是他們墊底！幾千年中與土沙同腐。
「偉大！偉大！」高山上的長城，——大秦遺跡；
「輪奐！輪奐！」歷代的宮，陵，殿，陛，
是一手一足之力？
是啊！是你一手我一脚壘，疊，拋，擲。

都在他背上跳动，在他眼中眩晕！
铁线机轮，高巍华美的建筑，
却一丝毫不曾沾润到他跑步的穷身！
出门啊，一件破衣，一双穿履，
归去啊，一身疲惫，一片草茵。
在明灯华座中正高谈着"人生学术"；
在会议厅中正敷衍着"生活条陈"；
在露星的屋角，隐僻的街道上却有他们这类的生物呻吟！
呻吟！他没敢作思想的过分，他是温驯的听命于命运之神！

多方的生活才有趣，
多方的鉴赏才满足，
于是他离开码头，丢了胶皮，
投身于层层阶级下的建筑。
原来建筑历史的阶级，
也是他们垫底！几千年中与土沙同腐。
"伟大！伟大！"高山上的长城——大秦遗迹；
"轮奂！轮奂！"历代的宫，陵，殿，陛，
是一手一足之力？
是啊！是你一手我一脚垒，叠，抛，掷。

凭吊，游览，抚今，怀古，

谁又曾听到下面的冤魂幽泣！

变幻了名条，更易了时世，人类的本性难移？

他不知这些甚深微妙，他只可从现时的枯肠填满中去担土堆石。

"顺乎自然，无声无息，努力！努力!"更不待他人的赞扬与揶揄。

用血汗打成了地基，用精力垒成了墙壁。

报纸上正热闹着此地大厦将成，是我们唯一的雄峨建筑！

大舞场，大影院……将来的幽雅与华丽！

然而手造这层楼的人们梦也不知！

压榨出的辛苦，硬挣碎的筋骨，

作好了雕窗，华柱，基石下曾否露出他们的血痕泪迹？

炙热终日的汗流，梦魔将他征服，

沉眠于凉风夜涛之声中，仿佛在爱人怀抱。

不怕冰硬的坚石，更不管蚊蝇的肆扰，

在这一时无拘管的宇宙里寻得他的暗中真趣。

皱折的面容下强抱了待哺的孙儿，

10　　青潮月刊　　第一卷

凭吊,游览,抚今,怀古,

谁又曾听到下面的冤魂幽泣！

变幻了名条,更易了时世,人类的本性难移？

他不知这些甚深微妙,他只可从现时的枯肠填满中去担土堆石。

「顺乎自然,无声无息,努力！努力!」更不待他人的赞扬与揶揄。

用血汗打成了地基,用精力垒成了墙壁。

报纸上正热闹着此地大厦将成,是我们唯一的雄峨建筑！

大舞场,大影院……将来的幽雅与华丽！

然而手造这层楼的人们梦也不知！

压榨出的辛苦,硬挣碎的筋骨,

作好了雕窗,华柱,基石下曾否露出他们的血痕泪迹？

炙热终日的汗流,梦魔将他征服,

沉眠於凉风夜涛之声中,仿佛在爱人怀抱。

不怕冰硬的坚石,更不管蚊蝇的肆扰,

在这一时无拘管的宇宙里寻得他的暗中真趣。

皱折的面容下强抱了待哺的孙儿,

第一期　　石堆前的幻梦　　11

三日無烟,冷竈下空剩下湿柴一束。
湿柴上尚留下爱妻的指血點滴!
點滴,却沒映出火光閃露。

道旁!哦!荒芜的道旁只有饥鸦在空中盤旋,
野犬吃剩下的棄嬰屍體,血肉零殘。
餓鄉中都痴望着中古的傳說「煮石成餐,」
他們的肺腸早已挑上了瘋狂的壯士矛尖!

情願做一業的奴佃,只求得空腸充填,
情願!情願再一世變做遊魚飛鳶,
假使「六道輪迴」尚有一次在冥中輪轉!
爭強似受層層的作踐與自己揮舞着空拳。

白玉窗前隱約間閃出了鬆髮,粉面,
「來前!來前!這裏有的是肉之享受,酒之陶醉,温軟的安眠!」
油髹的大厦中燦明的華燈流電,
引誘地要他撲入那享樂的火燄。

無邊黑浪將恐怖四襲那山,巖,隄,岸,

三日无烟,冷灶下空剩下湿柴一束。
湿柴上尚留下爱妻的指血点滴!
点滴,却没映出火光闪露。

道旁!哦!荒芜的道旁只有饥鸦在空中
盘旋,
野犬吃剩下的弃婴尸体,血肉零残。
饿乡中都痴望着中古的传说"煮石成
餐",
他们的肺肠早已挑上了疯狂的壮士矛
尖!

情愿做一业的奴佃,只求得空肠充填,
情愿!情愿再一世变做游鱼飞鸢,
假使"六道轮回"尚有一次在冥中轮转!
争强似受层层的作践与自己挥舞着空
拳。

白玉窗前隐约间闪出了松发,粉面,
"来前!来前!这里有的是肉之享受,酒
之陶醉,温软的安眠!"
油髹的大厦中灿明的华灯流电,
引诱地要他扑入那享乐的火焰。

无边黑浪将恐怖四袭那山,岩,堤,岸,

石堆前的幻梦

群神夜斗再一次将天地转翻！

一颗大星，一个板片，上前！上前！与狂涛搏战，

但听见暴风怒吼，铁戈进击，"死"的声喘！

一切忧怀，一切恐怖，一切诱引，与无穷的奋恋，

幻灭了！在他那粗黑滴汗的面上，只夷犹着夜风轻软，

面前未完工的大厦，张露着巨口牙尖。

石堆前只有微弱的萤火在飞闪，回，还。

十八年六月，某夜。

12   青 潮 月 刊   第一卷

群神夜斗再一次将天地转翻！

一颗大星，一个板片，上前！上前！与狂涛搏战，
但听见暴风怒吼，铁戈进击，「死」为声喘！

一切爱怀，一切恐怖，一切诱引，与无邪的奋恋，
幻灭了！在他那粗黑滴汗的面上，只夷犹着夜风轻软，
面前未完工的大厦，张露着巨口牙尖。
石堆前只有微弱的萤火在飞闪，回，还。

十八年六月，某夜。

刀　柄

王统照

一点风没有,只是飞舞的大雪花罩遍了寒夜的平地;正是义合铁匠铺燃旺了炉火迸击出四散的火星制造利器的好时间。这两间长宽各有一丈见方的红坑石砌成的老屋中只有煤在大炉中爆裂声,几只铁锤一闪一落地重打在铁砧上有节奏的应和声,以及在铁锅里溶炼纯钢的沸腾声,铁器粗粗打成,从火中蘸在冷水中的特别音响。除此外,并不轻易听到工作者的言语,似乎这隆冬的深夜只有铁与铁,铁与火,相触相打的急进之音。外面却是雪花飞扬的世界,屋中辛劳的生人,都窒塞了

刀　柄

自然与他们的气息,呼啸。

　　这是在城东关的著名的铁匠铺,门口永远挂着三叉形的武器的铁招牌。这不论昼夜,永在这黑魆魆的檐前跃着尖锐的威武。它是铺主人的曾祖的特制器:那时属于这城的乡村忽有狼灾,是从古旧的琅琊山下跑到平原中来的饿狼的大群,幸得这铺主人的三股叉的祖宗将精铁打成无数锋利的长叉,交付与乡村少年,救了那场希有的狼灾。因此这几个县中没有人不晓三叉铁匠铺的名气,反而把文言的义合二字掩没了。经过七十多年的时光,独有旧门前这铁质的招牌未曾损坏,虽然三个尖锋也变成小牛角般的钝角。

　　在所谓承平的时代中他们只造些锨,犁,叉,铲的农人保家的工具,与工人们用的斧,凿,锯,锛,再便是裁纸本的小刀,与剪断绒的绣剪这一类文房与小姐们的法宝。然而用途广了,生意并不寂寞。及至近十年来,真的,成为有威力的铁器时代了。他们的出品也随了近代文明卓越的发展,甚么一尺多长的矛头,几寸宽的长刀,给警备队与民团配置的刺刀,甚至于小攮子,也十分流行。所以这老铁铺中的生意不惟不比从前衰落,反而天天增加他们的出产,有利通四海的比喻。虽然在各个地方一切的农民,工人,都不大需要那些粗蠢的用具,而文房用品与小姐们的法宝却早被外货与镍镀的东来代替了。

14　　　　青潮月刊　　　　第一卷

自然與他們的氣息,呼嘯。

　　這是在城東關的著名的鐵匠鋪,門口永遠掛着三叉形的武器的鐵招牌這不論晝夜,永在這黑魖魖的簷前躍着尖銳的威武。牠是鋪主人的曾祖的特製器:那時屬於這城的鄉村忽有狼災,是從古舊的琅琊山下跑到平原中來的餓狼的大羣,幸得這鋪主人的三股叉的祖宗將精鐵打成無數鋒利的長叉,交付與鄉村少年,救了那場希有的狼災。因此這幾個縣中沒有人不曉三叉鐵匠鋪的名氣,反而把文言的義合二字掩沒了。經過七十多年的時光,獨有舊門前這鐵質的招牌未曾損壞,雖然三個尖鋒也變成小牛角般的鈍角。

　　在所謂承平的時代中他們只造些鍁,犁,叉,鏟的農人保家的工具,與工人們用的斧,鑿,鋸,鐋,再便是裁紙本的小刀,與剪斷絨的繡剪這一類文房與小姐們的法寶。然而用途廣了,生意並不寂寞。及至近十年來,真的,成爲有威力的鐵器時代了。他們的出品也隨了近代文明卓越的發展,甚麼一尺多長的矛頭,幾寸寬的長刀,給警備隊與民團配置的刺刀,甚至於小攮子,也十分流行。所以這老鐵鋪中的生意不惟不比從前衰落,反而天天增加他們的出產,有利通四海的比喻。雖然在各個地方一切的農民,工人,都不大需要那些粗蠢的用具,而文房用品與小姐們的法寶卻早被外貨與鑷鍍的東來代替了。

支持他的祖业的独东吴大用已经从他父亲手来接过这份事业，过了二十个年头，全凭了他的经验，他能利用这时代的需要；更能从他的出品上十分改良以求不负「货真价实」的他家历代相传的铺规。他从有铁矿的地方整数的拣运来的精铁，用他祖传的方术绝不依赖新的化学智识能炼成纯钢，能一锤一锤在砧上打成质重锋利的杀人的利器。因此，左近凡是要预备厮杀的第一要事，便是定购三叉铁匠铺的枪，刀。只见整大车的铁块送来，成载的矛头，大刀送出。他的门口比起卖吃食的杂货铺还要兴隆，所以他的工人加多了，身工也加贵了，但是门口的招牌永远任凭它变成钝角，将百跃的精钢成了炭色，总不换掉。因为他纪念他祖业的由来，以及他从各类人的心理上明白历久的招牌的重要，便不更换。

在这一年尽的冬夜，并非大都市的C城，各种商家因为没有黑天后的生意都早已关门安睡，独有这位六十岁的强壮的铁匠铺的主人还在勤劳地督同他的伙伴在做这有关人类生命的工作。

沉默沉默中火星进射在打铁的脸上，似乎并不觉得热灼，他们在充满热力的屋中多半是赤背，围着厚布带漆的围裙，健手起落的闪影见出他们那些筋结突起，全力聚在膊上的健臂。黑染的鼻嘴都有自然的笑容，足证这工作虽是劳苦并不使人躲

支持他的祖业的独东吴大用已经从他父亲手里接过这份事业，过去了二十个年头，全凭了他的经验，他能利用这时代的需要；更能从他的出品上十分改良以求不负"货真价实"的他家历代相传的铺规。他从有铁矿的地方整数的拣运来的精铁，用他祖传的方术绝不依赖新的化学智识能炼成纯钢，能一锤一锤在砧上打成质重锋利的杀人的利器。因此，左近凡是要预备厮杀的第一要事，便是定购三叉铁匠铺的枪，刀。只见整大车的铁块送来，成载的矛头，大刀送出。他的门口比起卖吃食的杂货铺还要兴隆。所以他的工人加多了，身工也加贵了，但是门口的招牌永远任凭它变成钝角，将百跃的精钢成了炭色，总不换掉。因为他纪念他祖业的由来，以及他从各类人的心理上明白历久的招牌的重要，便不更换。

在这一年尽的冬夜，并非大都市的C城，各种商家因为没有黑天后的生意都早已关门安睡，独有这位六十岁的强壮的铁匠铺的主人还在勤劳地督同他的伙伴在做这有关人类生命的工作。

沉默沉默中，火星进射在打铁的脸上，似乎并不觉得热灼，他们在充满热力的屋中多半是赤背，围着厚布带漆的围裙，双手起落的闪影见出他们那些筋结突起，全力聚在膊上的健臂。黑染的鼻嘴都有自然的笑容，足证这工作虽是劳苦并不使人躲

刀　柄

16　　　　青潮月刊　　　　…卷

懒，造「力」的生动与表现，若有一种隐秘的兴奋注入各個工作者的身心。

孤立於風雪這中近郊野的鐵匠舖在静夜中正製造著反抗威力慘暴的利器。雪花打在油纸窗上時作微響。從外面看來一片潔白的大地中只露射出這一團灼熱的紅光。

屋子是四大間通開的，當中兩扇木條子矮門是到主人後院的。這夜中的輪班夜工，連學習的小徒弟一共也有八個。而主人却坐在屋子的東北角的一張白木桌子後面，慢慢地執著大筆用粗手指撥動算盤。他的沉定的，不甚明亮的眼光却時時落到屋子中央兩個大火爐上。

在緊張的工作中正是鐵鎚連續不斷敲打在鐵砧上時，不但聽不見言語的聲音，他們也都由習慣中保持著一定的沉默。每過半點鐘中止了鐵鎚的起落，全在用小小的敲，削，鈎，鍊，或者做錄鋼，戈火的工夫。他們便從容地談著種種有趣的話。

「二月，你把這爐火通一通，你看，你不覺得熱的喘不動氣？……這回用不了大火使。」彷彿大把頭的神氣，約有五十歲開外的瘦子，帶了青綫掛在耳上的圓花眼鏡，在爐邊用小鎚敲試一把這匕首的人說。

一個十四五的孩子，一邊通著爐灰，一邊從腰袋裏抽出一條印花面巾擦摸胖臉上的汗珠。「落雪可不冷！……誰害冷，要

懒。这"力"的生动与表现，若有一种隐秘的兴奋注入各个工作者的身心。

孤立于风雪，这中近郊野的铁匠铺在静夜中正制造着反抗威力惨暴的利器。雪花打在油纸窗上时作微响。从外面看来一片洁白的大地中只露射出这一团灼热的红光。

屋子是四大间通开的，当中两扇木条子矮门是到主人后院的。这夜中的轮班夜工，连学习的小徒弟一共也有八个。而主人却坐在屋子的东北角的一张白木桌子后面，慢慢地执着大笔用粗手指拨动算盘。他的沉定的，不甚明亮的眼光却时时落到屋子中央两个大火炉上。

在紧张的工作中，正是铁锤连续不断敲打在铁砧上时，不但听不见言语的声音，他们也都由习惯中保持着一定的沉默。每过半点钟中止了铁锤的起落，全在用小小的敲，削，钩，炼，或者做炼钢，戈火的工夫。他们便从容地谈着种种有趣的话。

"二月，你把这炉火通一通，你看，你不觉得热的喘不动气？……这回用不了大火使。"仿佛大把头的神气，约有五十岁开外的瘦子，带了青线挂在耳上的圆花眼镜，在炉边用小锤敲试一把这匕首的人说。

一个十四五的孩子，一边通着炉灰，一边从腰袋里抽出一条印花面巾擦摸胖脸上的汗珠。"落雪可不冷！……谁害冷，要

青湘

第一期　刀柄　17

到這裏來學點活准保他一輩記着熱！」孩子聰明而自嘲地說。

「怪不得今年掌櫃的這裏來荐人的不少，二月想的不錯，真真有點鬼見識……」這是比二月大五六歲的一個健壯的青年這時穿着青布單褲坐東面爐邊吃着一支香煙悠然地答復。

「哼！你們這些家伙只會算計現在，忘了夏天來到一天要出幾十身臭汗！」一個口音粗涩而帶着鼻塞的重音，是正在修理小刀剪的鋼鋒的賴大傻說的。

帶圓花鏡的老人抬頭看了一看道：「我說大傻子不傻了，你不信，聽聽他偏會找情理。」

即時滿屋中起了一陣哄笑，彷彿借着賴大傻的談話的鬆動也鬆和了他們一天的辛勞。

店主人這時也隨同大衆的笑語將右手中指與無名指間夾的毛筆輕輕一放，丢在木案上，發出沙啞的聲音道：「周二哥，你說現在的人誰是傻子？你放心，他是有眼，有耳朵，從前還可說是老實人，現在……哼！……就沒有這囘事！傻子不會生在這個年頭裏！」一屋中獨有他還穿着日本工厰織成的粗線絨緊袖內衣，青布棉褲，脚底下却跱着一雙本地蒲鞋。他已將上胡留起，一撮尖劲的毛叢，配上他那赤褐色的圓臉，濃濃的眉毛，凡是看過社戲的一見他的面就想起盜御馬中的楊香五。

周二哥便是這位富有工作經驗，在這古舊鋪子中常常居

“到这里来学点活准保他一辈记着热！”孩子聪明而自嘲地说。

“怪不得今年掌柜的这里来荐人的不少，二月想的不错，真真有点鬼见识。……”这是比二月大五六岁的一个健壮的青年，这时穿着青布单裤坐在东面炉边吃着一支香烟悠然地答复。

“哼！你们这些家伙只会算计现在，忘了夏天来到一天要出几十身臭汗！”一个口音粗涩而带着鼻塞的重音，是正在修理小刀剪的钢锋的赖大傻说的。

带圆花镜的老人抬头看了一看道：“我说大傻子不傻了，你不信，听听他偏会找情理。”

即时满屋中起了一阵哄笑，仿佛借着赖大傻的谈话的松动也松和了他们一天的辛劳。

店主人这时也随同大众的笑语将右手中指与无名指间夹的毛笔轻轻一放，丢在木案上，发出沙哑的声音道：“周二哥，你说现在的人谁是傻子？你放心，他是有眼，有耳朵，从前还可说是老实人，现在……哼！……就没有这回事！傻子不会生在这个年头里！”一屋中独有他还穿着日本工厂织成的粗线绒紧袖内衣，青布棉裤，脚底下却跱着一双本地蒲鞋。他已将上胡留起，一撮尖劲的毛丛，配上他那赤褐色的圆脸，浓浓的眉毛，凡是看过社戏的一见他的面就想起盗御马中的杨香五。

周二哥便是这位富有工作经验，在这古旧铺子中常常居

导师地位的带圆眼镜的老人。他凡事没有不保持一种缓和态度，思想常在平和与怜悯中间回旋不定。因此他虽在少年工人的群中，因为年纪知识，得到相当的敬礼，然而背后却也受他们不少的嘲笑。他以吃份子的资格在这火光铁声的屋子中，即是吴大用也须不时向他请教。所以在这时的谈话，吴大用便以平等议论的启问对着他说起。俱是老人听见主人高兴的评判话说出之后，却兀自没停手工作着，微微皱起他那疏苍的眉头答道："话不是那般说：我看来是人便有三分傻！'有眼，有鼻子，傻来傻去无日子！'张口吃饭不就是糊涂么？一辈子还是打不完的计算，到头来谁曾带些到棺材橔子里去？……"他老是带着低沉地感慨般的厌世口气。

这一套话不但赖大傻与小二月配不上对答，即便那些吃烟巧嘴的人也不见得很明瞭，还是主人张开口哈哈的笑道："周二哥，人越老越看得开。"他迅速地在火柴盘子里划着了一根，吸了一口深深的香烟。这一来，便有些大会中主席的神气。"不装傻子实在也混不的。黄的金，白的银。谁的送到门上来？我说，谁都不傻！也是谁会装傻呀！这'装'确也不容易，没有本事只好等人家去喂你……"

他的话还没完，蹲在炉旁的壮健青年便骄矜地挽言道："我看掌柜的不装傻，又不傻，然而咱这铺子里生意多好，还不是人家将大把的洋钱送到门上？我可是爱说话，我想……"

主人家以他的权计，向来便得伙计们的赞成，他还十分开明，平常绝不用对待学徒的严厉手段，所以伙计们可以自由谈话与休息，工作也十分尽心，这正是主人的聪明作用。

他——主人，侧着头，口角松弛地下垂，截住这青年的话："好！你想怎么样？试试你的见识？……"

"我想是掌柜的本事，大家的运气！……"

主人浓黑的眉毛顿时松和开，显见得这句话多少投中了他心坎上的痒处。

圆目镜老人没有即时说话，还在执了锉子，在大煤油灯下细琢细磨地修整一把精巧的小刀。过了有二分钟，他便叹口气道："本事！……命运！……你还忘了一点。……"

"甚么？"壮健的青年仿佛善辩的学生，不意地受到了老师的提问。

老人抬起头来还未及回答，却忽听得窗外有人在掸落身上雪花的"扑扑"之声，即时接着用力地敲着裹了镔铁叶的前门。

意外的静夜打门，使得全屋子的人都立了起来。

主人骤然从桌旁掇过一根短短的铁棒，镇定地喊问是谁？别人却彼此惊骇地相看着。

"快一点！……是找吴掌柜的。……"这声音很高亢，急切，显见得是熟人了。

主人听完后面的三个字音，方将铁棒丢在地上，脸上神速地将紧张的筋肉弛落下来，变成和易的笑容。走到门边，一面拔开粗木关，一面道："我说没有别个，这时候还在街上闲逛。不是筋疙瘩，还是……"

门开处，闪进来一个一脸红肿粉刺的厚皮汉子，斜披着粗布制成的雨衣，却带着竹笠，穿着草鞋，一进门便是垛着双脚的声响，门内即时印上了一大堆泥水。

"好冷！……这地方真暖和呀！你们会乐！我忘记了带两瓶东池子的二锅头来咱们喝喝。……"他说着，雨衣打在木凳上，将腰里挂着的一口宽鞘子大刀也摘下来丢在雨衣上面。

屋子中顿时起了一阵寒暄的笑语，世故已深的主人便掇过矮凳让大汉坐下，一面命二月拿香烟，自己从草囤子的壶中倒出了一杯艳艳的红汁放在矮凳之下。这时别的伙计们又纷纷地执着各人的工具开始工作，而圆眼镜的老人到这时才起来伸了一个懒腰，笑着与来客点点头，便将手中的东西丢在地下，也倒了一杯茶在一旁喝着。精细地在端详这雪夜中的来客。

突来的大汉将青粗布制服的上衣双袖捋上去，真的，在肘部已露出他的聚结的青筋，与红色的汗毛。他这时早已将门外

23

的寒威打退了，端起茶盃道：「官事不自由，这大雪天裏還下鄉去打了兩天的仗，这不是淨找開心！…你說？」

「啊啊！我彷彿也聽見說局子裏派了兄弟們到石峪一带去，沒想到老弟也辛苦一蹚，怪不得這幾天沒有看見。」主人斜坐在一個大木墩上囘答。

「前天半夜五更起了『黑票』，吳掌櫃的，誰知道是爲甚麼？管這些事，大驚小怪足足將城中局子的人趕了一半去。第二天呀！就是昨兒個，人家冒煙的時節到了，啊呀！你猜怎樣？好！…有他媽十來個山莊的紅槍會在那兒操練。…不大明白！我們的隊長就是獨眼老子，他先帶了五六們兄弟去問他們要人，……」

「要甚麼人？」

「說起眞有點古董！原來是替第…軍催餉的副官要人。…」

「那裏來的副官！……你把話說明白點。」主人在城中也一個是十字街頭說新聞的能手，但對於这新發生的事却完全不懂。

筋疙瘩一口氣將一盃熱茶喝下急急地道：「甚麼副官！咱這裏不是老固管領的地面麼！大隊沒到，先鋒却早下馬了，沒有別的，一個急字令要！要！要！柴，米，谷，麥，牲口，大洋元，縣上一時辦不及，一數目太多，他却帶了護兵，領了差役，親身到

的寒威打退了，端起茶杯道："官事不自由，这大雪天里还下乡去打了两天的仗，这不是净找开心！……你说？"

"啊啊！我仿佛也听见说局子里派了兄弟们到石峪一带去，没想到老弟也辛苦一蹚，怪不得这几天没有看见。"主人斜坐在一个大木墩上回答。

"前天半夜五更起了'黑票'，吴掌柜的，谁知道是为甚么？管这些事，大惊小怪足足将城中局子的人赶了一半去。第二天呀！就是昨儿个，人家冒烟的时节到了，啊呀！你猜怎么样？好！……有他妈十来个山庄的红枪会在那儿操练。……不大明白！我们的队长就是独眼老子，他先带了五六们兄弟去问他们要人，……"

"要甚么人？"

"说起真有点古董！原来是替第……军催饷的副官要人。……"

"那里来的副官！……你把话说明白点。"主人在城中也一个是十字街头说新闻的能手，但对于这新发生的事却完全不懂。

筋疙瘩一口气将一杯热茶喝下急急地道："甚么副官！咱这里不是老固管领的地面么！大队没到，先锋却早下马了。没有别的，一个急字令要！要！要！柴，米，谷，麦，牲口，大洋元，县上一时办不及，一数目太多，他却带了护兵，领了差役，亲身到

刀　柄

四乡坐催；简断截说，这末一来，却碰在硬尖上了。那石峪一带几十个红枪会庄子不好惹的，向来是有点专门与兵大爷作对，这一来也不知那位副爷到那边怎么同人家抓破了脸，一上手几支枪打死了两个乡大哥，还伤了一位小姑娘。结局，反被人家将他带去的差人，护兵，扣下一大半，他下了跪，听说这亏了出来人三个乡老替红会里说和，算有体面，把他放回来。……我想想，这是前天黑夜里的事。"

带圆眼镜的老人执着空茶杯悠然地道："不用提，于是你这伙又因此有财发了。"

"周大爷真会说现成话，说起来在这年头，谁不想发财？这是发横财呀。可是不大好办，不错，那吃鸦片的副官到了县政府几乎没把桌子拍碎，一声令下，不管县长的请求与人家的劝言，昨天绝早便强带着我们去要人。

"他真是劣种！自己再不敢上前，还是我们的队长先去交涉，人家正在分诉，那劣种他看见这庄子上只有二百人左右的红会，便放了胆，先打过十几响手枪去。你猜怎么样？那些一个个怒瞪起红眼睛扎了红兜肚的小伙子，一卷风地将大刀长枪横杀过来，这怪谁呢？……"他说到这里，故意地作了一个疑问，即时用棉衣袖揩抹他额上的汗珠。

这正是一个吃紧的说书中间，一时全屋子的工人自然地都将手中的器具停住，十几只眼睛很关切地望着这身经血战的勇士出神。

"那不用提，你们便大胜而归！……"主人道。

"好容易！……那时我们跑也跑不掉，而且那副官，那队长，在后面喊着'开火！''放呀！'的口令，一时间几百支长枪在小陵子上，山谷口的树林左近全行打起。自然啦，他们是仗的人多，这次却没来得及去下'转牌'。竹叶枪与大砍刀却没有打得过我们……完了！其实我们也伤了五十几个……他们那股儿凶劲真有一手！"

"你呢？"主人关切地问。

"哈哈，不瞒你们说，我还不傻，犯的着去卖死力气！我跑到一块大青石后面放空枪……事情完了一半，活捉了十五个红小子，一把火烧了个净光。天还没到午刻，上急的跑到距城十里的大镇上去休息了半天。听说那边聚集了几千人开过大会要来，这才冒着雪将人犯带回来。……"

"怕不来攻城！……"老人断定的口气。

"攻城？还怕劫狱呢！反正事情闹大反了。午后那个坏东西打了个电报与他的军长，已经接了回电，先将活捉的人犯就地正法！……"

"十五个呢！……"忽然那位作细活的赖大傻大瞪着眼突出

刀　柄

了这一句。

　　主人向他看了看道："用你多甚么嘴!"接着赖大傻便不言语。

　　"这还不奇!……"筋疙瘩这时已将衣襟解开,望着炽热的炉火道："偏偏点了我们五个人的好差事,是到明天做执行砍头的刽子手!……这倒霉不?……"

　　"……明天!……"全屋中的工人在嘴角上都似迸呼出这两个字音来。

　　筋疙瘩回身将木凳上的青布缠包的横背大刀拿过来,慢慢将缠布解开,映着灯光撷弄着那明光闪闪的刀背道："冤有头,债有主!谁教吃了这口饭,点着你待怎么样?吴大哥,我就是为这件事情特意来的!我从那边在战后拾得这把大刀,说不的我明天就得借重它了!我从前只不过枪毙了一个土匪,还是打不准,这一次那利害的东西,我辞也辞不了,他以为我有点儿凶相便能杀人。若再辞便受处分!但是我如果这么办,先要痛快!反正我不杀他,他也一样受别人的收拾!不如你腾点工夫替我把这口刀修的愈快愈好!还是他们的东西,叫他马上死去,也可以明明表示出我这点好心!……"他的话受了这奇异的环境的逼迫说不十分圆满,他虽是著名的粗猛汉子却不知为了甚么在这时反而有些畏缩了!

24　　　　青潮月刊　　　　第一卷

了這一句。

　　主人向他看了看道：「用你多甚麼嘴！」接着賴大傻便不言語。

　　「這還不奇！……」筋疙瘩這時已將衣襟解開,望着熾熱的爐火道：「偏偏點了我們五個人的好差事,是到明天做執行砍頭的劊子手！……這倒霉不？……」

　　「…明天！…」全屋中的工人在嘴角上都似迸呼出這兩個字音來。

　　筋疙瘩回身將木橙上的青布纏包的橫背大刀拿過來,慢慢將纏布解開,映着燈光撷弄着那明光閃閃的刀背道：「冤有頭,債有主！誰教吃了這口飯,點着你待怎麼樣？吳大哥,我就是為這件事情特意來的！我從那邊在戰後拾得這把大刀,說不的我明天就得借重牠了！我從前不過鎗斃了一個土匪,還是打不準,這一次那利害的東西,我辭也辭不了,他以為我有點兒凶相便能殺人。若再辭便受處分！但是我如果這麼辦,先要痛快！反正我不殺他,他也一樣受別人的收拾！不如你騰點工夫替我把這口刀修的愈快愈好！還是他們的東西,叫他馬上死去,也可以明明表示出我這點好心！……」他的話受了這奇異的環境的逼迫說不十分圓滿,他雖是著名的粗猛漢子卻不知為了甚麼在這時反而有些畏縮了！

店主人在驟然的聰明這一切消息之後，他老於經歷的心中頓時起了一層不安的波瀾。近年以來城外沙灘上的正法事件他知道的不少，却曾沒有去看過。對於這來客的複雜心理他這時也不暇去理會。他惟一的新憂慮還恐怕一兩天內紅槍會聚起了大隊要來圍城報復，那樣他的生意怕要暫時閉門。他因吸盡了一支香烟尾巴，却似乎不覺燒痛地還夾在二指中間，呆呆地面對着來客手中橫拿的大刀沒有囘答。

而圓眼鏡的老人這時並沒什在那枯瘦的臉上略顯驚奇之色。他抬了抬眼皮，四圍看了看伙計們都楞楞地立着，又迅速地將眼光落到主人呆想的臉上，便彎過腰去從客人的右手中接過那把分量很沉的大刀來。他略略反正看了看道：「這是一定呵，非修理不可！這刀却不舊，然而上面的血蹟却蓋上了一層的污穢。你放心，我來成就你的這份善心！恰好今夜裏活不多。大用，你說對不？……」

「……是……是呀！周二哥的意思與我一樣。」主人這時也湊近老人面前將刀接在手裏。他本無意去細看，但明明的燈光下却一眼看到刀鋒的中間有很細的換補了的鋼鋒的細痕，在斑紫的血片之下。這在他人是不會留意的，然而他一看到這裏，臉上頓時現出奇詫與駭怖的神色！執刀的手在暗影中也微微抖顫。即時如同避忌似的將牠放在靠牆的擱板上也頓了頓道：「活

店主人在骤然的听明这一切消息之后，他老于经历的心中顿时起了一层不安的波澜。近年以来城外沙滩上的正法事件他知道的不少，却曾没有去看过。对于这来客的复杂心理他这时也不暇去理会，他惟一的新忧虑还恐怕一两天内红枪会聚起了大队要来围城报复，那样他的生意怕要暂时闭门。他因吸尽了一支香烟尾巴，却似乎不觉烧痛地还夹在二指中间，呆呆地面对着来客手中横拿的大刀没有回答。

而圆眼镜的老人这时并没曾在那枯瘦的脸上略显惊奇之色，他抬了抬眼皮，四围看了看伙计们都楞楞地立着，又迅速地将眼光落到主人呆想的脸上，便弯过腰去从客人的右手中接过那把分量很沉的大刀来。他略略反正看了看道："这是一定呵，非修理不可！这刀却不旧，然而上面的血迹却盖上了一层的污秽，你放心，我来成就你的这份善心！恰好今夜里活不多。大用，你说对不？……"

"……是……是呀！周二哥的意思与我一样。"主人这时也凑近老人面前将刀接在手里，他本无意去细看，但明明的灯光下却一眼看到刀锋的中间有很细的换补了的钢锋的细痕，在斑紫的血片之下。这在他人是不会留意的，然而他一看到这里，脸上顿时现出奇诧与骇怖的神色！执刀的手在暗影中也微微抖颤。即时如同避忌似的将它放在靠墙的搁板上也顿了顿道："活

是忙，但分……谁的东西呀！"

"东西么，可不是我的。……"筋疙瘩惨笑了一声，"哈哈！说不定还是他们十五个中一个人的法宝！像这种刀他们会里能使得好的叫做大刀队，没有多少人。然面排枪就近中了的也在这一大队上的多。咳！吴掌柜的，这种杀人的勾当我干够了！谁来谁是大头子，谁调遣，临时逃脱，连当初入队时的保人还得拿问。风里雨里，杀人射枪，为了几块钱拼上命！若到乡间去被大家的仇人捉到，不是腰铡，便是剖心，这是玩么！这年头杀个把人还不如宰只鸡来得值钱。……不错，我当初不是为养活老娘我早溜了，可是待怎么样？一指地没有，做工上那里去做？找地方担土锄地也没有要得起人的！……老娘今年也终久西归了！我就想着另作打算，却顾着一身一口，老是拿不出主意来。平空里又出了这个岔子！……"他粗暴的形状中潜藏的直率着真性，被火光刀影与两天内的血战的经验全引发出来了。他说时，圆睁的单纯的眼睑中仿佛含了一包痛泪。

全屋子中只有很迟缓很断续的铁打之声，似乎都为这新鲜奇怪的故事将各个人的心灵弛缓了，将他们的预想引到了记忆的边缘上去。带圆眼镜的老人回顾着那把在暗影中四射光芒的宽刀如有所思，静静地不语。

善于言谈的吴主人他的内心早为现在的疑思，未来的恐怖

26　　　青潮月刊　　　第一卷

是忙,但分…谁的東西呀！！

「東西麼,可不是我的。…」筋瘩瘩惨笑了一聲,「哈哈！說不定還是他們十五個中一個人的法寶！像這種刀他們會裏能使得好的叫做大刀隊。沒有多少人。然面排鎗就近中了的也在這一大隊上的多。咳！吳掌櫃的,這種殺人的勾當我幹夠了！誰來誰是大頭子,誰調遣,臨時逃脫,連當初入隊時的保人還得拿問。風裏雨裏,殺人射鎗,為了幾塊錢拼上命！若到鄉間去被大家的仇人捉到,不是腰鍘,便是剖心,這是玩麼！這年頭殺個把人還不如宰隻雞來得值錢。…不錯,我當初不是為養活老娘我早溜了,可是待怎麼樣？一指地沒有,做工上那裏去做？找地方擔土鋤地也沒有要得起人的！…老娘今年也終久西歸了！我就想着另作打算,却顧着一身一口,老是拿不出主意來。平空裏又出了這個岔子！…」他粗暴的形狀中潛藏的直率着眞性,被火光刀影與兩天內的血戰的經驗全引發出了。他說時,圓睁的單純的眼瞼中彷彿含了一包痛淚。

全屋子中只有很遲緩很斷續的鐵打之聲,似乎都為這新鮮奇怪的故事將各個人的心靈弛緩了,將他們的預想引到了記憶的邊緣上去。帶圓眼鏡的老人囘顧着那把在暗影中四射光芒的寬刀如有所思,靜靜地不語。

善於言談的吳主人他的內心早爲現在的疑思,未來的恐怖

弄得七上八下突突地跳动。

因此这粗豪大汉的话一时竟没有回答。

还是圆眼镜老人回过脸来道："力老大，你倒有见识，走开吧！不要常在这里头混。……等我做了智多星，一定收你做个黑旋风道童。"

屋子中除了学徒二月之外，都在城中乡镇里的集期，从前的农场上，在月光之下听过说水浒的盲词。他们都记得很清楚所以一听老人这句俏皮话不禁将眼光一齐落在清瘦的老人与满面粉刺的筋疙瘩面上，即时他们在意念中将盲先生口中形容的假扮走江湖的吴用，与梳了双丫髻的李逵活现出来，都将沉闷的容态变成大张的笑口。

"谢谢你，老师傅！……"筋疙瘩将雨衣掀在左臂之下，"早晚我一定这么办！……我得好好睡觉，天明便来取刀！……心里烦得很，睡着不！回到局子里喝白干去！……"他沉郁地披上雨衣也不作别如一条大狼似的急冲出门去。

"走呵！"主人在后面关起门来，而他那高大的黑影早惨淡地隐埋在于洁白的雪花之下了。

早上天气过于冷了，雪已不落，冰冻在街道上的也有一寸多厚。铺子中在冬天清早不做大活的，只是修理与磨刮这些零碎事。因此周二哥也没有来，只有些年轻的伙计在作房里乱

刀 柄

闹，吴大用不知为了甚么也是一夜中没得安睡，自从东方刚发白色的时候喝得酒气熏人的筋疙瘩一歪一步地走来，将周二哥给他重新锻过修过的大刀取去以后，吴大用披着老羊皮袄便抽身回来躺在作房后面里间的土炕上，将一盏高座烟灯点起来，开始他照例的工作。

吴大用年轻时连支香烟都不曾衔到口里，后来生意好了却也将吃鸦片学会。不过他并不是因嗜好而忘了生意的懒人，他是借着这微明的灯光也同一些大物一般来作他事业上的考虑的。他更有一种特别的习惯便是晚饭以后不但鸦片不吸，反而是他努力于算账的时间。他发明了夜中吸鸦片早上晏起的定理，他便一定在大早上慢慢地吸烟来作他一天生活的兴奋剂，所以他永远是早起，永远是眈误不了他一切的事业。

这时花纸糊的屋子中在青砖的地上烘着一份博山瓷盆的炭火，他侧身躺在獾皮小褥子上，方在用两手团弄那黑色的甜汁。这个小屋子是他的上宾招待室，是他个人的游思地，别的人除掉他的妻子与周二哥都不能轻易进来。有时队长与乡下的会长团长们来拉买卖，于是这小屋子中便顿时热闹起来。

他已经急急地吸下一大口去补救夜来失眠的疲惫，但这第二口却老在他手尖上团转，却老烧不成。因为在这困烦的时间中他正寻思得着那青筋大汉，那口宽刃大刀，以及那刀的主

2s　　青潮月刊　　第一卷

闹 吴大用不知为了甚麽也是一夜中没得安睡，自从东方刚发白色的时候喝得酒气熏人的筋疙瘩一歪一步地走来，将周二哥给他重新锻过修过的大刀取去以後。吴大用披着老羊皮襖便抽身回来躺在作房後面里间的土坑上，将一盏高座烟灯点起来，开始他照例的工作。

吴大用年轻时连支香烟都不曾衔到口里。後来生意好了却也将吃鸦片学会。不过他并不是因嗜好而忘了生意的懒人，他是借着這微明的灯光也仝一些大物一般来作他事业上的考虑的。他更有一种特别的習惯便是晚饭以後不但鸦片不吸，反而是他努力於算账的時間。他发明了夜中吸鸦片早上晏起的定理，他便一定在大早上慢慢地吸烟来作他一天生活的興奋剂。所以他永远是早起，永远是眈误不了他一切的事业。

這時花纸糊的屋子中在青砖的地上烘着一份博山磁盆的炭火，他侧身躺在獾皮小褥子上，方在用两手團弄那黑色的甜汁。這個小屋子是他的上賓招待室，是他個人的遊思地，别的人除掉他的妻子與周二哥都不能輕易進来。有時隊長與鄉下的會長團長们来拉買賣，於是這小屋子中便頓時熱鬧起来。

他已經急急地吸下一大口去補救夜来失眠的疲惫，但這第二口却老在他手尖上團轉，却老燒不成。因爲在這困煩的時間中他正寻思着那青筋大漢，那口寬刃大刀，以及那刀的主

人！

他記起了筋瘩今早提刀在手出門時的怪聲氣的話：「好熱鬧！……看我當場出彩！……掌櫃！……別忘了十點二刻！……」他說這些話似已失了常態，手裏執着刀幾乎狂舞起來。大用一直目送他轉過了街口，這時又在花布枕頭之上，聽到了筋瘩的語聲。

「不錯！……正是那把刀！夜裏一見就對呀。四月初五交的貨算來一年半了。石峪中賈家寨那老人仝他那白生生的孩子親來取去的，八十把中的這一把特別的家伙。……他們這些小子早忘了，年輕的人也不知留心，每把刀背上有個深鑲的「石」字！……這刀是特別寬，鋼鋒是加雙料的，還有那異常精亮的白銅把！……是雲銅把，是賈鄉紳將他祖上做官時帶回來的雲銅大面盆打碎了一片交過來囑咐給他兒子鑄成嶄新的銀刀把！……呵呵！這事是我一個人輕手，獨有周老頭頭動過手化過銅……看樣子他也忘了？幸而精細還能看得出這特別白銅質的堅密……」

他在片斷地囘溯一年半以前的工作之一幕，於是那帶着白辮的老鄉紳那二十多歲自小習武打拳的他的大兒，都在他眼前現出。嗤的一聲，一滴黑汁滾在燈焰上將一點的明光掩滅了，他卽時再用火柴燃好，將鋼簽子在黑牛角盒裏又醮了醮。

人！

他记起了筋疙瘩今早提刀在手出门时的怪声气的话："好热闹！……看我当场出彩！……掌柜！……别忘了十点二刻！……"他说这些话似已失了常态，手里执着刀几乎狂舞起来。大用一直目送他转过了街口，这时又在花布枕头之上，听到了筋疙瘩的语声。

"不错！……正是那把刀！夜里一见就对呀。四月初五交的货算来一年半了。石峪中贾家寨那老人同他那白生生的孩子亲来取去的，八十把中的这一把特别的家伙。……他们这些小子早忘了，年轻的人也不知留心，每把刀背上有个深镌的'石'字！……这把刀是特别宽，钢锋是加双料的，还有那异常精亮的白铜把！……是云铜把，是贾乡绅将他祖上做官时带回来的云铜大面盆打碎了一片交过来嘱咐给他儿子铸成崭新的银刀把！……呵呵！这事是我一个人经手，独有周老头动过手化过铜……看样子他也忘了？幸而精细还能看得出这特别白铜质的坚密。……"

他在片断地回溯一年半以前的工作之一幕，于是那带着白辫的老乡绅那二十多岁自小习武打拳的他的大儿，都在他眼前现出。嗤的一声，一滴黑汁滚在灯焰上将一点的明光掩灭了，他即时再用火柴燃好，将钢签子在黑牛角盒里又蘸了蘸。

刀　柄

30　　　　青潮月刊　　　　第一卷

「記得一點不差，那把是蓮花托子式的，這也是精細的老鄉紳出的樣式。……可惜當時專打這托子的人早到別處去了……他一定認得！……怪不得這些小子昨夜裏不住口的稱贊過刀把的精工，他們真弄不來，恐怕這樣細工的買賣不會再有。……再有麼？如果今天過十五個人當中沒有那老頭子的大兒！……」他迷惑地想到這裏驟然全身打了一個冷嚏！即時他將皮襖的大襟往皮褲子上掖了一掖。

無意中他吐了一口深氣，彷彿將一切遺忘似的急急地又吸了一口燒而未熟的烟，嗆得乾咳了一陣。便將竹槍放下，一手無力地執著鋼籤閉了雙目，又不可免的重思他的腦海中的片影與紛亂的揣測。

「那把刀除卻地沒人能用太重，太好！他會與別人用？他自從這東西打成之後聽說刻不離身！……不知與匪人戰過多少次！……那老頭子太古怪，他將田地分與大家，卻費盡心力教那些無知的肉蛋練武與匪作對！……幾年來也沒見他們幾十個莊子上出事。他有時進城還著實稱贊這三叉店中的刀槍真好用……這回天幸是把刀借與人家，不會！沒有的事！我真呆，怎麼昨天晚上沒細細探問捉的是那些人。……那蠢東西也夠不上知道麼？……大而重的刀，雲銅刀把，一些不錯，如果是老頭子的大兒！……」他覺得眼前發黑幾乎抑制不住要從炕上跳

"记得一点不差，那把是莲花托子式的，这也是精细的老乡绅出的样式。……可惜当时专打这托子的人早到别处去了……他一定认得！……怪不得这些小子昨夜里不住口的称赞这刀把的精工，他们真弄不来，恐怕这样细工的买卖不会再有。……再有么？如果今天这十五个人当中没有那老头子的大儿！……"他迷惑地想到这里骤然全身打了一个冷嚏！即时他将皮袄的大襟往皮裤子上掖了一掖。

无意中他吐了一口深气，仿佛将一切遗忘似的急急地又吸了一口烧而未熟的烟，呛得干咳了一阵。便将竹枪放下，一手无力地执着钢签闭了双目，又不可免的重思他的脑海中的片影与纷乱的预测。

"那把刀除却他没人能用太重，太好！他会与别人用？他自从这东西打成之后听说刻不离身！……不知与匪人战过多少次！……那老头子太古怪，他将田地分与大家，却费尽心力教那些无知的肉蛋练武与土匪作对！……几年来也没见他们几十个庄子上出事。他有时进城还着实称赞这三叉店中的刀枪真好用……这回天幸是把刀借与人家，不会！不会！没有的事！我真呆，怎么昨天晚上没细细探问捉的是那些人。……那蠢东西也够不上知道吧？……大而重的刀，云铜刀把，一些不错，如果是老头子的大儿！……"他觉得眼前发黑几乎抑制不住要从炕上跳

下來，「不至於吧，丟了刀的未必會被捉！況且那孩子一身會縱會跳的本事…」想到這裏，覺得寬解好多，恍惚間那盞沒有許多豆油的烟燈已變成了一個光明的火輪一樣。

「他的刀…這三叉舖子裏的手打成的，又修理得那末快，落到筋大漢有力的手腕上，受傷的頭滾在他上，鮮血如地泉的直冒！…如果」恰好牆東邊小桌子上的木框裏呆睜着兩個大眼的自鳴鐘的鐺鐺的敲了一陣。

他不顧思想中「如果」以下的結論，好像吃了壯藥似的輕快地翻身跳下床來，恐怕耳朵不好用，然而近前看雙眼怪物的短指，正在十的點羅馬字，他又順眼看到那下面的6字，即時覺得裏衣都冷冰的沾住了。

「吃飯，吃飯回去順道看殺人的去！…」這是作屋中二月那孩子歡呼之聲。他楞了楞，一口吹滅了烟燈。向後窗子中喊了一個字，意思是喊他正在燒飯的妻，也來不及聽她應聲，緊了緊黑綢綢扎腰，便從作屋中迅速地走出去，他並沒看清楚這作屋中還有幾個伙計。

平常積的黃沙全都在一夜中換上了平鋪的白毯，晴明的天空偏懸着金光閃耀的太陽，朔風吹着戴雪的河畔，枯蘆似是奏着自然的冬樂，這潔白的耀目的光明，這日光罩下的萬物，都似含着迎人的微笑，在預備一個未來的春之新生。也彷彿特為

下来。"不至于吧，丢了刀的未必会被捉！况且那孩子一身会纵会跳的本事……"想到这里，觉得宽解好多，恍惚间那盏没有许多豆油的烟灯已变成了一个光明的火轮一样。

"他的刀……这三叉铺子里的手打成的……又修理得那末快，落到筋大汉有力的手腕上，受伤的头滚在他上，鲜血如地泉的直冒！……如果"恰好墙东边小桌子上的木框里呆睁着两个大眼的自鸣钟的铛铛的敲了一阵。

他不顾思想中"如果"以下的结论，好像吃了壮药似的轻快地翻身跳下床来，恐怕耳朵不好用，然而近前看双眼怪物的短指，正在十的点罗马字，他又顺眼看到那下面的6字，即时觉得里衣都冷冰的沾住了。

"吃饭，吃饭回去顺道看杀人的去！……"这是作屋中二月那孩子欢呼之声。他楞了楞，一口吹灭了烟灯。向后窗子中喊了一个字，意思是喊他正在烧饭的妻，也来不及听她应声，紧了紧黑绉绸扎腰，便从作屋中迅速地走出去，他并没看清楚这作屋中还有几个伙计。

平常积的黄沙全都在一夜中换上了平铺的白毯，晴明的天空偏悬着金光闪耀的太阳，朔风吹着戴雪的河畔，枯芦似是奏着自然的冬乐。这洁白的耀目的光明，这日光罩下的万物，都似含着迎人的微笑，在预备一个未来的春之新生。也仿佛特为

预备这个好日子作人间行快乐典礼的铺排。但可惜晶光的雪上却纵横乱杂地印满了铁蹄与秽足的深深的印痕。

　　几方丈的大圈子全是马队与步兵做成的圆屏风，屏风外尽是一重重的人头。因为在每个柔和的颈上，他们都是精明与活力的表现，是做着各个特有的优美姿势在群众中一一现他们的脸子。几十重的人头层中出现着种种黑的，黄瘦的，赤褐色的，铅粉与胭脂的面孔，各个面孔尽力地往上悬荡着，去用灵活的瞳孔搜索那出奇的目的物。一片喧呶与嬉笑的争吵声压低了河畔枯芦中的低声叹息。

　　不久从肉屏风中塞进过一群人，这显见得有高低，胜败，"王法"与"囚徒"的分别。许多赤了背膊的壮士中扭拉着十几个穿了单布小衫的垂头不能行步的死囚，固然内中也有几个挺起胸脯用骄冷的如血的目光周围向大众飞看。这飞看的目光确是如冷箭一般的锋利，因此周围的人头都一齐将他们的目光落到那些几乎走不成步的劣等的死囚身上，谁都慌张地避开那些箭一般的死光。

　　又是一阵特别的喧嚷，人都争着向前去，四围的脚尖都深深的踏入地中，西面城墙上还有些自鸣得意般的高处立足者在看着这拥挤人群的争闹，为可怜，为不早找机会，与占地位！

32　　青潮月刊　　第一卷

預備這個好日子作人間行快樂典禮的鋪排。但可惜晶光的雪上卻縱橫亂雜地印滿了鐵蹄與穢足的深深的印痕。

　　幾方丈的大圈子全是馬隊與步兵做成的圓屏風，屏風外盡是一重重的人頭，因為在每個柔和的頸上，他們都是精明與活力的表現，是做著各個特有的優美姿勢在羣衆中一一現他們的臉子。幾十重的人頭層中出現著種種黑的，黃瘦的，赤褐色的，鉛粉與胭脂的面孔，各個面孔盡力地往上懸蕩著，去用靈活的瞳孔搜索那出奇的目的物。一片喧呶與嬉笑的爭吵聲壓低了河畔枯蘆中的低聲歎息。

　　不久從肉屏風中塞進過一羣人，這顯見得有高低，勝敗，「王法」與「囚徒」的分別，許多赤了背膊的壯士中扭拉著十幾個穿了單布小衫的垂頭不能行步的死囚，固然內中也有幾個挺起胸脯用驕冷的如血的目光週圍向大衆飛看。這飛看的目光確是如冷箭一般的鋒利，因此週圍的人頭都一齊將他們的目光落到那些幾乎走不成步的劣等的死囚身上，誰都慌張地週開那些箭一般的死光。

　　又是一陣特別的喧嚷，人都爭著向前去，四圍的脚尖都深深的踏入地中，西面城牆上還有些自鳴得意般的高處立足者在看著這擁擠人羣的爭鬧，為可憐，為不早找機會，與佔地位！

第一期　　刀柄　　33

斜披了皮襖連帽子都沒帶的三叉鐵匠鋪的主人也在那十幾重疊壓的人頭中間，隔着十幾步便是今未到作房的周二哥，然而他們彼此看見，可不能挪動寸步，也聽不見說話的聲音。

吳掌櫃兩隻失神的眼儘在那些赤背膊的人所手執的大刀下盪來盪去。他偏去向那些向四圍飛眼光的死囚中找，只有幾個一個也不對。如是他自己慶幸了！然而最後看見刀光一閃之下，那執着這把帶雲銅蓮花把刀的凶神，一樣是沒穿上衣，卻是一臉的汗珠子，他！……正是昨夜裏含着眼淚今清早薰着酒氣的筋疙瘩，啊呀！刀光下面又正是那人，那老鄉紳的大兒！臉上卻是烏黑了。一些不錯！意外地他卻一樣全那些無力的死囚低了頭，眼光已經散失了。

他——吳掌櫃雖在多人的擁塞汗氣薰蒸中，自覺身體都立不住，一口冰冷的氣似從腦蓋如蛇行般的鑽到腹的下部去，呵呵！再看那拿這把精巧大刀的，一樣紅濕的眼光卻只在注定那把明光非常的新刀！他不看這死囚，不看這周圍的種種面孔。

「一，二，三，……十五個……十五個東西！」周圍的紅口中有些特為報數的聲音。

他——吳大用本來沒有勇力看下去了，又不能走，強被壓塞在這樣的羣中。他只有大張着眼，口裏噓噓地也看那口揚在

斜披了皮袄连帽子都没带的三叉铁匠铺的主人也在那十几重叠压的人头中间，隔着十几步便是今未到作房的周二哥，然而他们彼此看见，可不能挪动寸步，也听不见说话的声音。

吴掌柜两只失神的眼尽在那些赤背膊的人所手执的大刀下荡来荡去。他偏去向那些向四围飞眼光的死囚中找，只有几个，一个也不对。如是他自己庆幸了！然而最后看见刀光一闪之下，那执着这把带云铜莲花把刀的凶神，一样是没穿上衣，却是一脸的汗珠子，他！……正是昨夜里含着眼泪今清早薰着酒气的筋疙瘩，啊呀！刀光下面又正是那人，那老乡绅的大儿！脸上却是乌黑了。一些不错！意外地他却一样同那些无力的死囚低了头，眼光已经散失了。

他——吴掌柜虽在多人的拥塞汗气薰蒸中，自觉身体都立不住，一口冰冷的气似从脑盖如蛇行般的钻到腹的下部去，呵呵！再看那拿这把精巧大刀的，一样红湿的眼光却只在注定那把明光非常的新刀！他不看这死囚，不看这周围的种种面孔。

"一，二，三……十五个……十五个东西！"周围的红口中有些特为报数的声音。

他——吴大用本来没有勇力看下去了，又不能走，强被压塞在这样的群中。他只有大张着眼，口里嘘嘘地也看那口扬在

那老乡绅儿子的头上的刀，他的刀！

他忘记了去偷眼看看隔出十几步的周老人！

一颗一颗的血头在雪地上连接着团滚，吴大用这时不会寻思，竟至连口里嘘嘘的气忽也没了，死一般的喉咙正在咽着血水。眼全花了，只是恍惚中有若干黑簇簇的肉丸在雪地上打架。血光如漫天红星的突扫。他心中一动不能动，总之，他全身已冰结了。

"啊哈！好快刀！……真快！……"在周围中忽落了这几个字，又一阵大的骚动。吴大用方看见十五个中末后的他——已经在他自己的刀刃上将一颗伟大的头从身上飞下来，有两丈多远……执刀的人因为用力过猛吧，也许被刀的力带伏在血泊中还没有爬起来。

他即时被人潮从不知觉中拥出了原立的地位。

人潮松退时，他觉得立不稳，一滑几乎要仆在地上，左面来了一只手将他搀定——是目光依然炯炯的周老人。然而那握住他的手却如在风中的枯芦一般的无力与抖战。

他们没有说一个字，然而周老人的炯炯目光与他的像不能睁的眼相遇时，他们都十分了然！

（完）

十七，三，十一日。

34　　　　青潮月刊　　　第一卷

那老乡绅儿子的头上的刀，他的刀！

他忘记了去偷眼看看隔出十几步的周老人！

一颗一颗的血头在雪地上连接着团滚，吴大用这时不会寻思，竟至连口里嘘嘘的气忽也没了，死一般的喉咙正在咽着血水。眼全花了，只是恍惚中有若干黑簇簇的肉丸在雪地上打架。血光如漫天红星的突扫。他心中一动不能动，总之，他全身已冰结了。

「啊哈！好快刀！…真快！…」在周围中忽落了这几个字，又一阵大的骚动。吴大用方看见十五个中末后的他，——已经在他自己的刀刃上将一颗伟大的头从身上飞下来，有两丈多远…执刀的人因为用力过猛吧，也许被刀的力带伏在血泊中还没有爬起来。

他即时被人潮从不知觉中拥出了原立的地位。

人潮退时，他觉得立不稳，一滑几乎要仆在地上，左面来了一只手将他搀定。——是目光依然炯炯的周老人。然而那握住他的手却如在风中的枯芦一般的无力与抖战。

他们没有说一个字，然而周老人的炯炯目光与他的像不能睁的眼相遇时，他们都十分了然！　　　（完）

十七，三，十一日。

杜宇(1907—1948) 又名杜木华,曾用笔名慕华,作家,山东黄县(今龙口)人。两期《青潮》月刊中,杜宇的作品有诗歌《何处是知音》《约会》、译作《决定》《诗选》《青潮》《幼儿之杀戮时代》。

決　　定

（一幕喜劇）

德國哈森克萊弗著　杜宇譯

——一九一九年——

人物：

人

萊根修坦　公爵

陶慕東　交易商人

陸軍大臣

教育大臣

司法大臣

决　　定

（一幕喜剧）

〔德国〕哈森克莱弗 著　杜宇 译

——一九一九年——

人物：

人

莱根修坦　公爵

陶慕东　　交易商人

陆军大臣

教育大臣

司法大臣

首领

傅罗兰姑娘

壮汉

时：　　现代

地点：　某旅馆之前厅

序　曲

枪声。跳舞乐。叫唤声。

舞台。左右有门，正面有窗。中央置一绿色桌，前有一吸烟桌。右边空酒瓶前一人伏桌而眠。左边有一人著睡衣，及著燕尾服之公爵莱根修坦。

人　　我是已经被判决死刑啦！我被提到军法裁判所，我著的书也被收没了！我就要被枪决！现在革命在各处勃起了，这对于我是有助力的。

公爵　我不能不决定了。

人　　我的罪名是叛逆者。我被从要塞里提出来，我看见了红旗之后，就失却意识了！

公爵　我去旅行吧！——

人　　我在这旅馆里醒了，我最初见看的人就是你。

公爵　我或者要做侍者吧！

36　　　青潮月刊　　　第一卷

首領

傅羅蘭姑娘

壯漢

時：　　現代

地點：　某旅館之前廳

序　曲

鎗聲。跳舞樂。叫喚聲。

舞臺。左右有門。正面有窗。中央置一綠色桌，前有一吸煙桌。右邊空酒瓶前一人伏桌而眠。左邊有一人著睡衣，及著燕尾服之公爵萊根修坦。

人　我是已經被判決死刑啦！我被提到軍法裁判所，我著的書也被收沒了！我就要被鎗決！現在革命在各處勃起了，這對於我是有助力的。

公爵　我不能不決定了。

人　我的罪名是叛逆者。我被從要塞裏提出來，我看見了紅旗之後，就失却意識了！

公爵　我去旅行吧！——

人　我在這旅館裏醒了，我最初見看的人就是你。

公爵　我或者要做侍者吧！

人　我想洗一個澡，無意碰了你的桌子。

公爵　政府已經推翻了!你知道嗎？

人　我病了。

公爵　銀行已被搗毀了!

人　我覺得發燒。

公爵　市街上起了暴動，你聽見那鎗聲嗎？這旅館的樓上正在跳舞，在下邊有捕縛的人，這兒就是革命的中心點!我自三月以來，觀察了長官們怎樣的食，怎樣的飲，和怎樣的去判決死刑。

人　革命在我的夢中過去了!

公爵　在那邊有一張綠桌子，占領這房子以後，就在這裏開會議。在這裏有食物，這地方是神聖的;階級的差別已被徹廢了，人民是依據着「食表」而生存。

人　公爵!

公爵　我從我父親的宅邸中搬來一張寢床，陸軍大臣想在掛有天幕的床上睡覺。政府與暴徒，都使用這同一的旅館。自街市被破毀了以後，別處也沒有執行政治的地方。在這裏藏有陳酒，無論那個大臣在執行判決之前都要喝些葡萄酒的。

人　我什麼也不知道。

人　我想洗一个澡，无意碰了你的桌子。

公爵　政府已经推翻了! 你知道吗？

人　我病了。

公爵　银行已被捣毁了!

人　我觉得发烧。

公爵　市街上起了暴动，你听见那枪声吗？这旅馆的楼上正在跳舞，在下边有捕缚的人。这儿就是革命的中心点! 我自三月以来，观察了长官们怎样的食，怎样的饮，和怎样的去判决死刑。

人　革命在我的梦中过去了!

公爵　在那边有一张绿桌子，占领这房子以后，就在这里开会议。在这里有食物，这地方是神圣的;阶级的差别已被彻废了。人民是依据着"食表"而生存。

人　公爵!

公爵　我从我父亲的宅邸中搬来一张寝床，陆军大臣想在挂有天幕的床上睡觉。政府与暴徒，都使用这同一的旅馆。自街市被破毁了以后，别处也没有执行政治的地方。在这里藏有陈酒，无论那个大臣在执行判决之前都要喝些葡萄酒的。

人　我什么也不知道。

公爵　愚民把我家里的衣橱掠夺后，我所剩下的东西，只有这身燕尾服了。我失去我的宝座，我不能不寻找职业了。

人　　我是在什么地方呢？

公爵　邻室里正在赌博，党派是始终冲突的。今天身居高位，明天则降为平民。黑夜一到，就着手组织军队！

　　　　交易商人陶慕东登场。

陶慕东　三万马克——一组！

公爵　这就是革命之赐啊！

　　　　一人叫喊声。

人　　听见了吗？

陶慕东　银行是破产了！

公爵　在下边谁又被杀了！

陶慕东　不要粮食吗？现在手里还存着一些大麦，是顶好的。

公爵　新国家成立了！

陶慕东　诸君：我是进过监狱的，我拥护过自由。诸君不信，请问我的同行，我的名字叫陶慕东，大家都认识我。

人　　枪声渐渐的迫近了！

陶慕东　珈琲的价格暴涨了！（向人）我认识你，我读过你著的书，你的论说我是极表赞同的；金钱怎么样？

人　　对不起，但——

38　　　　青　潮　月　刊　　　　第一卷

公爵　愚民把我家里的衣橱掠夺后，我所剩下的东西，只有这身燕尾服了。我失去我的宝座，我不能不寻找职业了。

人　我是在什么地方呢？

公爵　邻室里正在赌博，党派是始终冲突的。今天身居高位，明天则降为平民。黑夜一到，就着手组织军队！

　　　交易商人陶慕东登场。

陶慕东　三万马克——一组！

公爵　这就是革命之赐啊！

　　　一人叫喊声。

人　听见了吗？

陶慕东　银行是破产了！

公爵　在下边谁又被杀了！

陶慕东　不要粮食吗？现在手里还存着一些大麦，是顶好的。

公爵　新国家成立了！

陶慕东　诸君：我是进过监狱的，我拥护过自由。诸君不信，请问我的同行，我的名字叫陶慕东，大家都认识我。

人　枪声渐渐的迫近了！

陶慕东　珈琲的价格暴涨了！（向人）我认识你，我读过你著的书，你的论说我是极表赞同的；金钱怎么样？

人　对不起，但——

陶慕东　我把人类分成二部分：一部分是得欺骗的，一部分是得监禁的。我游历遍了各国，我是交易商人，但我也可以成一个政治家。我知道这个世界是不合理的；我为你们的生活苦恼。

公爵　民众是成熟啦！

陶慕东　民众就是价值。我的买卖就是民主主义之开端。我只将马铃薯分配给人，明天我就成为国务总理了。

公爵　我是保守党！

陶慕东　我这边已经预备好了，（向人）我对于你的思想完全佩服。你是革命的先驱者！现在是已经到了决定的时候了！桥是被炸毁了！交易所也被封闭了！政府是一天也不能存在的！你看——（指着睡觉的人）

公爵　那个人是谁？

陶慕东　（小声的）他是在睡梦中考虑呢！

公爵　他打着鼾呢。

陶慕东　他是一个好汉子。

公爵　这个秃子吗？

陶慕东　他给我们洗过衣服的，他有十数万块肥皂，他运送十列车烟卷到外国去，无论那国的政府和他都有关系的。

公爵　他对革命有兴趣吗？

陶慕东　他做着很大的交易。

公爵　天才啊！

陶慕东　诸位,那些人应该来了！

公爵　把他叫起来吧。

陶慕东　我不愿意叫他。

　　　　　　音乐。

人　这是庆祝的乐吗？

陶慕东　楼上妇女们在开会选举啦！

公爵　我们为新政府预备开一个盛大的宴会！

陶慕东　我们要求真正国民的政府！

人　枪声还未停呢。

陶慕东　(立在窗侧)市街被包围了！

　　　　陆军大臣,司法大臣,教育大臣,一齐登场。

公爵　大臣会议啦！

陆军大臣　我做议长,最先的发言权是司法大臣。

　　　　　一齐坐于绿桌前。

司法大臣　情状是要求——

教育大臣　在这件大事之前——

陆军大臣　报上是怎么说的？

教育大臣　(小声的)我们是应向那方进行好呢。

40　　　　青潮月刊　　　第一卷

陶慕東　他做着很大的交易。

公爵　天才啊！

陶慕東　諸位,那些人應該來了！

公爵　把他叫起來吧。

陶慕東　我不願意叫他。

　　　音樂。

人　這是慶祝的樂嗎？

陶慕東　樓上婦女們在開會選舉啦！

公爵　我們爲新政府預備開一個盛大的宴會！

陶慕東　我們要求眞正國民的政府！

人　鎗聲還未停呢。

陶慕東　(立在窗側)市街被包圍了！

　　陸軍大臣,司法大臣,敎育大臣,一齊登場。

公爵　大臣會議啦！

陸軍大臣　我做議長,最先的發言權是司法大臣。

　　一齊坐於綠桌前。

司法大臣　情狀是要求——

敎育大臣　在這件大事之前——

陸軍大臣　報上是怎麼說的？

敎育大臣　(小聲的)我們是應向那方進行好呢。

陆军大臣　我们阁员因为叛徒们把交通截断,因此执政权全移到我手里,我是陆军大臣,一切责任我全担负。

人　那个带着很多书的人是谁?

公爵　是教育大臣啊!他是研究文学的人呢!

陆军大臣　我命令民众,一律不准离家外出。

司法大臣　关在监狱的人怎样处置呢?

教育大臣　我把我的改革案教他们去实行。

公爵　那也是过去的了!

陆军大臣　我禁止在露天下开会!禁止携带武器!

爆发声。

陆军大臣　我下戒严令!

傅罗兰姑娘登场。

傅罗兰　这是做什么?谁在放枪?我们跳舞吧!(向陶慕东)给我金钱。

陶慕东　情况是严重的。

傅罗兰　我把钱花完了!

陶慕东　你和陆军大臣说吧!

陆军大臣　诸君,在十二点钟——

傅罗兰　在六点钟就停止战乱吧,以后我们可以去跳舞!

教育大臣　关于学校的改革,我说一句——

傅罗兰　那里有人民的权利啊！

司法大臣　枪毙！

傅罗兰　我只用我自己的发言权呵！（退场）

教育大臣　（向陆军大臣）阁下！请向民众演一次说吧！

公爵　我们唱国歌吧！

陆军大臣　我握着最高的权威！

陶慕东　喂！喂！大家都辞职吧！危险的时机到了！

陆军大臣　（向教育大臣）大臣！战争的情况怎么样了？

教育大臣　（立于窗前）外边的死骸累积的很多！

陆军大臣　把窗打开！我即刻审判！

教育大臣　是阁下呢？还是我呢？

陆军大臣　勇气是最要紧的！（打开窗）民众哟！

　　　　　　爆炸声。

公爵　（从椅子上跌倒）

陶慕东　等一等，你们把人打错了！

公爵　（站起来）在无意义的战场上倒了！

司法大臣　我觉得一切事还是照旧道走的好。

陶慕东　（向人）这是你的责任啊！

陆军大臣　在那里。

傅罗兰　（开门）乐队罢工了！

教育大臣　房子也起火了！

陆军大臣　我们简直是在悬崖上跳舞啊！

司法大臣　我辞职啦！（把自己的东西收起）

陆军大臣　我要给我的军队发饷，（向教育大臣）请你写给我。（取过来）兄弟们啊！把兄弟的战争停止吧！

教育大臣　引用释勒的句子吗？

陆军大臣　"神圣的秩序是——"

　　　　　窗户被破毁。

陶慕东　诸君，快来！快来！

　　　　暴徒们越窗而入。

首领　举起手来，一动就开枪！

公爵　好腔调啊！

首领　政府已经推倒了！

陆军大臣　我的俸金呢？

首领　被捕的人在那里？

教育大臣　我的革改案？

司法大臣　（送过书去）这是刑法！

首领　都给我绑起来，我就是新政府！（坐于绿桌前）把这一群东西带下去！

　　　　大臣们全被带去。

公爵　时机到了！（大声）我服从阁下的命令！

首领　你叫什么名子？

公爵　公爵莱根修坦。

首领　职业呢？

公爵　侍者！

首领　好，那么给我来一盘牛肉排，再拿一瓶葡萄酒来。

　　　　　公爵退场。

首领　现在我是民众的执政官啦！

陶慕东　我是民众的朋友！

首领　住嘴！

　　　公爵把食物拿来，放于绿桌上。

陶慕东　我贮有好些罐头食物，你的军队不饿吗？

　　　　　首领吃饭。

陶慕东　我把猪油十箱，和粮食一车出卖。

首领　普罗列达利亚哟！（向陶伸出手来）

陶慕东　我是社会主义者！（互相拥抱）

首领　（向公爵）收拾去！

　　　　　公爵将杯盘收去。

首领　必须要有一个议长。

陶慕东　那边有一个人。（指着睡觉的人）

44　　　　内潮月刊　　第一卷

公爵　時機到了！（大聲）我服從閣下的命令！

首領　你叫什麼名子？

公爵　公爵萊根修坦

首領　職業呢？

公爵　侍者！

首領　好，那麼給我來一盤牛肉排，再拿一瓶葡萄酒來。
　　　　公爵退場。

首領　現在我是民衆的執政官啦！

陶慕東　我是民衆的朋友！

首領　住嘴！
　　　公爵把食物拿來，放於綠桌上。

陶慕東　我貯有好些罐頭食物，你的軍隊不餓嗎？
　　　　首領吃飯。

陶慕東　我把豬油十箱，和糧食一車出賣。

首領　普羅列達利亞喲！（向陶伸出手來）

陶慕東　我是社會主義者！（互相擁抱）

首領　（向公爵）收拾去！
　　　　公爵將杯盤收去。

首領　必須要有一個議長。

陶慕東　那邊有一個人。（指着睡覺的人）

首领　在那儿？

陶慕东　民众的一份子。

首领　（走到睡觉的人旁）喂！你请起来！（摇他）

壮汉仍睡着。

首领　请你做议长。

傅罗兰　（进来）他没听见呵！

壮汉　香槟酒——（又睡去）

首领　我任命你。

傅罗兰　（屈膝为礼）议长阁下！

首领　这是怎的？

傅罗兰　他一定吃惊吧！

首领　傅罗兰！

傅罗兰　你阔起来了！

首领　给我找一个房间，我好执行政治。

傅罗兰　那么要二张床。

首领　还有，在浴室里要有电话。

傅罗兰退去。

首领　今天必须把宪法制定出来。

陶慕东　（把首领叫在一傍）给我个什么位置呢？

首领　（从衣袋中拿出袖珍簿来念）内务大臣，外交大臣，教育大臣——劳动大臣怎么样？

　　陶慕东　好极。

　　人　请等一等。

　　首领　什么？

　　人　我是诗人，也得给我一点工作。

　　首领　你写革命的诗歌吧！

　　人　简单一句话说，我想离开现世，这是我在政治上的最后的冒险。

　　首领　这个人是疯狂了。

　　陶慕东　这个人是交易商人。

　　人　诸君，我是人类之一，我为像我这样的人而痛苦。我要斗争，我要用我的生命去斗争。

　　首领　反动主义者！

　　人　战争是终止了。但是，残杀仍继续着。我是你们的先驱，我自己给自己宣告死刑了。当我见了所谓政治诗人这名词时，我想能给国民精神上一点什么贡献，我相信我的生命是献给我的信仰，这不会错误的。但是，我的信仰也被人欺骗了，世上的人是没有灵魂的。

　　首领　送到军事裁判所！

　　陶慕东　（指着人的额）这个人是疯狂了。

46　　　　　　青　潮　月　刊　　　　　第一卷
臣．——劳动大臣怎么样？
陶慕東　好極。
人　请等一等。
首領　什麼？
人　我是詩人，也得給我一點工作。
首領　你寫革命的詩歌吧！
人　简单一句話說，我想離開現世，這是我在政治上的最後的冒險。
首領　這個人是瘋狂了。
陶慕東　這個人是交易商人。
人　諸君，我是人類之一，我為像我這樣的人而痛苦。我要鬥爭，我要用我的生命去鬥爭。
首領　反動主義者！
人　戰爭是終止了。但是，殘殺仍繼續着。我是你們的先驅，我自己給自己宣告死刑了。當我見了所謂政治詩人這名詞時，我想能給國民精神上一點什麼貢獻，我相信我的生命是獻給我的信仰，這不會錯誤的。但是，我的信仰也被人欺騙了，世上的人是沒有靈魂的。
首領　送到軍事裁判所！
陶慕東　（指着人的額）這個人是瘋狂了。

人　請不要替我操心，我的好時光還沒消滅，監禁的恐怖，我十分知道。我遵守死刑的宣告，我是在另一個世界中覺醒了。

首領　我希望那樣。

人　請看外邊，死骸堆積在你的門前，用暴力和飢餓奪來的國土，究竟是些什麼呢？你在這廢墟上能建築些什麼？在外面看來雖像是換了一個世界，其實是和從前的世界是一樣的東西。諸君，我就要離開這個世界，你的人，你的民眾，你的國家，你的法律，即是你自己，也不是我所想要求的。我是立在你以愚蠢所編的歷史之外的。

首領　把這東西鎗斃！

人　請設立一個斷頭台，去行使你的制度！無論何時皆去醉心在你的自由與人權中吧！你不要忘記把所有的反對者都去鎗斃啊！我是特為來觀察人類的一人，但是除我以外，恐怕什麼也看不到了！請開始吧！先判決我，然後再判決別人！我已經不在此地，我是走入永遠之中了！

　　　　鎗彈由窗外飛來。

人　（倒地而亡）

首領　（向窗外叫喊）命中！

陶慕東　豬死了！

人　请不要替我操心，我的好时光还没消灭，监禁的恐怖，我十分知道。我遵守死刑的宣告，我是在另一个世界中觉醒了。

首领　我希望那样。

人　请看外边，死骸堆积在你的门前，用暴力和饥饿夺来的国土，究竟是些什么呢？你在这废墟上能建筑些什么？在外面看来虽像是换了一个世界，其实是和从前的世界是一样的东西。诸君，我就要离开这个世界，你的人，你的民众，你的国家，你的法律，即是你自己，也不是我所想要求的。我是立在你以愚蠢所编的历史之外的。

首领　把这东西枪毙！

人　请设立一个断头台，去行使你的制度！无论何时皆去醉心在你的自由与人权中吧！你不要忘记把所有的反对者都去枪毙啊！我是特为来观察人类的一人，但是除我以外，恐怕什么也看不到了！请开始吧！先判决我，然后再判决别人！我已经不在此地，我是走入永远之中了！

　　　　枪弹由窗外飞来。

人　（倒地而亡）

首领　（向窗外叫喊）命中！

陶慕东　猪死了！

二人笑着退场。

傅罗兰登场。

傅罗兰　喂！一个人！（走到睡者之旁打鼾呢，走到门口叫喊）

跳一个 *Waltz* 吧！（注）

音乐大作。

（跳了二三步，又回来走到睡者之旁，坐在膝上，掏出钱袋，拿出钞票，轻叩睡者之秃头。）共和政府万岁！

——幕——

（注）*Waltz* 德国一种双人舞。

哈森克莱弗（*Walter Hasenclever*）是德国著名表现派剧作家之一，与恺撒（*George Kaiser*）齐名。哈氏生于一八九〇年，他是一个混有犹太血的德国人。他曾在英国牛津大学读书。在那里用他打扑克得来的钱，出版他的处女作，最初是以诗出名，但在一九一四年戏曲"儿子"公世后，他的戏曲家的名声，随高出于诗名。"儿子"是一篇描写父与子的斗争——新时代与旧时代——或者用象征说是物质的世界与心灵的世界斗争的戏曲。这篇戏曲的出演是正当世界大战的勃发。当时新旧思想正显明的在德国社会上现出冲突来，哈氏此作，随引起很大的激动。犹如 *Sturm und Drang* 时代少年释勒（*F.Schiller*）发表

「強盜」的情形差不多。隨後發表的戲曲不下十餘篇，如「*Antigone*」「決定」「人類」「黑死病」（電影劇）「彼岸」及最近的作品「殺人」「*Ein besserer Herr*」等。他的戲曲可劃為前後兩期，前期名作品，如「兒子」「*Antigone*」等劇中皆橫溢了雄辯的言詞的。但在「人類」中則將對話極度解少，成為一篇動作與叫喚組成的戲曲。及至「黑死病」，隨完全將對話廢除，可算後刻的作品。但他最近的作品，作風是又變更了，今後又要向何處發展實在是很有趣味的一件事。「決定」是他的著作中最短的一篇。寫革命是怎樣艱難的事，和無意義的革命是怎樣可憐，用冷諷的銳利的筆寫出的一幕喜劇。在「*Antigone*」中作者的悲憤的熱情，在這裏卻用*Cynic*的衣裳包圍了。

譯者八月三日

“强盗”的情形差不多。随后发表的戏曲不下十余篇，如“*Antigone*”“决定”“人类”“黑死病”（电影剧）“彼岸”及最近的作品“杀人”“*Ein besserer Herr*”等。他的戏曲可划为前后两期，前期的作品，如“儿子”“*Antigone*”等剧中皆横溢了雄辩的言词的。但在“人类”中则将对话极度解少，成为一篇动作与叫唤组成的戏曲。及至“黑死病”，随完全将对话废除，可算后期的作品。但他最近的作品，作风是又变更了，今后又要向何处发展实在是很有趣味的一件事。“决定”是他的著作中最短的一篇。写革命是怎样艰难的事，和无意义的革命是怎样可怜，用冷讽的锐利的笔写出的一幕喜剧。在“*Antigone*”中作者的悲愤的热情，在这里却用*Cynic*的衣裳包围了。

译者八月三日

李同愈（1903—1943），作家，江苏常熟人。两期《青潮》月刊中，李同愈的作品有小说《父子》、诗歌《会见》。

父 子

李同愈

"……你父亲是快六十岁的人了哟！你也不是怎样年轻到不懂事的小孩子，就是不寄些钱到家，怎么连信都永远不写一封呢？你母亲也是老了的人了，难道你竟这样忍心么？一点孝心都没有么？……我们都在想你回来一趟见见面。六年了呢，一出去！我是不知还有几年可以活的了……"

秋士读着父亲寄来的信，真的不相信父亲的性格一变会到如此。如果秋士认不出这信里的字迹确是他父亲的手笔，他真要疑心到这信是别人冒名写来的。六年离家的秋士脑中

父 子

李 同 愈

「……你父親是快六十歲的人了喲！你也不是怎樣年輕到不懂事的小孩子，就是不寄些錢到家，怎麼連信都永遠不寫一封呢？你母親也是老了的人了，難道你竟這樣忍心麼？一點孝心都沒有麼？……我們都在想你回來一趟見見面。六年了呢，一出去！我是不知還有幾年可以活的了……」

秋士讀著父親寄來的信，真的不相信父親的性格一變會到如此。如果秋士認不出這信裏的字跡確是他父親的手筆，他真要疑心到這信是別人冒名寫來的。六年離家的秋士腦中

他时常刻着一个长须威严的父亲的面貌,是怎样一个可怕严肃的面貌啊！秋士是早就想回家去一趟的,但一想到父亲那一副可怕的永远对自己表示厌憎的态度,加之自己在故乡尝到的在亲友之间投向自己的白眼,秋士是再也不敢投到这一个不容自己的冷酷的故乡去了。虽然他偶而患了病痛感到旅中的悲哀时仍想着幼年病里看护过他的母亲和姊姊,但他始终没有勇气向故乡写一封带有思乡意味的信去;故乡之于秋士是怕到连回想一下都缺少了勇气的。

秋士的父亲是地方上一个颇有名望的学者。在中年时代他便受过新思想的薰陶,那时候,国人的辫子剪去还没有多久。因此,他在乡里便一直做着思想界的先进者。在当时的社会上自然不能不把他的新奇的言行看做奇怪,但也有一部分人尊崇着他的学识,所以在乡里中他是仍然保持着非常的尊严。秋士十一岁那年,便由他父亲教授英文。不多久,秋士的英文程度竟超过了本地一切的小学生,于是秋士便得了很多亲友的赞许,同时,他也邀得了父亲的宠爱。但在秋士十三岁那年,他的父亲忽然重大的变了态:先是和秋士的母亲闹着要离异,结果是分开居住;不久又对秋士逐渐嫌恶起来。有一次,秋士因失掉了一本书,他父亲便罚他挨了一天饿。又一次,秋士在衣服上弄了几点墨迹,便被罚在屋里监禁一天。在那一个时期,秋士对

父 子

他父亲的种种可怕印像一天天增多着。到后来，秋士一见了他父亲的影子便要浑身打战。愈是如此，他父亲便愈证实了他平时所骂的"懦怯""下贱"等话并不是过甚。于是秋士在一向赞美着他的亲友的口中也变做"懦怯""下贱"的秋士了。

"我不要儿子！儿子有什么用？死了吃羹饭？这只好去骗骗愚夫愚妇！我死了，把尸体烧了也好，给狗吃了也好，丢在海里也好，要儿子有什么用！老了靠儿子孝顺？看看我自己，孝顺过父亲没有？等不到那时早死了！……"

当有人因不忍看秋士受这样太甚的虐待向他父亲劝说时，这一类奇异的妙论便可使劝说者无话再说。

秋士把挨饿已渐渐养成为一种习惯。他怕看别人白眼的投视，渐渐地不敢在人面前出现了。他的丰满的面颊也逐渐消失了红润而枯黄瘦削了。然而他父亲对他嫌恶的心情则有增无已。这样挨着日子的秋士在幼稚的灵魂中深深地感到了生之悲哀。他常在无人处偷偷地流泪；流泪，舍此而外他更无法可以得到较多的安慰。然而流泪也是徒然啊！

秋士十五岁那年，他父亲做了教育馆馆长。他们便搬进了那所在大街上的教育馆的楼上去住。

他父亲接任馆长一个月以后，正值本地的城隍庙有热闹的会市。他父亲虽不是个迷信者，因所居的地位正当会市的最

52　　父　　子　　第一期

他父親的種種可怕印像一天天增多着。到後來，秋士一見了他父親的影子便要渾身打戰。愈是如此，他父親便愈證實了他平時所罵的「懦怯」「下賤」等話並不是過甚。於是秋士在一向讚美着他的親友的口中也變做「懦怯」「下賤」的秋士了。

「我不要兒子！兒子有什麼用？死了吃羹飯？這只好去騙騙愚夫愚婦！我死了，把屍體燒了也好，給狗吃了也好，丟在海裏也好，要兒子有什麼用！老了靠兒子孝順？看看我自己，孝順過父親沒有？等不到那時早死了！……」

當有人因不忍看秋士受這樣太甚的虐待向他父親勸說時，這一類奇異的妙論便可使勸說者無話再說。

秋士把挨餓已漸漸養成為一種習慣。他怕看別人白眼的投視，漸漸地不敢在人面前出現了。他的豐滿的面頰也逐漸消失了紅潤而枯黃瘦削了。然而他父親對他嫌惡的心情則有增無已。這樣挨着日子的秋士在幼稚的靈魂中深深地感到了生之悲哀。他常在無人處偷偷地流淚；流淚，捨此而外他更無法可以得到較多的安慰。然而流淚也是徒然啊！

秋士十五歲那年，他父親做了教育館館長。他們便搬進了那所在大街上的教育館的樓上去住。

他父親接任館長一個月以後，正值本地的城隍廟有熱鬧的會市。他父親雖不是個迷信者，因所居的地位正當會市的最

热閙處,於是在這一天便準備了筵席宴請本地的紳士,順便又請他們來欣賞會市。秋士遵照着父親的命令一樣樣幫同佈置了起來;這靠街的樓面佈置得十分富麗,但如此,更襯出了秋士身上一件破舊長衫的太不相稱。一向怕見人面的秋士便提出了避面客人的要求,他父親的囘答却只是一個冷然的飽含譏嘲的微笑説:「本來你也配麼? 賤骨頭!」秋士是非常慶幸地可以免得受窘。就在會市的那一天,秋士躲進了一間傍樓梯的小屋子。在那裏,他聽得見樓上的猜拳狂笑聲,門前的行人嘈雜聲,也可以聽見和客人同來的小少爺們的叫閙聲。

他父親對他的惡感隨着他一天天孱弱下去的身體增高着。終於他是被驅逐了,驅逐的原因是爲秋士偷了他父親的報紙。那事情是實在的:秋士因飢餓到不能再忍的時候,偷了他父親的一疊舊報紙,向對門一家雜貨店賣了十個銅子,他把這錢拿去買糕吃了。這事被發覺後,他父親便宣告了他名譽破產,很有理由的當着大衆把他趕出門外去。他忍了莫大的羞辱逃出了幾十雙含着嘲笑與輕蔑的旁觀者的眼光;他的心裏充滿了悔恨,憤怒,以及一切無名的感覺,茫然地向着冷靜的街上走了去。終於,他是感到了深切的悲哀,淚水像泉一般湧出來了。

秋士蒙着忍無可忍的莫大的羞辱,很想毀滅了自己的生命。他想找到一條大河投進水裏去;但他又想到死了並不能

热闹处,于是在这一天便准备了筵席宴请本地的绅士,顺便又请他们来欣赏会市。秋士遵照着父亲的命令一样样帮同布置了起来;这靠街的楼面布置得十分富丽,但如此,更衬出了秋士身上一件破旧长衫的太不相称。一向怕见人面的秋士便提出了避面客人的要求,他父亲的回答却只是一个冷然的饱含讥嘲的微笑说:"本来你也配么? 贱骨头!"秋士是非常庆幸地可以免得受窘。就在会市的那一天,秋士躲进了一间傍楼梯的小屋子。在那里,他听得见楼上的猜拳狂笑声,门前的行人嘈杂声,也可以听见和客人同来的小少爷们的叫闹声。

他父亲对他的恶感随着他一天天孱弱下去的身体增高着。终于他是被驱逐了。驱逐的原因是为秋士偷了他父亲的报纸。那事情是实在的:秋士因饥饿到不能再忍的时候,偷了他父亲的一叠旧报纸,向对门一家杂货店卖了十个铜子,他把这钱拿去买糕吃了。这事被发觉后,他父亲便宣告了他名誉破产,很有理由的当着大众把他赶出门外去。他忍了莫大的羞辱逃出了几十双含着嘲笑与轻蔑的旁观者的眼光;他的心里充满了悔恨,愤怒,以及一切无名的感觉,茫然地向着冷静的街上走了去。终于,他是感到了深切的悲哀,泪水像泉一般涌出来了。

秋士蒙着忍无可忍的莫大的羞辱,很想毁灭了自己的生命。他想找到一条大河投进水里去;但他又想到死了并不能

把羞辱洗刷去，纵然自己已无所知觉。他又想向给他羞辱的人复仇，他想到那人正是他的父亲时，他又茫然了，最后，他又想到自己在人生的旅途上还只走了一个开始，就这样毁灭了自己也是太不值得；于是他求生的意念陡然滋长了起来。他想像到自己的未来，未来的光明是怎样眩耀地在诱惑他，于是他更觉得生命之可贵了。

他茫然走到了一处泉水淙淙的小溪边。在那里，四周是静寂地只有枝头的小鸟在乱鸣。溪边的杨柳拂上秋士的衣襟，使他清醒地回复过意识来。他看着行将西坠的太阳，他看着遮掩山顶的行云，他看着涓涓不绝的流水，他陶醉在这大自然的怀里，忘却了饥饿，忘却了悲哀，忘却了一切。他把手摸到自己的脸，脸上的泪痕又使他想到霎那前的情境，他竟疑心自己是在做梦。

"回去吧，回那里去？这茫茫的宇宙哟，那里容得我？"秋士坐了一块溪边的青石，不觉又这样伤心起来。他的神志镇静了下来，他的理智又把他拉到了急待解决的问题上去。

秋士想起了的已经出嫁了的姊姊家里——正和母亲同住着的那里，如果自己忍羞跑了去，食宿是大概不致拒绝的。但他想到了母亲，那母亲的脸，又是如何凶暴而可怕啊！他不信世间再有比她更缺少慈性的母亲了。他想到自己是因着不名誉的事而被父亲赶出来的，即使母亲不是这样凶暴可怕的人，又焉能容得这样卑劣的儿子？他又想投奔到 S 地去找他的叔叔；万一找不着，他就预备流落在那里做乞丐。做乞丐，纵然是世间最苦恼最可怜的一种人，但他觉得比蒙着满面羞耻在故乡生活着要好得多。他怕这不容自己的故乡，他想逃开去，永远不见故乡的一切人。他立刻决定了到 S 地去。然而他再一想，到 S 地的川资那里来？眼前饿着连路也快要不能走，只这一天又如何挨下去？……天色已渐渐的晚，黑暗慢慢地逐走了光明，秋士脑里的思潮已由杂乱而变为模糊。他把全身躺到青石上，竟朦胧地睡着了。

"秋弟！秋弟！"他在梦中听见了这样的叫声，睁开眼，见月光下有一个人站在自己身边。

"呀……"秋士看着自己睡的地方，猛然想起刚才的事来。他很奇怪此时有会人找到他。

"醒了么？找了你老半天呢！——好了，跟我回去吧。"秋士听出了是他姊夫的声音。

"我不去！"

"怎么行？放心好了，你母亲那里我会使她不许说话的。"

"我不去！"

"你打算怎的？"

"死去!"秋士淌下泪来了。

稍稍静默了一会儿。

"秋弟,好好的同我回去吧;忍耐些,日子长呢?你父亲脾气太大,谁不知道?就是太使你难堪了,你应当自己挣一口气,做一番事业给你父亲看看。气量不要狭到这样子,这么小年纪为什么竟想到了死?你说没有脸见人,那么住在我家里,你还怕见谁?你姊姊听说你走了出来,急得哭了半天呢!……"

秋士呜咽地说不出话来,看到这身边向自己说话的人,好像在死路上得到了一个救星,他是感激的无话可说了。他挣扎着把身体站了起来,被姊夫把他拉着走了。

……

……

秋士读完了父亲的来信,过去的一切影像很清晰地在脑中回忆着。他回忆到住在姊夫家中如何被母亲日常辱骂。他回忆到如何由母舅的推荐得到了一个吃饭的位置。他回忆到如何派到这五千里外的异地。他回忆到离乡的一天如何庆幸他得离那不容自己的火坑;如何憧憬着异地的风物。他回忆到初来客中的寂寞与不惯。他回忆到因镇天辛劳地工作而使他得了隐疾……他又想起了不久在姊夫的来信中说:母亲和父亲是言归于好了;父亲到S地去担任教授了;母亲是如何盼望他

| 56 | 青潮月刊 | 第一卷 |

「死去!」秋士淌下泪来了。

稍稍静默了一会儿。

「秋弟,好好的同我回去吧;忍耐些,日子长呢?你父亲脾气太大,谁不知道?就是太使你难堪了,你应当自己挣一口气,做一番事业给你父亲看看。气量不要狭到这样子,这么小年纪为什么竟想到了死?你说没有脸见人,那么住在我家里,你还怕见谁?你姊姊听说你走了出来,急得哭了半天呢!……」

秋士呜咽地说不出话来,看到这身边向自己说话的人,好像在死路上得到了一个救星,他是感激的无话可说了。他挣扎着把身体站了起来,被姊夫把他拉着走了。

………

………

秋士读完了父亲的来信,过去的一切影像很清晰地在脑中回忆着。他回忆到住在姊夫家中如何被母亲日常辱骂。他回忆到如何由母舅的推荐得到了一个吃饭的位置。他回忆到如何派到这五千里外的异地。他回忆到离乡的一天如何庆幸他得离那不容自己的火坑;如何憧憬着异地的风物。他回忆到初来客中的寂寞与不惯。他回忆到因镇天辛劳地工作而使他得了隐疾……他又想起了不久在姊夫的来信中说:母亲和父亲是言归于好了;父亲到S地去担任教授了;母亲是如何盼望他

有音信到来……然而他在離鄉的六年中始終沒有寫過一次信給他的父母。

「啊啊！父親真的變到這樣了？」秋士心裏是這樣疑惑着。他又想：即使父親的性情完全變了，難道竟把他從前的話和從前的事情都忘了麼？「啊啊！正是一個復仇的機會！」這樣一個念頭忽然來到他的意識裏。

秋士把一封信順手一撕塞進了字紙簍。

秋士只當忘了這件事，又過了一個月，他接到了父親的第二封信。

「……你不寫回信，教我如何的掛念啊！你父親是老了喲！再說一遍：你父親是快近六十歲的人了！你娘也老了！我們能再活幾年？你竟這樣忍心的不理不睬麼？怕到我們死後你就要懊悔的；到那時是太遲了。記着吧我的兒，你那在故鄉的年老的父母都天天在盼望着你的歸來！你如果不能回家，也要快快的寫封信到家裏。我們只有你一個兒子的。……」

他先是很興奮地讀着這信，讀完後，他被十分感動了。他握着筆，準備寫一封安慰他們老人家的信。他想像着家裏的父母是如何焦燥地期待着他的神情。他想像着故鄉的風景是如何的明媚可愛。但一霎那，他父親的長鬚可怕的面貌又閃到了他眼前，他母親的尖利的罵聲也響在他耳裏，許許多多含着譏諷的

有音信到来……然而他在离乡的六年中始终没有写过一次信给他的父母。

"啊啊！父亲真的变到这样了？"秋士心里是这样疑惑着。他又想：即使父亲的性情完全变了，难道竟把他从前的话和从前的事情都忘了么？"啊啊！正是一个复仇的机会！"这样一个念头忽然来到他的意识里。

秋士把一封信顺手一撕塞进了字纸篓。

秋士只当忘了这件事。又过了一个月，他接到了父亲的第二封信。

"……你不写回信，教我如何的挂念啊！你父亲是老了哟！再说一遍：你父亲是快近六十岁的人了！你娘也老了！我们能再活几年？你竟这样忍心的不理不睬么？怕到我们死后你就要懊悔的；到那时是太迟了。记着吧我的儿，你那在故乡的年老的父母都天天在盼望你的归来！你如果不能回家，也要快快的写封信到家里。我们只有你一个儿子呢。……"

他先是很兴奋地读着这信，读完后，他被十分感动了。他握着笔，准备写一封安慰他们老人家的信。他想像着家里的父母是如何焦燥地期待着他的神情。他想像着故乡的风景是如何的明媚可爱。但一霎那，他父亲的长须可怕的面貌又闪到了他眼前，他母亲的尖利的骂声也响在他耳里，许许多多含着讥讽的

目光似乎也在四周包围着；于是他仍然把手里的一支笔搁了下来。

又过了半个月，他接到他姊夫的来信，说是他父亲病了；病得很重。在病中他父亲是仍在盼望他回家。他刚想写一封十二分诚恳的信去求父亲饶恕他六年来的不孝之罪，而父亲的信也到来了。

他非常兴奋地拆了信读：

"秋儿：现在是到最后的一刻了，想来我已见不着你一面了。我一向想当面向你说的话，如今已等不到你回来，只好写这封最后的信向你说了吧。你不覆我的信，我并不怪你，你所以如此忍心，都是你父亲当年的错误使你这样的。可是，儿呀，你父亲在这离开世界的前一刻，不得不忏悔一下：你父亲是太对不起他的儿子了！我这样说，并不想得到我儿的谅解，恢复你对于老父的孝心，即使你仍然痛恨你老父当年的暴行，儿呀，我也决不怪你的。你临去世的老父此刻是怎样为着当年对儿子太不负责的苛待而内疚，而痛心啊！沈浸你幼稚的灵魂在悲哀中，断送你宝贵的青春在远旅中，牺牲你聪明的智慧在工作中，那一件不是你老父害得你如此！如今是忏悔也徒然了！……"

秋士一面读着，不自知的泪流被面了。

七月卅日作

目光似乎也在四周包围着；於是他仍然把手裹的一枝笔搁了下来。

又过了半個月，他接到他姊夫的来信，說是他父亲病了；病得很重。在病中他父亲是仍在盼望他回家。他刚想寫一封十二分誠懇的信去求父誤饒恕他六年来的不孝之罪，而父亲的信也到来了。

他非常興奮地拆了信讀：

「秋兒：现在是到最後的一刻了，想来我已見不着你一面了。我一向想當面向你說的話，如今已等不到你回来，只好寫這封最後的信向你說了吧。你不覆我的信，我並不怪你，你所以如此忍心，都是你父亲當年的錯誤使你這樣的。可是，兒呀，你父亲在這離開世界的前一刻，不得不懺悔一下：你父亲是太對不起他的兒子了！我這樣說，並不想得到我兒的諒解，恢復你對於老父的孝心，即使你仍然痛恨你老父當年的暴行，兒呀，我也決不怪你的。你臨去世的老父此刻是怎樣為着當年對兒子太不負責的苛待而内疚，而痛心啊！沈浸你幼稚的靈魂在悲哀中，斷送你寶貴的青春在遠旅中，犧牲你聰明的智慧在工作中，那一件不是你老父害得你如此！如今是懺悔也徒然了！……」

秋士一面讀着，不自知的淚流被面了。

七月卅日作

兩個世界

丹麥甲考孫 作
息盧譯

這撒爾雜區並不是一條快樂的河流。東岸上有一所小小的村落，很幽暗很窮苦而且十分古怪的一個所在。

像一羣不幸的醜陋不堪的乞丐被這條河阻住——爲沒得渡費付與渡夫——這房子是坐落在河岸的最高邊緣上低降下去，牠們凋殘的肩頭互相傾倚着，爲風雨所剝蝕暗中摸索着絕無希望在淡灰色河中如槎枒一般的支撐着，牠們暗淡的窗子由懸垂的茅茨葺成的房頂的眉毛下面門廊的背後瞪視着——是對於在河對面那些幸運的房子作出一種沮恨地憤懣之怒

两 个 世 界

〔丹麦〕甲考孙 作

息卢 译

这撒尔杂区并不是一条快乐的河流。东岸上有一所小小的村落，很幽暗很穷苦而且十分古怪的一个所在。

像一群不幸的丑陋不堪的乞丐被这条河阻住——为没得渡费付与渡夫——这房子是坐落在河岸的最高边缘上低降下去，它们凋残的肩头互相倾倚着，为风雨所剥蚀暗中摸索着绝无希望在淡灰色河中如槎枒一般的支撑着，它们暗淡的窗子由悬垂的茅茨葺成的房顶的眉毛下面门廊的背后瞪视着——是对于在河对面那些幸运的房子作出一种沮恨地愤懑之怒

容的瞪视,而对面那些房子是单独的建筑,或两所相并的,在愉乐的伴侣之中,这里那里伸展开,遮遍了碧绿的平原,远向着黄金色的朦胧远方。但这些穷苦房子那里是没有光明,只有屈服的黑暗与沈静,被河流的声音抑压下去,那声音是迟缓的,不停止的翻滚过去,喃喃的走着它自己的路途,生命是如此的疲倦,如此希奇的绝不关心。

太阳已经下落,许多蝗虫遍布在天空之中用它们晶光的翅子作出营营的声音,它们被突然起的一阵无力的迅风带过对岸去,这阵风又将岸上瘦长的芦苇扬起吹倒。

在河的上面一条小流中一只船走近来。

一个衰弱而憔悴的妇人立在靠近河岸的一所房子里俯在走廊的栏栅上向前凝望着这只船。她用她那几乎透明的手遮着她的双目,因为,在船的那里太阳光线斜放出金黄色的光而清澈地反射在水面上,恰像泛行于黄金的圆镜之中。

这清澈的黄昏余光映在老妇人蜡黄的脸上,如同在她脸中原是这样的光一般。明显而且清深,显然可见,恰像一个人在黝黑的夜中由大洋的波浪里看得见白色泡沫似的。她的目光是在搜寻着,充满了恐怖,一种奇异的心神恍惚地微笑横在她的那瘦惫的口上,然而在突出的前额中垂直的双眉却仍旧伸展开绝望的决定的阴影罩住她的全面部。

60 　　　　青 潮 月 刊 　　　　第一卷

容的瞪視,而對面那些房子是單獨的建築,或兩所相併的,在愉樂的伴侶之中,這裏那裏伸展開,遮遍了碧綠的平原,遠向着黃金色的朦朧遠方。但這些窮苦房子那裏是沒有光明,只有屈服的黑暗與沈靜,被河流的聲音抑壓下去,那聲音是遲緩的,不停止的翻滾過去,喃喃的走着牠自己的路途,生命是如此的疲倦,如此希奇的絕不關心。

太陽已經下落,許多蝗蟲遍布在天空之中用牠們晶光的翅子作出營營的聲音,牠們被突然起的一陣無力的迅風帶過對岸去,過陣風又將岸上瘦長的蘆葦揚起吹倒。

在河的上面一條小流中一隻船走近來。

一個衰弱而憔悴的婦人立在靠近河岸的一所房子裏俯在走廊的闌柵上向前凝望着這隻船。她用她那幾乎透明的手遮着她的雙目,因爲,在船的那裏太陽光綫斜放出金黃色的光面清澈地反射在水面上,恰像泛行於黃金的圓鏡之中。

這清澈的黃昏餘光映在老婦人蠟黃的臉上,如同在她臉中原是這樣的光一般。明顯而且清澈,顯然可見,恰像一個人在翻黑的夜中由大洋的波浪裏看得見白色泡沫似的。她的目光是在搜尋着,充滿了恐怖,一種奇異的心神恍惚地微笑橫在她的那瘦戇的口上,然而在突出的前額中垂直的雙眉卻仍舊伸展開絕望的決定的陰影罩住她的全面部。

青湘

這小村中禮拜堂的鐘聲開始響了。

她從落日中回過面來，並且前後的搖動她的頭，似乎她想着去逃避開這鐘的聲音，同時她喃喃地几乎像是對不斷的鐘響聲的回答。

「我已不能等待。我不能等待了。」

但是鐘聲卻繼續着。

似在憂苦之中，她步行回來上了露台。絕望的陰影卻漸長的深了，她沈重地叹一口氣如同一個人強忍住泪不能哭出一樣。

在長久，長久的年歲她已由憂苦的疾病中捱忍着，而疾病永不讓她休息，不論在躺下或行走之中。她曾去求問一個個的「智慧」的婦人，她曾牽曳着她自己由一個陽春到又一個陽春，但絕沒有效果。後來她在九月的巡禮中到聖 Bartholomen 去，在此處有個一隻眼睛的男子勸告她用一個恩地薇絲花球（一）一長條玻璃，一包谷子，與墳地中得來的幾種羊齒植物，還有她的一把頭髮與從棺材中得來的一條木片捆在一起這些東西，她要拋到渡過流水而向她來的一位康健與明麗的年輕的婦女身上。然後她的疾病可以離她而去過到那位身上去了。

現在她已將這種花球藏在她的披肩下面，而河上的那面卻來到了一隻船，這第一場她將這魔術的花把拴在一起。她重

这小村中礼拜堂的钟声开始响了。

她从落日中回过面来，并且前后的摇动她的头，似乎她想着去逃避开这钟的声音，同时她喃喃地几乎像是对不断的钟响声的回答。

"我不能等待。我不能等待了。"

但是钟声却继续着。

似在忧苦之中，她步行回来上了露台。绝望的阴影却渐长的深了，她沈重地叹一口气如同一个人强忍住泪不能哭出一样。

在长久，长久的年岁她已由忧苦的疾病中挨忍着，而疾病永不让她休息，不论在躺下或行走之中。她曾去求问一个个的"智慧"的妇人，她曾牵曳着她自己由一个阳春到又一个阳春，但绝没有效果。后来她在九月的巡礼中到圣 Bartholomen 去，在此处有个一只眼睛的男子劝告她用一个恩地薇丝花球[1]，一长条玻璃，一包谷子，与坟地中得来的几种羊齿植物，还有她的一把头发与从棺材中得来的一条木片捆在一起这些东西，她要抛到渡过流水而向她来的一位康健与明丽的年轻的妇女身上。然后她的疾病可以离她而去过到那位身上去了。

现在她已将这种花球藏在她的披肩下面，而河上的那面却来到了一只船，这第一场她将这魔术的花把拴在一起。她重

复下来到走廊的栏栅边。船是越走越近。她可以看得见船上是六个过客，看来他们都是远处的人，船头上立着一个打棒球的男子拿着他的球竿，船尾上坐着一位太太，在她靠近是一个青年男子正注视着，同时她按照着打棒球的指挥而把舵。其他的人全坐在船中间。

这病妇深深的俯在栏栅上。在她脸上每一道皱纹是不放松的，而她的手乃在披肩之下。血液在她的太阳穴中跳动。她的呼吸几乎停止了；同着抖颤的鼻头，火焰般的双颊，大张着明闪的目光，她专等着这只船的到来。

这些旅行者的声音全可听得到了——一阵很清楚，一阵又像是不清的细语。

“幸福是一种绝对的异教徒的理想。你从新约里万不能在单独的地位中找得到这一个字。”其中是一位这样说。

“救世吧？”别个的疑问。

“否”一个道：“现在听着，将理想的谈话从正谈说那件事那里尽力所能的离远去那是真实的；但这种事，我以为，我们的好好做去的就是我们可以使之返回到我们曾起始的所在……”

“自然很好，那么是希腊人……”

“第一是费尼基人吧！”

“你关于费尼基人知道些甚么呢？”

復下來到走廊的欄柵邊。船是越走越近。她可以看得見船上是六個過客，若來他們都是遠處的人，船頭上立着一個打棒球的男子拿着他的球竿，船尾上坐着一位太太，在她靠近是一個青年男子正注視着，同時她按照着打棒球的指揮而把舵。其他的人全坐在船中間。

這病婦深深的俯在欄柵上。在她臉上每一道縐紋是不放鬆的，而她的手乃在披肩之下。血液在她的太陽穴中跳動。她的呼吸幾乎停止了；同着抖顫的鼻頭，火焰般的雙頰，大張着明閃的目光，她專等着這隻船的到來。

這些旅行者的聲音全可聽得到了——一陣很清楚，一陣又像是不清的細語。

「幸福是一種絕對的異教徒的理想。你從新約裏萬不能在單獨的地位中找得到這一個字。」其中是一位這樣說。

「救世吧？」別個的疑問。

「否」一個道：「現在聽着，將理想的談話從正談說那件事那裏盡力所能的離遠去那是真實的；但這種事，我以為，我們的好好做去的就是我們可以使之返回到我們曾起始的所在……」

「自然很好，那麼是希臘人……」

「第一是費尼基人吧！」

「你關於費尼基人知道些甚麼呢？」

「沒有甚麼！不過為甚麼費尼基人常常能躍等而前呢？」

這船既在這所房子的對面了，恰當牠行過時有個人在船面上點着了他的捲烟。這火光在極短時的光輝中照到舵上的女人，在微紅的閃光中她保持着一種明麗，少女的面貌帶着快樂的微笑掛在她那微張的兩脣上，而且在她那澄清的目中一種夢境的表現仰望着黑沉沉的天空。這明光即時消失了，一陣輕快的擊拍聲聽到了，像是有些東西投在水中似的而這隻船卻急急推行過去。

約在一年以後，太陽沉落於昏暗的兩岸之間，深深地漸生的層雲投擲下一片血紅的返光在河的暗流之上。一陣清風吹穿過平原。那裏沒了蝗蟲了——只是河流的喃喃聲與蘆葦的低語。在這距離中一隻船從急流中下來。

這老婦人在河邊上下了船……她自從向着那年輕的姑娘將她的魔術球拋擲去後她已經喪了神了，而這強烈的情感——或者也是一位新醫生在鄰近地方新近來到——已經調治好了她的苦病。幾個月後她的情形將好了，後來便完全恢復了她的健康。在起初時她似為這等健康的感情將她陶醉；但這陶醉卻不很長久。她漸漸喪失了心意而且十分悲愁，絕望是不停止而充滿着，因為她常是被在那船中少女的幻形追逐着，那對

"没有甚么！不过为甚么费尼基人常常能躍等而前呢？"

这船既在这所房子的对面了，恰当它行过时有个人在船面上点着了他的卷烟。这火光在极短时的光辉中照到舵上的女人，在微红的闪光中她保持着一种明丽，少女的面貌带着快乐的微笑挂在她那微张的两唇上，而且在她那澄清的目中一种梦境的表现仰望着黑沉沉的天空。这明光即时消失了，一阵轻快的击拍声听到了，像是有些东西投在水中似的，而这只船却急急推行过去。

约在一年以后。太阳沉落于昏暗的两岸之间，深深地渐生的层云投掷下一片血红的返光在河的暗流之上。一阵清风吹穿过平原。那里没了蝗虫了——只是河流的喃喃声与芦苇的低语。在这距离中一只船从急流中下来。

这老妇人在河边上下了船……她自从向着那年轻的姑娘将她的魔术球抛掷去后她已经丧了神了，而这强烈的情惑——或者也是一位新医生在邻近地方新近来到——已经调治好了她的苦病。几个月后她的情形更好了，后来便完全恢复了她的健康。在起初时她似为这等健康的感情将她陶醉；但这陶醉却不很长久。她渐渐丧失了心意而且十分悲愁，绝望是不停止而充满着，因为她常是被在那船中少女的幻形追逐着，那对

两个世界

于她似是这姑娘在她足下跪着用申诉的眼光向她仰望。后来这幻象消灭了，但她知道幻象却仍在那里。这姑娘在一切时中常在悲泣。于是她渐渐沉静了，而幻象又行出现。这幻象常即时在她面前，苍白与憔悴的，用不自然的大而奇异的目光向她闪视着。

这一晚她在河边上下来；拿着一根手杖在手里，她在柔软的泥土上画着一个一个的十字；她时时立起来而且倾听，然后弯下身子再去画她的十字。

立时那钟声开始响动。

她很留心地将她末后的十字画定，将手杖抛开，跪下祷告。然后她便步行到河流中去直待水到了她的腋下。她平放开双手让她自己沉于黑色的水之中央。水便把她带去，拖曳着她在水流中，又翻上来，就这样惨淡而悲伤地，经过村落，经过田野——远去了。

这时那只船又靠近了。同是一年以前那些少年人在船板上他们彼此相助把着舵，而且他们是在作新婚的旅行。他坐在船头；她立于船的中央，蒙着长而灰色的披肩，一个小小的红帽罩在头上。……斜立着背倚在没有帆布的短桅竿上，而且低声唱着。

她们推进着经过这所房子。她欢乐地向船头的人点着头，

64　　　青潮月刊　　　第一卷

於她似是這姑娘在她足下跪着用申訴的眼光向她仰留。後來這幻象消滅了，但她知道幻象卻仍在那裏。這姑娘在一切時中常在悲泣。於是她漸漸沉靜了，而幻象又行出現。這幻象常即時在她面前，蒼白與憔悴的，用不自然的大而奇異的目光向她閃視着。

這一晚她在河邊上下來；拿着一根手杖在手裏，她在柔軟的泥土上畫着一個一個的十字；她時時立起來而且傾聽，然後彎下身子再去畫她的十字。

立時那鐘聲開始響動。

她很留心地將她末後的十字畫定，將手杖拋開，跪下禱告。然後她便步行到河流中去直待水到了她的腋下。她平放開雙手讓她自己沉於黑色的水之中央。水便把她帶去，拖曳着她在水流中，又翻上來，頹喪悽淡而悲傷地，經過村落，經過田野，——遠去了。

這時那貨船又崇近了。同是一年以前那些少年人在船板上他們彼此相助把着舵，而且他們是在作新婚的旅行。他坐在船頭；她立於船的中央，蒙着長而灰色的披肩，一個小小的紅帽罩在頭上。……斜立着背倚在沒有帆布的短桅竿上，而且低聲唱着。

她們推進着輕過這所房子。她歡樂地向船頭的人點着頭，

仰望着天空，开始唱了；歌声异常低柔，那时
她斜倚着桅竿用她的眼光远送着推动的层
云……一种为幸福的胜利所充满的歌曲。

[1] 恩地薇丝是在阿尔怕司山高处的阴
湿地方的一种花，白色作集珠形。

彼得·甲考孙（Peter Jacobeson）生于一
八四七，死于一八八五。初写文学作品时受
了安迪孙（Hans Christian Anderson）的影
响，不久他便成为伟大自创的小说家。他对
于自然科学有极深的兴趣如文学一样，然在
他短短的生命中他却成为一文学的著作者。

两个世界是极富有诗意而感人的，且可
显示出短篇作者的专门的技能。

　　　　　　　　　　　　　　　译者记

诗　　选

杜宇 译

警　笛

葛斯捷夫 著

在劳动街，早晨警笛鸣叫时，

那不是束缚的呼声，

那是未来之歌啊！

我们从前在贫苦的工场劳动，

每朝在不同的时间开始做工，

但是，在今天早晨

警笛为数百万的群众喊叫，

今天我们一分不误的共同的开始了！

詩　選

杜　宇　譯

警　笛

葛 斯 捷 夫 著

在勞動街，早晨警笛鳴叫時，

那不是束縛的呼聲，

那是未來之歌啊！

我們從前在貧苦的工場勞動，

每朝在不同的時間開始做工，

但是，在今天早晨

警笛爲數百萬的羣衆喊叫，

今天我們一分不誤的共同的開始了！

数百万的群众，在同一的瞬间拿起铁锤
来，

我们的最初的打击在一块儿鸣动了！

警笛啊！你在歌唱着什么？

这是，一致的朝之赞歌啊！

太阳的撒布者

阿尔斯基 著

我们撒布太阳……我们撒布太阳。

我们撒布太阳……我们是——星之霰。

我们撒布太阳……撒布火的金洋。

火的金洋是……又光辉又响亮——

我们撒布太阳……瞭见炬火的光。

我们将火焰四扬，使猛火到处伸张。

就在这深渊的奥底，我们也把火点上。

我们撒布太阳，这是神圣的事情。

我们为明亮的欢喜所包镶，

我们把火箭撒扬，

那火箭要射在要害上。

我们撒布太阳，我们像电光一样。

我们是金色的明亮的雨……

我们要把全世界给披上紫色的新装。

将全世界……啊！太阳呦！你是——我们的指导者。啊！太阳！

少女之歌

查罗夫　著

在河之那边，是白茫的秋天。

是怎样的平和，

是怎样的静闲，

心脏在轻轻的跳颤。

水波不安定的起伏着，

白冬麦曲捻着，

雪与冬的臭味到处放散。

做完了工，回到苏佛芝与河畔，

道拉克达——是静静的缓缓的流去了。

在后边，在后边……我的恋人，

歌咏着太阳与春天。

如是那歌，那歌声

冲破静寂送到眼前。

68　　　青潮月刊　　　第一卷

我们要把全世界给披上紫色的新装。

将全世界……啊！太阳呦！你是——我们的指导者。啊！太阳！

少女之歌

查罗夫　著

在河之那边，是白茫的秋天。

是怎样的平和，

是怎样的静闲，

心脏在轻轻的跳颤。

水波不安定的起伏着，

白冬麦曲捻着，

雪与冬的臭味到处放散。

做完了工，回到苏佛芝与河畔，

道拉克达——是静静的缓缓的流去了。

在后边，在后边……我的恋人，

歌咏着太阳与春天。

如是那歌，那歌声

冲破静寂送到眼前。

啊……

吹来徐风一阵。

嘹亮的歌声渐远,渐远……

通过坚固的冰上,

向那快活的河流消失了,……

黄昏的锐音。

村落与原野,

渐渐的被雾笼占。

在村里的钟楼上,

钟开始鸣动了。

心不安时,

是生的时候,也是黄昏的时候。

钟声四散在庭园,

啊! 我的母亲呵!

这不是你晚祷的时间。

但在我是…到加新斯克的苏佛芝的时候啊!

晚祷的钟声虽在不断,

失去信仰的迷话早已消散。

我微笑着来到河畔,

静静的举步向前……

啊……

吹来徐风一阵。

嘹亮的歌声渐远,渐远……

通过坚固的冰上,

向那快活的河流消失了……

黄昏的锐音。

村落与原野,

渐渐的被雾笼占。

在村里的钟楼上,

钟开始鸣动了。

心不安时,

是生的时候,也是黄昏的时候。

钟声四散在庭园,

啊! 我的母亲呵!

这不是你晚祷的时间。

但在我是……到加新斯克的苏佛芝的时候啊!

晚祷的钟声虽在不断,

失去信仰的迷话早已消散。

我微笑着来到河畔,

静静的举步向前……

在那边，我的恋人在等着我啊！
在河之那边，是白茫的秋天。

流　冰

查罗夫　著

我是……天上军队的使者，
从春之委员会派来的使者。
我是……太阳，如今是
天地上下的代表者。
昨天是工作在野地，
今天和四月一块儿，
解放了河畔地区。
被镀了金的废墟，
光芒到处灿烂辉煌着……
流吧！你青铜般的冰片呵！
勇进呵！向溶解的大海漂流呵！
以泛滥之波洗涤着身躯，
成为速快的流冰，
前进！在整然的爽快的

70　　青潮月刊　　第一卷

在那邊，我的戀人在等着我啊！
在河之那邊，是白茫的秋天。

流　冰

查罗夫　著

我是……天上軍隊的使者，
從春之委員會派來的使者。
我是……太陽，如今是
天地上下的代表者。
昨天是工作在野地，
今天和四月一塊兒，
解放了河畔地區。
被鍍了金的廢墟，
光芒到處燦爛輝煌着……
流吧！你青銅般的冰片呵！
勇進呵！向溶解的大海漂流呵！
以氾濫之波洗滌着身軀，
成爲速快的流冰，
前進！在整然的爽快的

旗与自由之歌下……
勇猛的将冬之宫殿打破吧！
从那头上把落雪扫除。
同志们呦！开会去！……
最初的问题——
是关于春的！

72　　青 湖 月 刊　　第一卷

何 處 是 知 音

贈 王 玫

杜 宇

只有我破舊的提琴，
才是我唯一的愛人；
只要有牠隨我作伴，
地獄也會變成樂園。

我要將過世界走偏，
伴着我破舊的提琴；
於今我脚已將走穿，
但何處有我的知音？

我要唱歌，
有誰能同我附和？
總將我喉嚨唱破，
到頭還不是孤另另的我！

何处是知音

赠王玫

杜 宇

只有我破旧的提琴，
才是我唯一的爱人；
只要有它随我作伴，
地狱也会变成乐园。

我要将这世界走偏，
伴着我破旧的提琴；
于今我脚已将走穿，
但何处有我的知音？

我要唱歌，
有谁能同我附和？
总将我喉咙唱破，
到头还不是孤另另的我！

我要痛哭,
痛哭向誰去申訴？
總將我身心哭昏,
到頭還是孤另另的一人！

當我死時,
我願與提琴同葬埋；
因我生時,
只有牠是我的心愛。

我要將我的悲哀和眼淚,
譜成一闋悲切切的新曲,
藉着那裊裊凄清的琴音,
打動人間一切隔膜的心！

我要痛哭,
痛哭向谁去申诉?
总将我身心哭昏,
到头还是孤另另的一人!

当我死时,
我愿与提琴同葬埋;
因我生时,
只有它是我的心爱。

我要将我的悲哀和眼泪,
谱成一阕悲切切的新曲,
借着那袅袅凄清的琴音,
打动人间一切隔膜的心!

王玫(1907—1994)，原名王文栋，诗人，音乐演奏家，山东临沂人。两期《青潮》月刊中，王玫的作品有诗歌《漫漫夜》《黎明》。

漫 漫 夜

王 玫

忧郁的凄夜伴着浮在海面的银光月影，
展开轻软的睡梦流露热情的心灵。
只听得轻动的水花唱着清冷的夜歌，
似轻烟飘渺地拥抱着天空默默的疏星。

黄昏静静朦罩了尘埃的浊腥。
夜的妖魔放浪着她的欢情，
颓唐的空梦在寥阔中引她情绪的深浓。
心花在苦涩里是怨谁的薄幸？

七，六，二九。

姜宏（1924—1949①），原名姜天铎，作家②，青岛即墨中障村人③。两期《青潮》月刊中，姜宏的作品有译作《雪的西比利亚》《小彼得》。

小　彼　得

〔德国〕苗林　著　姜宏　译

石炭的故事

小彼得因为滑冰把腿折伤了，因此不得不整天地安安静静的躺在床上，觉得很郁闷的。母亲是终日的在外边作工。同游的侣伴们在雪地里游兴正浓，来慰问病人的，是连想也想不到。在白天太阳明亮的光线射进来，愉快的影儿映在壁上，小彼得自己觉得是很快乐的。但是一到旁晚，这狭窄的小屋中渐渐的黑暗了，小彼得随着也就寂寞起来，静静地倾听母亲的足音在石阶上响动。但是母亲到现在还没回来，小小的火炉中也没有生火，他渐渐的觉着冷得难过。

---

① 据退役军人事务部主办"中华英烈网"记载，姜宏 1949 年牺牲于沈阳。

② 中共青岛市委组织部、中共青岛市委党史研究室《青岛左翼文化运动》，青岛：青岛出版社 2009 年版，第 17 页。

③ 即墨市史志办公室《即墨市村庄志》，北京：中国文史出版社 2002 年版，第 119 页。

那一天,从白天就下起雪来,彼得在床上向外望着长的像花棉一般白的雪,线一样的飘落着。这时候四周已经很暗了,他是很冷的,觉着有说不出的难过和凄凉,便寂然的睡去了。

忽然,他在床上听见不知从那里来的细语声。他很惊奇的倾耳静听,他听见两个温和的低语声音,从那盛着很少的一点石炭的箱中发出来。小彼得很吃惊,惊的连气都不敢喘一喘。那切切细语的声音,在这静寂的屋中渐渐地高起来了,小石炭们互相谈起话来。

"这里为什么这样暗呢?"在最上面的小石炭说:"简直什么都看不见。"

"比我从前住的地方还要暗呢。"另一石炭这样说。

"你从前住在什么地方?"

"住在土中啊! 老兄,我是住在土中睡觉着,那是一个又暖和又快乐的地方;四周有数不尽的兄弟们紧靠着睡觉。有一天睡床不稳的动摇起来,接着就听见一大声音,把我惊醒了。土块崩去,我咕噜的滚出来接着落在狭窄的矿道里。这是又窄又低简直人们立不起身来的一条甬道。在那里有一个人屈着背和弓一样的在壁上挖掘。他是不断的咳嗽着,汗从他头上一行一行的流下来,然而他一刻也不休的只是挖掘着矿壁,许久许久不住下。咳! 真可怜,他是怎样的疲惫啊! 他的两手不住的抖顫，屢次發出不斷在呻吟聲。又將他那酸痛的背伸欠了一下，但是立刻又開始挖掘起來了。在這狹窄的礦道中總是熱悶的。我知道維繫人類生存必要的東西是空氣，但在那地底下，簡直可說是沒有空氣；只是充滿了惡臭的地方。那人在那裏邊究竟怎樣的生活着，這是直到現在我還解不開的事。在那時候我以爲顯現着苦悶的，悲慘的，可怕的臉兒的人，必定是不好的人，被罰關閉在這礦道中作工。從那時不久我被一個小車載着運到這光明的世界上來了。但是直到現在我還常常的想起那連腰也直不起來被背痛所苦的可憐的人呢！

「兄弟！你不知道的事還多呢。」從石炭箱子裏跳出來落在爐底下的爐盤上的石炭說，「我看見許多比那苦於背痛的人還甚的人呢！」我在一個長的礦道中就像你剛纔所說狹的礦道一樣，在那裏有十幾個人作着工，在他們面前掛着一盞小燈。

「那不是很臭的東西麼？」一個老人說。

「作事完畢回去纔好吧！不完畢就回去不是要被革除麼？」又一個人叫喊着說。

於是大家又開始作工了，如果被革除那時老婆和小孩沒有食的東西，那麼就必須餓死了。而且無論什麼事，倘若不照主人所吩咐的那樣去做，馬上就要被革除的。小燈漸漸地昏暗起來，不久這坑道中差不多漆黑了。在那時好像有什麼變故發

颤，屡次发出不断的呻吟声。又将他那酸痛的背伸欠了一下，但是立刻又开始挖掘起来了。在这狭窄的矿道中总是热闷的。我知道维系人类生存必要的东西是空气，但在那地底下，简直可说是没有空气；只是充满了恶臭的地方。那人在那里边究竟怎样的生活着，这是直到现在我还解不开的事。在那时候我以为显现着苦闷的，悲惨的，可怕的脸儿的人，必定是不好的人，被罚关闭在这矿道中作工。从那时不久我被一个小车载着运到这光明的世界上来了。但是直到现在我还常常的想起那连腰也直不起来被背痛所苦的可怜的人呢！

"兄弟！你不知道的事还多呢。"从石炭箱子里跳出来落在炉底下的炉盘上的石炭说。"我看见许多比那苦于背痛的人还甚的人呢！"我在一个长的矿道中就像你刚才所说狭的矿道一样，在那里有十几个人作着工，在他们面前挂着一盏小灯。

"那不是很臭的东西么？"一个老人说。

"作事完毕回去才好吧！不完毕就回去不是要被革除么？"又一个人叫喊着说。

于是大家又开始作工了，如果被革除那时老婆和小孩没有食的东西，那么就必须饿死了。而且无论什么事，倘若不照主人所吩咐的那样去做，马上就要被革除的。小灯渐渐地昏暗起来，不久这坑道中差不多漆黑了。在那时好像有什么变故发

生,忽然从上边下来一个人,那人的样子是很凶恶,就像先生申斥学生那样去申斥这老人,接着就很快的走了。炭矿夫们不息的咳嗽着,又继续着作起工来了。叫我不明白的,究竟他们为什么一见了那个人就唯唯的低了头呢? 那个人看起来并不比那些炭矿夫有什么两样,他比其他的炭矿夫们也不见得高大,或者有力量。突然我咕噜的滚出来了,我抬起头来向周围看了看谁也没有踏着我。我正想着的时候,轰然一声我跳于空中,接着就发出雷一般的可怕的响声。小灯顿然灭了,大的土块哗啦哗啦地从空中落下来。在黑暗中,经过很长的时间,我听见人们的呼唤声和呻吟声。有一个炭矿夫倒在我身上,他的身体战战地乱抖,从他的头上觉着有什么湿东西流出来了。许久的时间他们都在黑暗之中横躺着,起初他们还喊着求救。但是,他们叫喊的声音渐渐地细微下去了。其中有一个人不住的喃喃着要水喝,然而一滴水也没有人给他。经过很长的时间,他们是被救出来。炭矿夫们把他们抬出去了,只是他们都死去了。不用说那老人也在其中。傍边妻子和小孩在哭泣着。在那里有一个身体肥胖服饰都丽的绅士,把老人抬到绅士旁边的时候,那老人的尸骸握着拳好像向着绅士细微的说"我已经告诉你,这矿道是危险的。但是,你爱金钱比我们的命还要紧。"但是那位绅士对于这老人毫不理会。我是夹在那老矿夫的褴褛的衣服里,被带到日光中来了，那情形我完全看清楚了。"但是你……"另一块石炭这样说："但是在那天晚上那死去的矿夫们的尸骸都横卧在小屋中，他们的妻子和小孩围在旁边哭泣的时候，而在那有钱的绅士的邸宅中正开着大跳舞会。你大概不知道吧！在跳舞场中有许多穿着华丽的绸衣裳的女人们跳舞着，没有一个人想到那失去父亲的孤儿呀！那有钱的人，快活的大笑着，可是那些炭矿夫因在炭矿里而死去，是不是那个有钱的人置之死地的；我是不知道了。究竟那些人为什么都这样不幸，和这样受苦呢？""我知道那个意思"，一块特别黑而闪闪发光的石炭这样说：因为我在地上的日子很长，所以我看见种种的事。而且我在诸兄弟的中间是最聪明的，所以无论什么事情，我都明白的。在这世界上有两种人：就是有钱人和贫穷人，这世界上所有的一切的东西，都是属于有钱的人；贫穷人，是什么东西也没有。不用远举，就近前说，我们就指着这寝床上睡着的小孩子吧，他是病了，但他不得不独自孤另另的睡觉。他既没有玩具，又没有软和的寝床，更没有美好的食物。他的母亲是终日终夜的在工场里作工，也不能够看护她的孩子，诸君！他的命运是这样苦，你们一定以为他是一个坏孩子，但是，他决不是一个坏孩子；他的心是纯正的，是一个很用功的少年。不过他只是贫穷而已。还有像这同样的例子呢。我尝坐船到大海上去旅行，看见有钱的人住在清洁有空气的船室里、在甲板上摇摇摆摆散着步。吃好的,喝好的。然而,在下边船舱里,有发动的机器,那里像地狱一般的热;充满了油和煤的臭味。终日终夜,火夫们向那机器旁边的火炉中添煤。他们都是裸露着半身,虽然那样,仍是热的喘不过气来。因热而头昏,但是很少有一个人到甲板上去走走的。到那里去散散步,更是办不到。即便想呼吸点新鲜空气,不知不觉跌落到海里去溺死的也有,因酷热所袭病倒了的也不少。但是虽然这样,他们仍不能不继续着在船舱里向那火炉中添煤。

"那么有钱的人,不下来帮助火夫们作事么?"小的石炭以可爱的声音问。

那闪闪发光的黑的石炭发笑了。"你怎这样的愚蠢呢！有钱的人,自己什么事也不用做,他之能得到美满的生活,是全仗贫穷人的劳动。贫穷人所作一切的事,都是给有钱的人制造利益的啊！"

"怎么贫穷的人比有钱的人那样软弱,他们不知道用自己的力量去做吗?"小石炭以好奇的眼光这样问。

"决没有那样的事",聪明而闪闪有光的石炭答道:"贫穷人在数量上比有钱的人要多得多,倘若贫穷人能一致的团结起来,则现在在有钱的人手中所握的一切,很容易的握到自己的手里。"

「那麼爲什麼不那樣做呢?」

「你要明白這個,除非去問人類。」聰明的石炭囘答道。「在我是無論怎樣總是不明白!」

這時候石級上有行走的足音,石炭們都沉默不語了。

"那么为什么不那样做呢?"

"你要明白这个,除非去问人类。"聪明的石炭回答道。"在我是无论怎样总是不明白!"

这时候石级上有行走的足音,石炭们都沉默不语了。

火柴盒的故事

小彼得在第二天觉着天是很长的，老等着黄昏的到来，石炭们就要开始谈话了。或者又有甚么有趣的故事说给听吧！一天晚上，他梦见深而黑暗的矿道，和广大的海上，漂驶着的大汽船。那么今天晚上或者能听到更新的故事吧！他静静的快乐地等着。

不久，黑夜悄悄的走进这小屋中，虽然黑幕笼罩着四周十分黑暗，但是不知怎的那暖炉角边仍是静寂的，什么声音也听不见。

那小孩子的眼中含满了眼泪，到晚上听故事是他一天里快乐的等着的事。可是那些强项的石炭们，始终静默着，他立时寂寞起来了。母亲每天在外边做事，所以被病所苦的彼得，不得不每日孤另另的躺着。小彼得觉得难过，眼泪不觉汪汪的流下来，随着他就放声哭起来了。

他正哭着的时候，忽然听见柔和的声音说道：

"喂！你为什么哭呢？"

小彼得急忙的向暖炉边一看，但是声音不是从那里来的，是从床旁边来的。蓦然一看，在寝床旁边一个小茶机上，有一盒火柴，其先是侧放着，忽然直立起来，像行礼似的将身体一躬。

82　　　青潮月刊　　　第一卷

火柴盒的故事

小彼得在第二天觉着天是很长的，老等着黄昏的到来，石炭们就要开始谈话了。或者又有甚么有趣的故事说给听吧！一天晚上，他梦见深而黑暗的矿道，和广大的海上，漂驶着的大汽船。那么今天晚上或者能听到更新的故事吧！他静静的快乐地等着。

不久，黑夜悄悄的走进这小屋中，虽然黑幕笼罩着四周十分黑暗，但是不知怎的那暖炉角边仍是静寂的，什么声音也听不见。

那小孩子的眼中含满了眼泪，到晚上听故事是他一天里快乐的等着的事。可是那些强项的石炭们，始终静默着，他立时寂寞起来了。母亲每天在外边做事，所以被病所苦的彼得，不得不每日孤另另的躺着。小彼得觉得难过，眼泪不觉汪汪的流下来，随着他就放声哭起来了。

他正哭着的时候，忽然听见柔和的声音说道：

"喂！你为什么哭呢？"

小彼得急忙的向暖炉边一看，但是声音不是从那里来的，是从床旁边来的。蓦然一看，在寝床旁边一个小茶机上，有一盒火柴，其先是侧放着，忽然直立起来，像行礼似的将身体一躬。

「你哭什麼呢？」火柴盒這樣問。

「只我一個人睡著，覺得很悲哀呢！」彼得帶泣回答。

「不對，並不是你一個人在這裏呵！」火柴盒說著嗖的一聲飛入寢床。

「房中有許多的家具，這都是你的朋友呀！你睜開眼睛靜著耳朵看看吧！」

小彼得得著安慰立刻高興起來，把手伸出來，親切的摸撫著火柴盒。

「你究竟是什麼人？」他問道。

「我是樹木。」

小彼得吃驚的看了看火柴盒，小彼得從小就養育在大都市裏，樹木一類的東西向來沒見過。這個小火柴盒是大樹木造成的他是無論怎樣也想不到。他蠢蠢的笑了。於是火柴盒明白他笑的是什麼了。忽然站起來，以帶怒的聲音說：「你不信我從前是樹木嗎？好啦，這麼樣我實實在在的告訴你吧！不信任別人說的話是不對的；但是所謂人類是常常的欺騙別人，所以別人雖是說的是實話，他們也以為是騙他。」

小彼得覺著自己的不對，從心裏道歉了。火柴盒的態度也溫和起來，於是就開始談起話來。

「你見過大森林嗎？」

"你哭什么呢?"火柴盒这样问。

"只我一个人睡着,觉得很悲哀呢!"彼得带泣回答。

"不对,并不是你一个人在这里呵!"火柴盒说着嗖的一声飞入寝床。

"房中有许多的家具,这都是你的朋友呀! 你睁开眼睛静着耳朵看看吧!"

小彼得得着安慰立刻高兴起来,把手伸出来,亲切的摸抚着火柴盒。

"你究竟是什么人?"他问道。

"我是树木。"

小彼得吃惊的看了看火柴盒,小彼得从小就养育在大都市里,树木一类的东西向来没见过。这个小火柴盒是大树木造成的他是无论怎样也想不到。他蠢蠢的笑了。于是火柴盒明白他笑的是什么了。忽然站起来,以带怒的声音说:"你不信我从前是树木吗? 好啦,这么样我实实在在的告诉你吧! 不信任别人说的话是不对的;但是所谓人类是常常的欺骗别人,所以别人虽是说的是实话,他们也以为是骗他。"

小彼得觉着自己的不对,从心里道歉了。火柴盒的态度也温和起来,于是就开始谈起话来。

"你见过大森林吗?"

小彼得摇了摇头。

"不错,你未曾见过,是的呵!你无论何时,都是住在这可怕的被煤烟所封锁的都会里呵!"

小彼得点了点头。

"当然的,那么你看见这条街上层层栉毗的房屋,你就可以想像那树木和树木丛丛密连的大森林了。这些树木实际是一颗一颗作成家屋。鸟类的家族就栖息在那里边。但是这些鸟们决不像你们这些贫穷的人拥挤的住在这样窄狭的屋子里。它们有广大的地方,做他们的栖所。并且可以自由迁移到任何地方,他们决不要拿什么房租。为什么呢,因为小鸟们都知道要生存就必须有家屋;这是当然的权利。并且,在鸟的世界中,和你们人类的世界完全不同,有很多的家屋或大房中,仅只住着一只鸟,像五只六只鸟儿挤塞在一间污秽狭小的屋中,是决没有的事。你们人类住宅的分配,实在是不公平呀!"火柴盒忘记了彼得在旁边似的独自一人不断的继续着说下去。"我从前看见有的人在都市的街上,建筑着高大堂皇的宅邸,而在乡间又有别墅。有的人则连住家都没有,只能在桥下或公园的长凳上过夜。像这一类的事,在森林中是决不会有的。若是一个人有两处房子,则没有房子的人一齐起来,立刻就把他驱逐出去。但是在人的世界里,只是悲伤和叹息,那是没有用的。我觉着再没有比人類更愚蠢的動物了!」

　　火柴盒說的話太長,小孩子有點厭了。忽然問道:「你不告訴我森林的故事麼?」

　　「啊!好!好!因爲你一次也沒見森林,所以我不知道從何處說起才好。總之,我竭力使你能明白的那樣告訴你吧。我是大森林中最高的一顆樹。這座森林是爲一個有錢人所有。他在這森林以外還有廣大的田地和牛,馬,猪,羊,許多的東西。我在未見這有錢人的時候,我想他一定像昔時故事裏的神人一樣的。爲什麼有許多的人爲他耕田,爲他招料家畜,從早晨到晚上不息的勞動?而他只是搖搖擺擺地過他奢侈的生活?有一天,他突然到我們森林裏來了,我再三地看了看他,有什麼特殊呢?不過也和普通的人一樣使人討厭的肥胖放光的面孔的人而已。」

　　「老婆兒們常常到森林裏來拾些枯枝和落葉,勿論什麼時候那老婆們總是畏畏縮縮的提心着;這是因爲有錢的人不許貧窮的人到森林裏來拾木的。我對於這事真不明白,有錢的人枯枝等類的東西不是並不需要麼?如果棄置在地上不是只有腐爛了麼?」

　　「又有一時候一個百姓爲獵了一隻兔子被看守森林的人捉住了。被捉的人不住的向他道歉,求他只有這一次請原諒寬恕,

有比人类更愚蠢的动物了!"

　　火柴盒说的话太长,小孩子有点厌了。忽然问道:"你不告诉我森林的故事么?"

　　"啊!好!好!因为你一次也没见森林,所以我不知道从何处说起才好。总之,我竭力使你能明白的那样告诉你吧。我是大森林中最高的一颗树。这座森林是为一个有钱人所有。他在这森林以外还有广大的田地和牛,马,猪,羊,许多的东西。我在未见这有钱人的时候,我想他一定像昔时故事里的神人一样的。为什么有许多的人为他耕田,为他招料家畜,从早晨到晚上不息的劳动?而他只是摇摇摆摆地过他奢侈的生活?有一天,他突然到我们森林里来了,我再三地看了看他,有什么特殊呢?不过也和普通的人一样使人讨厌的肥胖放光的面孔的人而已。"

　　"老婆儿们常常到森林里来拾些枯枝和落叶,勿论什么时候那老婆们总是畏畏缩缩的提心着;这是因为有钱的人不许贫穷的人到森林里来拾木的。我对于这事真不明白,有钱的人枯枝等类的东西不是并不需要么?如果弃置在地上不是只有腐烂了么?"

　　"又有一时候一个百姓为猎了一只兔子被看守森林的人捉住了。被捉的人不住的向他道歉,求他只有这一次请原谅宽恕,

因为妻子病了，没有营养的食品，贫穷的缘故，没有钱去买，这样哀恳了。但是苦苦的恳求一点不动他的心。有钱的人终于把他投进牢狱里去了。那时候我就诧异起来了，在森林里有数不清那样多的兔子，有钱的人无论怎样自己一个人也是不能食完的啊！"

"秋天一到，锯木匠来了，他们专心致志的作工。他们锯倒了树木，没有一颗是他们自己的。都是有钱人的东西。一切的东西都是他的。无论是山林，树木，田地，家畜，即便是人；也都是为他而劳动的。森林中的同伴，都表同情与那些可怜的人们，而憎恶那有钱的人。在我身侧有一颗年幼的枞树，他对于这些事非常的愤慨。他对于那有钱的人，他虽然是一个柔弱无能的愚人，他倒誓想惩儆他一下。这颗枞树不但见过为猎兔而被捕入牢狱的那个可怜的人；而且有一天有两个老婆儿到这里拾枯柴，被有钱的人捉住，拳脚交加，打了一顿。打的两个老婆儿十分可怜。有一天晚上，起了大风，几乎将枞树的根都拔起来。但是，那树根被青苔覆蔽着，所以从外面看不出什么变动来。那枞树知道他的生命不能延长，自己想怎么能在生命未灭绝以前，决心将那有着石头一样心肠有钱的人惩罚一下。'在我们树的世界里决不许一颗树支配一切的树的。'小枞树说，'我们树的同伴们，和人类的社会一样，有大树，有小树，有强的树，有弱的树。然而我们的同伴，对于肥沃的土地，清新的空气，暖和的日光，雨和露，都是共同享受的。究竟，号称为万物之灵的人类的中间，能够行使这种公正的法则吗?'那时他相信一切的罪恶都是有钱的人制造出来的。我自然也是那样想。但是，从那以后，我被运到工场里来的时候，在那里从劳动者的谈话中，知道一切的罪恶都是为少数人制造幸福，而多数人则陷于不幸中的制度所造成的。但是，我虽是这样说，你也不能明白吧!"

"我们再把前话重提一下，那颗小枞树在未死以前想着为那些可怜的人们复仇。有一天，恰巧那有钱的人来到森林中正走在他眼前的时候，他将所有的力量都使出来，就像自身被杀那样痛苦的呻吟着，一瞬间，倒在有钱的人身上。他恐怖的叫喊着倒在地上。看守森林的人跑过来把他扶起，在这个时候那枞树已经把他的右手打伤了。'这就是惩罚!'小枞树的叶儿一齐叫喊起来，'你那只手从前打过哭着求饶那两个老婆子，曾用那只手写过把那个只打了一只兔子的可怜的人送入狱牢里去。'

于是，那颗小枞树就死了。

啊!这是怎样勇敢的枞树啊!我是直到现在还不能忘记了那颗小枞树。"

火柴盒说完了，暂时沉默了一回，于是好像发怒似的喊叫道:"是的，那是制度，好!那么我就把那制度说给你听!"但是

88　　　　　奔潮月刊　　　第一卷

一看小彼得已经沉睡了。他真生起气来，於是一转身从床上跳下来了。

「人類真是愚蠢的呀！」他咳嗽了一聲，這時候四周全被黑暗包圍了。多半是他自己一個人，去梦想那快樂的森林的世界吧。

一看小彼得已经沉睡了。他真生起气来，于是一转身从床上跳下来了。

"人类真是愚蠢的呀!"他咳嗽了一声，这时候四周全被黑暗包围了。多半是他自己一个人，去梦想那快乐的森林的世界吧。

海滨微语

（这一栏内专载小品文字，讽刺的，诙谐的，描写风景与委婉的论述事物都不拘定，随作者的趣味与见地可以自由抒写。惟政治类的短文恕我们却不照登。）

一只手

提　西

我看明白了一只巨大的手，虽然是在不露星光的暗夜之中。

并没有暴风雨，夜是如此的安静，一切都沉睡在地球母亲的怀抱里。诱人的野草芳香在四围中到处散布着，细细河的河流上的长身植物的摇动中仿佛有露珠明闪，但那真是全黑暗中的微光。我从远旅中归来；经过波浪滔天的大海，经过险峻峭拔的山峰，经过尖石荦埆的峡谷，经过急流飞湍的流滩，现在到了这无边的平原——也或者是低原吧，它是沉静，漆黑，没有声息，只有不知名的野草芬芳，不确定的露珠明闪，除此外是死一般的寂寞。

满地泥泞，像是经过了相当的雨量吧？颇有些难行。但在我是无妨的。我因旅行的经验，最会走路的方法：我能在大道上作古式的方步，能在崎岖的山道上作蹲踪取巧的小步，能以回环的走，彳亍的走，甚至以手代足的走，更好的是会走捷径。但这却是在一望无边——黑暗中想像的一望——的大平原中，可不能施展由经验而得来的奇巧步法，也能行，不过是泥泞罢了！在我们的故乡，泥泞原是常态，由泥泞的步行中最易学得拔脚的技术，只不过是左弯右转，踏空不踏实的九字诀。所以这奇异之夕除却沉闷得难过之外，并不十分感到行路的困难。

"平静"是一切事最善良的方策，于是我便任运地踯躅于泥泞的平原之中。

然而在前面……在前面，的确，有一个怪异的东西啊——那是一只手！一只伟大可怕而有力的手！

90　　　　青潮月刊　　　第一卷

母親的懷抱裏。誘人的野草芳香在四圍中到處散布着，細細河的河流上的長身植物的搖動中彷彿有露珠明閃，但那眞是全黑暗中的微光。我從遠旅中歸來；經過波浪滔天的大海，經過險峻峭拔的山峯，經過尖石荦埆的峽谷，經過急流飛湍的流灘，現在到了這無邊的平原，——也或者是低原吧，牠是沉靜，漆黑，沒有聲息，只有不知名的野草芬芳，不確定的露珠明閃，除此外是死一般的寂寞。

滿地泥濘，像是經過了相當的雨量吧？頗有些難行。但在我是無妨的。我因旅行的經驗，最會走路的方法：我能在大道上作古式的方步，能在崎嶇的山道上作蹲踪取巧的小步，能以迴環的走，彳亍的走，甚至以手代足的走，更好的是會走捷徑。但這却是在一望無邊——黑暗中想像的一望——的大平原中，可不能施展由經驗而得來的奇巧步法，也能行，不過是泥濘罷了！在我們的故鄉，泥濘原是常態，由泥濘的步行中最易學得拔脚的技術，只不過是左彎右轉，踏空不踏實的九字訣。所以這奇異之夕除却沉悶得難過之外，並不十分感到行路的困難。

「平靜」是一切事最善良的方策，於是我便任運地踯躅於泥濘的平原之中。

然而在前面，……在前面，的確，有一個怪異的東西啊，——那是一隻手！一隻像大可怕而有力的手！

也许是在远处的河岸上吧？借着无数露珠的光我看见它有时扬起，有时扑下。大的巨指如同小树的树干，如起重机般地在称量一切的事物分量。这是真的幻象。我的旅行的经验不能向我解释，不能对我防护，它在作甚么呢？

我终于蹲坐在泥泞之中，却也奇怪以巨手的扇扬中我仰头看明白了银色的星河在高的高高的空中摇动它的全身，而即时如万花筒中的金星星一样，天上所有的星光都随了这不知所从来的巨手在流动，明闪，飞落。

即时这平原都在巨手的阴影之下。

飞星的流堕似是代替了这一晚的暴雨雹。

我的步法似乎无所用了，蹲在泥泞中想赏鉴这恐怖或妖术的奇观，但觉得颇有些飘飘然了。我的身体渐渐高起，同时巨手的暗影却翻在下面，啊！原来这其大无比的手已将这泥泞的平原托起了。

不知何所往？只俯看着柔弱可怜的露珠之光闪得越小，而四围野草的芬芳嗅不到了。

漫空中只有这只伟大的手影？然而我的奇妙的步法！……

生活与直接亲知

梦 观

轿夫的话

（劳山道中）

"先生！……你看这荒山薄岭，瓢大的地，碗大的田，

在乱石与山沟里才有人烟。

就是扛椅，砍柴，靠山吃山。

那里来你们吃烦了的白米面？"

"先生！……这地瓜干儿味道真不恶！……

包管你一口都不能嚼！

去年咯，一秋大雨冲坏了沙窝，

连这点点东西充饥也捞不着。"

"先生！他们都说这个地方儿的风俗令人心伤，

陪人睡的妻女即在村场。

谁知道在这穷乡一个铜子儿来自何方？

这真是'富人不懂得穷人慌！'"

92　　　　海濱微語　　　第一卷

生活與直接親知
夢　觀
轎夫的話
（勞山道中）

「先生！……你看這荒山薄嶺，瓠大的地，碗大的田，
在亂石與山溝裏纔有人烟。
就是扛椅，砍柴，靠山吃山。
那裏來你們吃煩了的白米麪？」

「先生！……這地瓜乾兒味道眞不惡！……
包管你一口都不能嚼！
去年咯，一秋大雨冲壞了沙窩，
連這點點東西充飢也撈不着。」

「先生！他們都說這個地方兒的風俗令人心傷，
陪人睡的妻女卽在村場。
誰知道在這窮鄉一個銅子兒來自何方？
這眞是『富人不懂得窮人慌！』」

第一期　海濱微語　93

「可是呀……先生！有一椿兒比城裏的人來得強，

你猜！那個山莊裏也有八十九十歲的老娘，

喝着泉水，吃的地瓜，並沒有魚肉能嘗，

先生，——空活了大年紀又待怎樣？……」

十七，七，十五。

這不是詩，是我們在勞山的山徑中聽見轎夫的話，我記下來的都是實在的情形。想到「餐風飲露」或「不食人間煙火的神仙傳說」誠屬無聊，但他們，傍海的山中居民的生活在近代一切物質化的西洋人看來，善意的說，他們能不以為是不食人間煙火的生活？然而這些純樸的居民好平靜任自然，對一切沒有爭競心，沒有嗔怒意，這不止是西洋人不解，即在我們也有些不能輕易了解他們的生活觀念。錯了，所謂觀念——尤其是生活觀念，能以從他們純樸的心中找出多少？現代哲學家羅素先生曾主張對於外物的智識是「既要依附共相的存在，還要依附對於共相直接親知方能成立。」的確，知識不明瞭，向那裏去尋求生活的觀念？然而話說回來，每個人對於共相的直接親知有多少的程度，他的智識方有多少的分量。他們對外物先難得在覺官上有新激動，如何能起心裏作用，更說不到有「指向」以及「了知」了。

野馬跑遠了，忽然順筆說哲理自己也覺得可笑，然事實與

“可是呀……先生！有一椿事儿比城里的人来得强，

你猜！那个山庄里也有八十九十岁的老娘，

喝着泉水，吃的地瓜，并没有鱼肉能尝，

先生——空活了大年纪又待怎样？……”

十七，七，十五。

这不是诗，是我们在劳山的山径中听见轿夫的话，我记下来的都是实在的情形。想到“餐风饮露”或“不食人间烟火的神仙传说”诚属无聊，但他们，傍海的山中居民的生活在近代一切物质化的西洋人看来，善意的说，他们能不以为是不食人间烟火的生活？然而这些纯朴的居民好平静任自然，对一切没有争竞心，没有嗔怒意，这不止是西洋人不解，即在我们也有些不能轻易了解他们的生活观念。错了，所谓观念——尤其是生活观念，能以从他们纯朴的心中找出多少？现代哲学家罗素先生曾主张对于外物的智识是：“既要依附共相的存在，还要依附对于共相直接亲知方能成立。”的确，知识不明瞭，向那里去寻求生活的观念？然而话说回来，每个人对于共相的直接亲知有多少的程度，他的智识方有多少的分量。他们对外物先难得在觉官上有新激动，如何能起心里作用，更说不到有“指向”以及“了知”了。

野马跑远了，忽然顺笔说哲理自己也觉得可笑，然事实与

观念的确是一条练子，我们看一切不能只窥察那表面的形态，不要忘记了内在的造因。

……话再说回。我们在烈日灼体中扇着蒲扇，还有人有时坐在藤轿上不住地爬石越岭，一天之内，便累啊疲劳啊在互相喊着，以为是十二分的应分说的话。但他们呢！挑了累重的行李有的赤脚穿了草履，有的只凭一双厚皮的脚板在尖锐烫热的石上尽着前走，真是如同罗素所说杭州的轿夫常是笑嘻嘻的，这岂但在杭州，岂但轿夫，这正是中国民族的原来的普遍常态，而不是矫作的！（这种态度的好坏在此不说）其实如果拿国民性去解释，我总觉得分不清澈，实是对于外物的智识问题。然这九个字又岂易混沌了解，却是要看对共相直接亲知的程度如何。

如不信请看都市中活动于机器团体下的劳工。

然而所谓"胖手胝足"中的中国人能以永久保持这无嗔无望的笑嘻嘻的态度么？

94　　　吉潮月刊　　　第一卷

观念的确是一条练子，我们看一切不能只窥察那表面的形态，不要忘记了内在的造因。

……话再说回。我们在烈日灼体中扇着蒲扇，还有人有时坐在藤轿上不住地爬石越岭，一天之内，便累啊疲劳啊在互相喊着，以为是十二分的应分说的话。但他们呢！挑了累重的行李有的赤脚穿了草履，有的只凭一双厚皮的脚板在尖锐烫热的石上尽着前走，真是如同罗素所说杭州的轿夫常是笑嘻嘻的，这岂但在杭州，岂但轿夫，这正是中国民族的原来的普遍常态，而不是矫作的！（这种态度的好坏在此不说）其实如果拿国民性去解释，我总觉得分不清澈，实是对于外物的智识问题。然这九个字又岂易混沌了解，却是要看对共相直接亲知的程度如何。

如不信请看都市中活动于机器团体下的劳工。

然而所谓「胖手胝足」中的中国人能以永久保持这无嗔无望的笑嘻嘻的态度么？

编　辑　后

　　我们偶然共同创办这个刊物的微意在首页上已经说明，虽迟延多日，幸得出版。有些关于文字或琐屑的告语便在此末页上说明。

　　不敢说，也正不必说为提倡文艺，然而十分盼望好文艺者以稿件投示。在北方纯文艺的刊物太少，有这份小小的月刊可以为大家发表文艺的园地；虽然寄来的文稿我们不能说一定全数刊登，但这点诚意却是如此。

　　文艺之内必须分清甚么"主义，派别"我们认为太狭隘了，

編　輯　後

　　我們偶然共同創辦這個刊物的微意在首頁上已經說明，雖遲延多日，幸得出版。有些關於文字或瑣屑的告語便在此末頁上說明。

　　不敢說，也正不必說為提倡文藝，然而十分盼望好文藝者以稿件投示。在北方純文藝的刊物太少，有這份小小的月刊可以為大家發表文藝的園地；雖然寄來的文稿我們不能說一定全數刊登，但這點誠意卻是如此。

　　文藝之內必須分清甚麼「主義，派別」我們認為太狹隘了，

自然例因为作者的思想环境艺术等种种不同作品在无形中各有其倾向，如此借批评者略加分别是可以的。我们所刊登的创作或译品是以其本身的价值作准，绝没有主义派别的成见。

本期内各种文字最好请阅者自由评览，本无须每篇加以照例的说明。但内中决定及两个世界，作风虽然不同，而在表现方法与含意上确耐人寻思。小彼得系一篇童话，却是渗入成人的普遍的悲哀，而以小孩子的生趣与言语烘托出来，与安徒生的作品却不一样。至于其他创作及杂文等在此不多赘语了。

封面画系画家王卓的特制，王先生曾写过几句话解释构图的意念，现抄在下面想也是大家所乐于知道的。

"封面的几句话：人们的生活不能离开自然，但也不能不靠科学的力量。我们的这个封面画是科学与自然的共同表现：上边那个新月是自然的光辉，下边是科学的工具。"

第二期中的文字本可预告，但恐临时尚有添加所以在此不一一列举了。

96　　　编　辑　後　　　第一期

自然例因爲作者的思想環境藝術等種種不同作品在無形中各有其傾向，如此藉批評者略加分別是可以的。我們所刊登的創作或譯品是以其本身的價值作準絕沒有主義派別的成見。

本期內各種文字最好請閱者自由評覽本無須每篇加以照例的說明。但內中決定及兩個世界，作風雖然不同，而在表現方法與含意上確耐人尋思。小彼得係一篇童話，却是滲入成人的普遍的悲哀，而以小孩子的生趣與言語烘托出來，與安徒生的作品却不一樣。至於其他創作及雜文等在此不多贅語了。

封面畫係畫家王卓的特製，王先生曾寫過幾句話解釋構圖的意念，現抄在下面想也是大家所樂於知道的。

「封面的幾句話：人們的生活不能離開自然，但也不能不靠科學的力量。我們的這個封面畫是科學與自然的共同表現：上邊那個新月是自然的光輝，下邊是科學的工具。」

第二期中的文字本可預告，但恐臨時尚有添加所以在此不一一列舉了。

青潮月刊

第 一 卷 第 二 期

主 編　　　　　　王 統 照

出版者　　　　　青潮月刊社

　　　　　　　　　青島博山路
發行者　　　　　青 島 書 店

　　　　　　　　　青島卽墨路
代售處　　　　　中 華 書 局

一九三〇年一月一日出版

青潮月刊投稿簡章

1. 關於文藝的各種創作與翻譯均收。

2. 來稿本刊編者有刪改權，不願刪改者可預先聲明。

3. 來稿經採納後，酌贈：——（甲）現金每千字一元自願定價者另議。（乙）酌贈本刊。

4. 來稿概不退還，如過五千字並用有郵票者爲例外。

5. 寄稿處：青島博山路青島書店收轉青潮月刊社。

本期零售大洋參角

廣 告 價 目

普通每面八元　半面五元

指定每面十五元半面八元

定 價

零售每期大洋二角郵費二分

預定全年二元四角半年一元

二角國內及日本郵費不加

國外全年外加郵費八角半年

四角

青潮月刊

第二期

目　录

青潮月刊

第二期　目錄

火　城（小說）………王統照作

青　湖（小說）………捷木諾作　杜宇譯

頭　巾（戲曲）………露丹巴苦作　息盧譯

雪的西比利亞（小說）……黑島傳治作　姜宏譯

約　會（詩）………杜宇作

白　棺（長篇小說）………王匠伯作

幼兒之殺戮時代（戲曲）……秋田雨雀作　慕華譯

詩……………張永成等

小彼得（長篇童話）（續）……滋爾苗林作　姜宏譯

編輯後

火　　城

王统照

　　是七月的下旬，月亮很迟缓的放射出她的银辉。这时正在一般人家晚饭之后，天气应分有些愁意了；但近几天却特别的烦热，虽在黄昏后而一团郁蒸的热的气息将这古旧的火城全包围住了。偶而有一阵散凉的清风，似是只在人家天井里的果楼榆树的密叶中间振荡着，它的涤除烦热的力量还不能直扫到地平面上。

　　因此，每到整天的各个人的工作休止之后，石铺的街道上，登城的马道口，有辘轳的井栏边，都满着或欹或坐的人们。但这多半是些工人，商店的小伙，白天提着画眉笼子的闲人。至于老爷们与类乎老爷一类的人都各有他们的地方。尤其是在黑暗与烦热中，这些街头巷口不轻易有他们的足迹。妇女呢，也有几个，很放任而自然的城中的村妇，披了单衫半露着乳部在喂孩子。更高明点的女性自有他们的地处，不能插足到这下流的市井的纳凉的群中。这城中虽也挂过有天有日有鲜色的旗子，而且妇女协会也应运而成，或者是日子少的缘故？也许还未普及于民间？究竟于这些当街喂乳的妇女们似乎没有多大关系。妇女协会中平常自然是以留学省城的女学生作领袖，但这里却没有，只是一个近四十岁的老女教员与几个十五六岁有些还没曾完全放足的高小学生。她们虽是为妇女运动而忙迫，却一时对于这些"不修边幅"的村妇们还没有重大关系与变化。因凡在街上纳凉的女子，能够袒胸喂乳的妇人，与那些赤足枕石而卧的男子，都一样是陋巷中的寄生者，与所说上流人之类的，妇女运动者，一时不易相提并论。

在这不少的纳凉的人中，有一群妇女却正在聚谈于一个曲巷的巷口，巷口委宛进去东一面都是些小小的第檐，碎砖石堆垛的短垣，而正对面却是县政府的边墙。古色斑驳的厚砖因为霉湿满生着冬夏长青的苔藓。高高的墙头上，丛生着不少的荆棘，成了天然的防御。墙里面便是牢狱。

2　　　青潮月刊　　第一卷

籠子的閒人。至於老爺們與類乎老爺一類的人都各有他們的地方。尤其是在黑暗與煩熱中，這些街頭巷口不輕易有他們的足跡。婦女呢，也有幾個，很放任而自然的城中的村婦，披了單衫半露着乳部在喂孩子。更高明點的女性自有他們的地處，不能插足到這下流的市井的納涼的羣中。這城中雖也掛過有天有日有鮮色的旗子，而且婦女協會也應運而成，或者是日子少的緣故？也許還未普及於民間？究竟於這些當街喂乳的婦女們似乎沒有多大關係。婦女協會中平常自然是以留學省城的女學生作領袖，但這裏却沒有。只是一個近四十歲的老女教員與幾個十五六歲有些還沒曾完全放足的高小學生。她們雖是爲婦女運動而忙迫，却一時對於這些「不修邊幅」的村婦們還沒有重大關係與變化。因凡在街上納涼的女子，能夠袒胸喂乳的婦人，與那些赤足枕石而臥的男子，都一樣是陋巷中的寄生者，與所說上流人之類的，婦女運動者，一時不易相提並論。

在這不少的納涼的人中，有一羣婦女却正在聚談於一個曲巷的巷口，巷口委宛進去東一面都是些小小的第簷，碎磚石堆垛的短垣，而正對面却是縣政府的邊墻。古色斑駁的厚磚因爲霉濕滿生着冬夏長青的苔蘚。高高的墻頭上丛生着不少的荆棘，成了天然的防禦。墻裏面便是牢獄每早晚在墙外时时可听见铁锁郎铛与点名杖打的应时必有的节奏，尤其是当月黑风高的当儿，阴惨摇动如伸出鬼手一般的荆枝，上覆着对面的一列的小屋子，示着凛然竖人毛发的威力，所有的小孩子在这时候里总不敢出屋外仰望，而这小巷中的行人也分外稀少。

这是这城中著名的阎王巷。

在这微风穿过枝叶的黄昏后，正是满街人的良宵。阎王巷口有四五个妇女与三个男子也一样的谈天，然而月亮还隐在云后，只隐约地一派清光跃动于大树中露光闪闪的叶里。

"乔仔怎么今晚上你不当值？我家阿富爹却早早去了哩。"坐在一块大青石上摇着破蒲扇的她向立在旁边的一个赤背的青年说。

青年还没开口，隔三尺多远草席上披襟当风的小白辫子的老头答道："王大妈你记性真老了，啥事还不大清楚。咱家富老二该班，便是小乔仔的憩班，这不是街长前天新来派定的？有班，无班，一个样，老不过在城上风凉还好些。……"

叫乔仔的青年，新剃的光洁的和尚头，这时在石上摆放的大粗磁壶内倒出几大碗如同酱色的茶，一连几口喝下之后，一边用大手巾拭抹着光头上的汗球，一边接着他父亲的话道：

"好的多拉！不是李大个那伙想来攻城的时候了！上一次，爹，你不是出城到豁沟去了么？哈！那真热闹！满城墙上都是火把。……"

"你别说的火暴了，好不怕人！我一连七八日没敢睡觉。"在老妇人身旁正在拍着两岁孩子入睡的乔仔的大嫂发出少妇胆怯的声音来。

"你怕！嫂子，真是没有胆子。那时我在城墙上还同那些该死的匪兵打了几十枪，你们不是听见夜里的枪子拍拍的声响……"乔仔的少年英气震动他的全身，仿佛很想现出一副好身手身来给她们看看。

"岂但枪子，你在城上还没听见大狱里的声音更令人心惊！那些囚犯们不知那里来的力气，半夜三更的鬼喊，说是欢迎开门，大概那时有威风的狱卒们也不敢十分禁止他们？"他的嫂嫂提起了两个月的回忆。

"可不是！他们约好的，外面攻城里面越狱放火，一烧一抢完事！听说这是一个大人物的计策。……"

白辫的老人将火柴擦的声划着，在暗中吸着关东的旱烟问乔仔，"大人物？甚么大人物？是谁？"他有点惊异了！

第二期　　　　火　　　城　　　　5

『爹！你沒見說麼！，是從前的京城大議員呢。』

『瞎說！議員會有這等計劃，雖然我也不信大議員便是好人。』老人有些憤憤了，對於年輕人的信口開河不以為然。

『你那裏知道，他們還說是自衞軍呢！⋯⋯⋯大議員能演說，能做文章，能運動票，——以前不是這樣麼？——還能當軍長！哈哈！可笑！上一次他們卻打不到城裏來，二千元，好歹打發他們滾蛋！⋯⋯』

『甚麼自衞軍！果真是他這般人作弄出的勾當，真應該打！很打他個落花流水！⋯⋯』老人平淡寂寞的胸中提到這囘事也激起了他潛藏的怒火，因為他也知道鄰縣的焚燒與城外小村莊的刧掠。他覺得近來的環境與民衆的痛苦使自己也應變成鏤鉄的戰士了。

鄰家老婦人從層層皺紋的黃面皮上微浮出失望的苦笑，用她那下陷的嘴角撇一撇道：『呸！世道一天天的往下落！真是末稍子年了！活了八十多歲曾見過長毛，長毛比起現在的土匪與副爺們還好得多！固然也有將小娃子挑在竹竿槍上的，也有放火的，但一陣風就吹過去了。不像現在這一羣去，那一羣來，炸彈，大炮⋯⋯』

這囘憶提起白辮老人的威慨與奮發。

"爹！你没见说么！是从前的京城大议员呢。"

"瞎说！议员会有这等计划，虽然我也不信大议员便是好人。"老人有些愤愤了，对于年轻人的信口开河不以为然。

"你那里知道，他们还说是自卫军呢！⋯⋯大议员能演说，能做文章，能运动票——以前不是这样么？——还能当军长！哈哈！可笑！上一次他们却打不到城里来，二千元，好歹打发他们滚蛋！⋯⋯"

"甚么自卫军！果真是他这般人作弄出的勾当，真应该打！很打他个落花流水！⋯⋯"老人平淡寂寞的胸中提到这回事也激起了他潜藏的怒火，因为他也知道邻县的焚烧与城外小村庄的劫掠。他觉得近来的环境与民众的痛苦使自己也应变成鏖铄的战士了。

邻家老妇人从层层皱纹的黄面皮上微浮出失望的苦笑，用她那下陷的嘴角撇一撇道："呸！世道一天天的往下落！真是末稍子年了！活了八十多岁曾见过长毛，长毛比起现在的土匪与副爷们还好得多！固然也有将小娃子挑在竹竿枪上的，也有放火的，但一阵风就吹过去了。不像现在这一群去，那一群来，炸弹，大炮⋯⋯"

这回忆提起白辫老人的感慨与奋发。

6　　　　　清華月刊　　　　第一卷

『趙大嫂你忘了？ 你穿着大紅花鞋在豆葉地裏脫掉了一隻……』老人對於這已往的兵荒流離引起趣味的憧憬。

趙大嫂的破蒲扇往地下一摔道：『算來六十多年了！』

『甲子一週，這真到了「下元」的時代，……好歹看他們年輕人閙去。我現在沒有那橫背了朴刀到山谷中搜尋仇敵的力量了！』

他們互相談着英雄詩歌般的過去情形，喬仔一句話也插不進去。只瞑想着那個時代，黃衣紅綢，大馬長槍，四面喊殺上陣肉搏的空中圖畫。他想這比起現在隔離多遠看不見人影便放大槍，豈不更使人有殺敵的趣味。他因此記起上次他們攻城的形狀，穿了舊破灰衣，滿臉塵土的漢子們，想來爬城，但幾塊石頭，幾排槍彈，打倒了十幾個人之後，那些隱在柳林中不知為甚麼來作戰的漢子們都退去了。一個尖銳鳴聲的鉛彈由他所抱的本地造成的五個鋼圓筒飛出之後，正中在一個不到二十歲的少年的右脅。相隔有幾百步之外，實在沒有看清子彈從他的左脅突出與否，但一腰鮮血染紅了他那破了肘子變成土色的小白衫上，這樣他便在柳林外的沙地中俯臥着，在掙扎，在喊呼，有一聲『媽媽呀』的呼聲！使自己立在城垛後面幾乎將手中的槍落到垛口外去。那時自己不知是驚恐是懊悔，只是大瞪着

"赵大嫂你忘了？你穿着大红花鞋在豆叶地里脱掉了一只……"老人对于这已往的兵荒流离引起趣味的憧憬。

赵大嫂的破蒲扇往地下一摔道："算来六十多年了！"

"甲子一周，这真到了'下元'的时代……好歹看他们年轻人闹去，我现在没有那横背了朴刀到山谷中搜寻仇敌的力量了！"

他们互相谈着英雄诗歌般的过去情形，乔仔一句话也插不进去。只瞑想着那个时代，黄衣红绸，大马长枪，四面喊杀上阵肉搏的空中图画。他想这比起现在隔离多远看不见人影便放大枪，岂不更使人有杀敌的趣味。他因此又记起上次他们攻城的形状，穿了旧破灰衣，满脸尘土的汉子们，想来爬城，但几块石头，几排枪弹，打倒了十几个人之后，那些隐在柳林中不知为甚么来作战的汉子们都退去了。一个尖锐鸣声的铅弹由他所抱的本地造成的五个钢圆筒飞出之后，正中在一个不到二十岁的少年的右胁。相隔有几百步之外，实在没有看清子弹从他的左胁突出与否，但一腰鲜血染红了他那破了肘子变成土色的小白衫上，这样他便在柳林外的沙地中俯卧着，在挣扎，在喊呼，有一声"妈妈呀"的呼声！使自己立在城垛后面几乎将手中的枪落到垛口外去。那时自己不知是惊恐是懊悔，只是大瞪着

第二期　　火　　城　　7

眼睛看那與自己一樣年紀的少年痛的在沙上翻滾。却好從林後轉過了一個他的同夥，看見這個情形很輕率地自然地順手一刺刀扎在被傷的少年心窩，血點飛濺了那人的下半身。這樣那少年如同死鷄一樣便仰臥在柳陰之下，那刺人的高個兒，却絕不在意地從死者的腰帶裏搜找出一包黃色的什物，映着斜日的明光一閃，便從他面上欣然的表情中納到他的口袋裏去。這個景象自己在城垛後面看的十分清楚，但是手中的枪再舉不起來了！直至城中送了那夥匪軍二千元之後，到現在自己一個枪彈未曾放出，雖然人人都稱自己是個勇敢的團丁。

這一時中的囘想反使他或覺得凄涼與慘淡！

喬仔的嫂子因爲整天的苦工作，坐在一邊，連同懷中的孩子一齊入了夢境。面兩位白髮飄然的老人都似乎各在想着過去的遙遠的心事，都在默然。

大街上的析聲鑼聲都打過兩下，在這暫時太平的陰森森的城中彷彿在警醒一般入了迷夢的人們。

月光漸漸上升了，有些屋角邊漸分明了，而蚊蟲却轟轟的成陣。在靜穆的夜中騷動出微微的喧聲。

好一幅曉風殘月的古城圖，將到天明的半圓的月光十分清朗地照映着高高矗立的城墻，城墻上的臨時茅棚以及

眼睛看那与自己一样年纪的少年痛的在沙上翻滚。却好从林后转过了一个他的同伙，看见这个情形很轻率地自然顺手一刺刀扎在被伤的少年心窝，血点飞溅了那人的下半身。这样那少年如同死鸡一样便仰卧在柳阴之下，那刺人的高个儿，却绝不在意地从死者的腰带里搜找出一包黄色的什物，映着斜日的明光一闪，便从他面上欣然的表情中纳到他的口袋里去。这个景象自己在城垛后面看的十分清楚，但是手中的枪再举不起来了！直至城中送了那伙匪军二千元之后，到现在自己一个枪弹未曾放出，虽然人人都称自己是个勇敢的团丁。

这一时中的回想反使他感觉得凄凉与惨淡！

乔仔的嫂子因为整天的苦工作，坐在一边，连同怀中的孩子一齐入了梦境。而两位白发飘然的老人都似乎各在想着过去的遥远的心事，都在默然。

大街上的析声锣声都打过两下，在这暂时太平的阴森森的城中仿佛在警醒一般入了迷梦的人们。

月光渐渐上升了，有些屋角边渐分明了，而蚊虫却轰轰的成阵。在静穆的夜中骚动出微微的喧声。

好一幅晓风残月的古城图，将到天明的半圆的月光十分清朗地照映着高高矗立的城墙，城墙上的临时茅棚以及

火　城

8　　　青潮月刊　　　第一卷

護城的河水與蒙茸的細草，盧葦，參差的柳林，爲了守禦暫搭蓋的茅棚中，疏疏朗朗有幾星燈火沿了迴環的城牆點綴着。如古時長城上的碉樓。這時快近黎明了，更析聲也自然停止。終夜巡看的壯士們多已入了睡鄉。正在西北城角上的炮台的前窗下值班的蕭喬仔還在肩着長槍不住的走來走去。其實自從上兩個月警告過去之後，全城的人們都以爲沒有更大的危險，即偶而有鄰近各縣的匪軍左不過奉送銀元軍米便可遠遠的他去。因此雖照例還是守城，巡夜，時候久了，多半是應酬時間罷了，不過這勇壯的喬仔卻富有少年人盡忠於責任的特質。他是這城中的團丁，他對於這些軍人的職分比起久經調練的兵士還要切實。每逢在值班時，總不肯偷閒躲懶的。他自從晚上與他的白辮子的老爹在巷口說了些舊聞之後，他們各自回家去了。在上半夜他卻不能如平常的磕睡，在他那棕床上不易合眼，也許是晚上記起上次守城所見的慘象的緣故，同時覺得煩躁的一刻也不能安臥。這樣在早上兩點過後，他便提槍上城，代替了鄰居趙老太太的兒子的值班。

其實近來有好多值班立崗的人都坐在茅棚內睹錢了。因爲明知無事，不但站在城上很疲乏，就是望着星空，撫着槍托的寂寞無聊也不是少年人所能耐得住的。但喬仔

护城的河水与蒙茸的细草，芦苇，参差的柳林，为了守御暂搭盖的茅棚中，疏疏朗朗有几星灯火沿了回环的城墙点缀着，如古时长城上的碉楼。这时快近黎明了，更析声也自然停止。终夜巡看的壮士们多已入了睡乡。正在西北城角上的炮台的前窗下值班的萧乔仔还在肩着长枪不住的走来走去。其实自从上两个月警告过去之后，全城的人们都以为没有更大的危险，即偶而有邻近各县的匪军左不过奉送银元军米便可远远的他去，因此虽照例还是守城，巡夜，时候久了，多半是应酬时间罢了，不过这勇壮的乔仔却富有少年人尽忠于责任的特质。他是这城中的团丁，他对于这些军人的职分比起久经训练的兵士还要切实。每逢在值班时，总不肯偷闲躲懒的。他自从晚上与他的白辫子的老爹在巷口说了些旧闻之后，他们各自回家去了。在上半夜他却不能如平常的磕睡，在他那棕床上不易合眼，也许是晚上记起上次守城所见的惨象的缘故，同时觉得烦躁的一刻也不能安卧。这样在早上两点过后，他便提枪上城，代替了邻居赵老太太的儿子的值班。

其实近来有好多值班立岗的人都坐在茅棚内睹钱了，因为明知无事，不但站在城上很感疲乏，就是望着星空，抚着枪托的寂寞无聊也不是少年人所能耐得住的。但乔仔

却什没有睹过钱，曾没有应该守望的時候躺在茅棚里吃香烟，因此他的伙伴們都以「看家狗」的浑号送他，喊他，他也不甚理会。

黎明之前的凄清，與残月堕城的表象，乔仔却很能从莫能解说之中兴起低沈幽静的情感。淡薄的银灰色，抖動在他的深蓝粗布的制服之上，古舊的炮台边一颗小小的杏树，微尖的叶影，垂叠地在他的布裹腿上荡来荡去。他已站了两个钟頭了，他没见一个頭目来查过岗位，在近处又没个同样的伴侣。本来再过一个钟頭便可回家睡觉了，但他却没想到这个問題，他这一時为自然的残夏的夜景迷住了，他那里来的诗人的观兴？却一样有从感受而来的「烟士披里纯」吧。他忘却了这古城中青年的悲哀，忘却了上一次柳林外的血污少年，凡是遥着他在城西郭外的所認识的乡姑娘——他的表妹。他在银光朗照中将自己的灵块陶醉了！如在她的眼波中给了他一生的趣味。他开始觉得肩上的枪有些沉重，虽然在高处，在这晓凉之中，没有烦热来袭，然而他却也不曾感到这世界的清凉。

残月渐渐敛了她的清辉，而东方远处却仿佛有一片微红在向上升起。所有城外的一切物象在这时似是全罩上了一层淡薄的蓝霭，不十分清晰，也不十分模糊。柳色中更

却曾没有睹过钱，曾没有应该守望的时候躺在茅棚里吃香烟，因此他的伙伴们都以"看家狗"的浑号送他，喊他，他也不甚理会。

黎明之前的凄清，与残月堕城的表象，乔仔却很能从莫能解说之中兴起低沈幽静的情感。淡薄的银灰色，抖动在他的深蓝粗布的制服之上，古旧的炮台边一颗小小的杏树，微尖的叶影，垂叠地在他的布裹腿上荡来荡去。他已站了两个钟头了，他没见一个头目来查过岗位，在近处又没个同样的伴侣。本来再过一个钟头便可回家睡觉了，但他却没想到这个问题，他这一时为自然的残夏的夜景迷住了，他那里来的诗人的观兴？却一样有从感受而来的"烟士披里纯"①吧。他忘却了这古城中青年的悲哀，忘却了上一次柳林外的血污少年，凡是遥着他在城西郭外的所认识的乡姑娘——他的表妹。他在银光朗照中将自己的灵块陶醉了！如在她的眼波中给了他一生的趣味。他开始觉得肩上的枪有些沉重，虽然在高处，在这晓凉之中，没有烦热来袭，然而他却也不曾感到这世界的清凉。

残月渐渐敛了她的清辉，而东方远处却仿佛有一片微红在向上升起。所有城外的一切物象在这时似是全罩上了一层淡薄的蓝霭，不十分清晰，也不十分模糊。柳色中更

---

① 编者注：即英文 inspiration，灵感。

火 城

仿佛有些软絮的东西在泛动，迷离。柳林外是一条黄尘的大道。这时看不出有甚么，只是条卧着不动的长蛇。这著名的柳林有几里长，一色的金丝垂柳，没有一颗杂树，是这个古城外的奇迹。

乔仔在一阵微凉的风吹过后，微觉得两件单衣支持不住这初秋破晓的清冷。他便将肩枪放在炮台的土阶上，想着到炮台里面将一件长衣取出。他迈步方走上土阶，忽有一种杂沓的脚步声自远而至，他惊疑地回身从柳叶中望去，趁着半明的月光，却看着柳林前面似有无许的黑影正往前飞动。意外的袭击使他骤然呆了一呆！便跳下土阶，将冰凉的长枪绰在右手里，再由城垛中一望时，原来那些疾走的黑影不但在柳林前面，就是柳林的斜对面田野中也有不少。虽然还隔有一里路以外，因为高粱已早收割了，从短短的豆田中却看的十分明显。他正待向炮台里喊警号时，不知道从那面拍的一声飞来了一颗子弹突破空气中的静寂，好准的靶子，带有红光一扫的子弹，只差四五寸没有射到他的右肩。刺的声钻到土墙中去，他趁势一扑便跌入炮台的门内。然而他还没有将这守炮台的四五个少年喊醒时，城外飞来的枪弹已如密雨般的集合了。同时城上居然也在砰拍的还击。

10   奇潮月刊   第一卷

仿佛有些软絮的东西在泛动，迷离。柳林外是一条黄尘的大道。这时看不出有甚么，只是条卧着不动的长蛇。这著名的柳林有几里长，一色的金丝垂柳，没有一颗杂树，是这个古城外的奇迹。

乔仔在一阵微凉的风吹过后，微觉得两件单衣支持不住这初秋破晓的清冷。他便将肩枪放在炮台的土阶上，想着到炮台里面将一件长衣取出。他迈步方走上土阶，忽有一种杂沓的脚步声自远而至，他惊疑地回身从柳叶中望去，趁着半明的月光，却看着柳林前面似有无许的黑影正往前飞动。意外的袭击使他骤然呆了一呆！便跳下土阶，将冰凉的长枪绰在右手里，再由城垛中一望时，原来那些疾走的黑影不但在柳林前面，就是柳林的斜对面田野中也有不少。虽然还隔有一里路以外，因为高粱已早收割了，从短短的豆田中却看着十分明显。他正待向炮台里喊警号时，不知道从那面拍的一声飞来了一颗子弹突破空气中的静寂，好准的靶子，带有红光一扫的子弹，只差四五寸没有射到他的右肩。刺的声钻到土墙中去，他趁势一扑便跌入炮台的门内。然而他还没有将这守炮台的四五个少年喊醒时，城外飞来的枪弹已如密雨般的集合了。同时城上居然也在砰拍的还击。

第二期　　　火　　　城　　　11

　　及至他同那幾個睡眼迷朦的伙伴重爬出來蹲在女牆下時，那從四面疾走來的影子，已將密葉葢蔽的柳林佔據了。尖銳的鎗彈從輕柔的葉叢中很密集地向這炮台進攻。喬存雖有胆力，這突來的攻襲也使他感到這次強敵的利害。他們一共有五支鎗，也連接著無目的的放射，但不到五分鐘一個伙伴因爲欠身拉拴的關係，一個火星在他頭上碰了一下他便從兩丈多高的牆上倒著滾到人家的屋頂上去了。喬存身體上打了一個冷顫，他便不斷地向柳葉的濃厚處輸送他鎗中的子彈。

　　這危急的時間中喬存也隱約聽到城中的沸動了，在城外與城上密的鎗聲中他聽見時而有一陣雙方喊殺互罵的狂憤的叱咤聲，一會便又沈寂下來，而城中一陣鑼鼓齊鳴與馬蹄飛奔在石街上的急促聲，更令人心中震抖！

　　天方黎明，日光從淡薄的東方的浮雲中方露出他那熱的光彩時，這一羣守炮台的壯士們腰中的子彈袋已經空空了。同時他們便不期而然的停止了放射。

　　他們不走，也彼此不言語，大瞪著眼睛從女牆下邊偷望下面亂穿了各色衣服的來敵正在跳躍。

　　他們急盼著有接應來代替他們，然而沒有，同時在城上的西面卻起了一陣如爆竹似的鎗聲，還摻入些裝藥的土

及至他同那几个睡眼迷朦的伙伴重爬出来蹲在女墙下时，那从四面疾走来的影子，已将密叶荫蔽的柳林占据了。尖声的枪弹从轻柔的叶丛中很密集地向这炮台进攻。乔仔虽有胆力，这突来的攻袭也使他感到这次强敌的利害。他们一共有五支枪，也连接着无目的的放射，但不到五分钟，一个伙伴因为欠身拉拴的关系，一个火星在他头上碰了一下，他便从两丈多高的墙上倒着滚到人家的屋顶上去了。乔仔身体上打了一个冷颤，他便不断地向柳叶的浓厚处输送他枪中的子弹。

这危急的时间中乔仔也隐约听到城中的沸动了，在城外与城上密密的枪声中，他听见时而有一阵双方喊杀互骂的狂愤的叱咤声，一会便又沈寂下来，而城中一阵锣鼓齐鸣与马蹄飞奔在石街上的急促声，更令人心中震抖！

天方黎明，日光从淡薄的东方的浮云中方露出他那热的光彩时，这一群守炮台的壮士们腰中的子弹袋已经空空了。同时他们便不期而然的停止了放射。

他们不走，也彼此不言语，大瞪着眼睛从女墙下边偷望下面乱穿了各色衣服的来敌正在跳跃。

他们急盼着有接应来代替他们，然而没有，同时在城上的西面却起了一阵如爆竹似的枪声，还搀入些装药的土

火 城

炮的轰隆声音。乔仔一想方要找个地方蹲身下去，找人来打这面的接应，俯着挪动几步，出人意外的在城的中心发出尖重的匣枪声，一阵急响约有五六百发，即时便看到城中火光与方出的红日争明了。

极显然地这城已在敌人完全计算中了，城中一定先有了伏兵，这时城中央的火光与枪声已十分证明。再向外看，那些狂跳的杂衣人快乐地在预备器具爬城了。乔仔这时来不及招呼他的伙伴，便从城墙的下坡处连人同枪滚落下来，同时听见西面城楼上高呼着，"破了！破了"的勇壮的嘈杂声音，他知道这全完了。

他仗着枪中还有三四粒子弹，一边放着使人不敢近前。抄着小巷躲开大街上的敌人，转了几个弯曲到了自己的门口。

天色大明了，树枝上的小鸟在炮火之下却没有一个发出清脆的鸣声，及至他叫开自己的大门之后，他的白发老爹与他的大嫂都在后面磨房中颤成一团。

他家中就是这些人口了，他的哥哥自前三年在直军任过一次甚么教导团的教官之后，调到江北的前线上便永无消息，他的将近八十岁的老爹自从不再吃买卖饭之后，穷困颠连，已经在这大狱后的家中过去了十年的光阴。他自己虽曾在初小卒业，量也找奇干活，幸而近二年得补上一月八块钱的团丁，不幸这次他们完全陷落了。

一阵急遽的惊慌与低低的促语之后，由白发老人从床头的破瓦罐中震颤着取出一个旧绸包来，他十分郑重十分慌恐交代与乔仔说：这里所有三支银簪，一付真金的小孩脖锁，二十元那时流行的鹰扬，这是老人吃买卖饭一世宝贵的储蓄，家中人没曾有一个知道。他用榉木的拐杖支持着身体，同了他的长媳与乔仔一同踏到后园中来。

有方亩地大的菜园，这与前面几间茅屋是他家历代的产业，终年勤苦的乔仔与他的长嫂每每偷了空闲到此种上些绿绿的蔬菜，供他们终年的食用，如果一年没有虫灾，还可出卖。园中虽有绿油油的黄花的菜畦，然一看便知是破败的菜园了。短缺的土墙，没了辘轳的石栏，乱砌的井尚有四五颗大的果树，这时正好有些半黄半红的杏子在枝上摇动。将心提在腔子中的三个人，杂听着外面的种种声音，这时枪炮的声响稀少了，只有不少异乡人在街上欢笑与喧杂的脚步声。有些地方乌黑的烟气将晴明的天空点污了。

乔仔听从老爹的指导，用了铁锹将井栏边的裂石掘起往下掘有几尺深，用小石瓦块垫好，将那油光的绸包放上，然后埋好，重复将裂石砌上。乔仔这时专心注意的作这

14　　　青潮月刊　　　第一卷

個秘密的工作，反將驚肺與疲勞忘却了。他的大嫂用紅腫的眼睛向短垣外四下裹瞭望着，幸得地方僻靜，四隣都緊閉了大門，連隻狗吠都不大聽見呢。

「你兩個…記清吧！這在…在這顆小椿樹下面，…」老人頹然地坐在地上了。

接着忽有一大陣喧嘩與奔跑的人聲，從前面傳來，原來是匪軍已攻入縣政府，將閻王巷對面高牆內不自由的人們釋放了。

氣候由殘夏已過中秋，也應分是農人收割豆田的時期到了。然而在這縣城的西南兩面二十里以內，金黃色的豆葉在田地中搖動着，彷彿很快活的在驕傲應收割牠們的農人。有些田地是一無所有了，只見馬跡縱橫，與裸露而死的男女屍身。偶而在水溝中橫臥，也有在樹林中懸着布帶，披散了頭髮，突出白瞪的眼睛，隔風搖擺赤着上體的女屍。郊原中，樹林中，只有野狗與很大的鵰鴉，在地面追逐，在空中盤旋，然而那些戰後或在戰中的死屍身上都是血肉模糊了。

隔着繡波河東面有十幾個村莊。都在緊張的戒嚴的狀態之中，一簇簇的紅纓迎風招展，當中長有尺餘的鎗鋒在村莊的土牆頭與臨河邊的土壘上銀光閃爍。這是根據鄉民

个秘密的工作，反将惊肺与疲劳忘却了。他的大嫂用红肿的眼睛向短垣外四下里瞭望着，幸得地方僻静，四邻都紧闭了大门，连只狗吠都不大听见呢。

"你两个……记清吧！这在……在这颗小椿树下面……"老人颓然地坐在地上了。

接着忽有一大阵喧哗与奔跑的人声，从前面传来，原来是匪军已攻入县政府，将阎王巷对面高墙内不自由的人们释放了。

气候由残夏已过中秋，也应分是农人收割豆田的时期到了。然而在这县城的西南两面二十里以内，金黄色的豆叶在田地中摇动着，仿佛很快活的在骄傲应收割它们的农人。有些田地是一无所有了，只见马迹纵横，与裸露而死的男女尸身。偶而在水沟中横卧，也有在树林中悬着布带，披散了头发，突出白瞪的眼睛，临风摇摆赤着上体的女尸。郊原中，树林中，只有野狗与很大的雕鸦，在地面追逐，在空中盘旋，然而那些战后或在战中的死尸身上都是血肉模糊了。

隔着绣波河东面有十几个村庄。都在紧张的戒严的状态之中，一簇簇的红缨迎风招展，当中长有尺余的枪锋在村庄的土墙头与临河边的土垒上银光闪烁。这是根据乡民

迷信的傳統力，與憤不可遏與不能忍受官匪與土匪焚殺的他們之熱力的集合。也有肩負本地鐵匠仿造的快鎗的民團，幾十人一隊臨時到大道上截擊城中匪軍的糧糗與子彈。這期間這些鄉村與城內成了敵國了。兩個月以來靠城一帶六七十個沒有防禦力或防禦不了的莊子早已成爲灰燼，多少老弱與壯丁不在馬蹄彈煙中喪失了生命的，也流亡各地，幸而有這條幾丈寬的河流，爲是東岸的各個莊子卻在這點地勢上佔了天然的優勝。他們從呼訴無方之中，從過度的恐怖中，生發出一團「與汝偕亡」的勇力，於是各個壯男都自動地編成村民的現役兵，那些懂手藝的工人都在晝夜不息地在造炸藥快鎗。

經通幾次的劇然戰事之後，城中的匪軍也知道河東岸的民力不可輕侮，只是在城的西南兩方終日夜的掠人燒屋。兩岸這邊的民團與紅纓的少年，自然也不敢輕易渡河過去襲擊，只能在切齒怒目中看着對面的火光，聽着那些無保護無能力的村民的呼號奔跑。

帶有肅清氣息的秋風，吹在曉光明麗的林中，半黃的葉子簌簌作響，這時從緊靠河岸的一個名叫寧埠的大莊子中出來了一隊勇敢的少年。他們仿佛出來巡邏，一列是雜色的短衣，然而卻斜披着青布縫成的子彈袋。一起有三十

迷信的传统力，与愤不可遏与不能忍受官匪与土匪焚杀的他们之热力的集合。也有肩负本地铁匠仿造的快枪的民团，几十人一队临时到大道上截击城中匪军的粮糗与子弹。这期间这些乡村与城内成了敌国了。两个月以来靠城一带六七十个没有防御力或防御不了的庄子早已成为灰烬，多少老弱与壮丁不在马蹄弹烟中丧失了生命的，也流亡各地，幸而有这条几丈宽的河流，为是东岸的各个庄子却在这点地势上占了天然的优胜。他们从呼诉无方之中，从过度的恐怖中，生发出一团"与汝偕亡"的勇力，于是各个壮男都自动地编成村民的现役兵，那些懂手艺的工人都在昼夜不息地在造炸药快枪。

经通几次的剧然战事之后，城中的匪军也知道河东岸的民力不可轻侮，只是在城的西南两方终日夜的掠人烧屋。两岸这边的民团与红缨的少年，自然也不敢轻易渡河过去袭击，只能在切齿怒目中看着对面的火光，听着那些无保护无能力的村民的呼号奔跑。

带有肃清气息的秋风，吹在晓光明丽的林中，半黄的叶子簌簌作响，这时从紧靠河岸的一个名叫宁埠的大庄子中出来了一队勇敢的少年。他们仿佛出来巡逻，一列是杂色的短衣，然而却斜披着青布缝成的子弹袋。一起有三十

16　　　青潮月刊　　　第一卷

多個，手中的槍械長短不一，但他們個個腔上露出沈定與忍耐的表現。他們靜靜地踏着向有淫露的朝陽罩着的草地上，散亂地走開祖沒有言語。在後面有一個面色十分憔悴的少年斜背了一口寬刃而明亮的大刀，手裏提着一支盒子槍，彷彿在指揮這一羣人的舉動。但是到了河岸上他便發了一個口令，過三十幾個少年分做四小隊，都飛似的向岸的南北兩頭的林子中跑去，這末後押隊的少年却一個兒蹲伏在一顆大樹後面

原來這押隊的人便是兩個月以前在城頭守夜的蕭喬仔。

他們從在閻王巷後面家園中同了老父埋藏下他們的珍寶之後，他們在城中蟄伏了一天便聽見匪軍要常住於此。他們知道未來的命運，因爲在這在圈子內稍有點資產的早完了，他們的隣居多已逃散，於是他們便不能不作出亡的計劃。東西是一星星都不能帶，終於他們將埋藏的珍寶仍然按放在那裏，他們更換了十分破舊的衣服，他自己更抹上些烟煤泥土扮做乞兒的模樣，及至出城門時他看見他們的仇敵正在門口無理的調笑搜查出城的人們。幸而對於他與他那幾乎不能走動的爹沒多留難，然而及至他們方出城門，而他的大嫂却被兩個十七八歲小夥子夾起正在週身上

多个，手中的枪械长短不一，但他们个个腔上露出沈定与忍耐的表现。他们静静地踏着向有湿露的朝阳罩着的草地上，散乱地走开都没有言语。在后面有一个面色十分憔悴的少年斜背了一口宽刃而明亮的大刀，手里提着一支盒子枪，仿佛在指挥这一群人的举动。但是到了河岸上他便发了一个口令，这三十几个少年分做四小队，都飞似的向岸的南北两头的林子中跑去，这末后押队的少年却一个儿蹲伏在一颗大树后面。

原来这押队的人便是两个月以前在城头守夜的萧乔仔。

他自从在阎王巷后面家园中同了老父埋藏下他们的珍宝之后，他们在城中蛰伏了一天便听见匪军要常住于此。他们知道未来的命运，因为在这在圈子内稍有点资产的早完了，他们的邻居多已逃散，于是他们便不能不作出亡的计划。东西是一星星都不能带，终于他们将埋藏的珍宝仍然按放在那里，他们更换了十分破旧的衣服，他自己更抹上些烟煤泥土扮做乞儿的模样，及至出城门时他看见他们的仇敌正在门口无理的调笑搜查出城的人们。幸而对于他与他那几乎不能走动的爹没多留难，然而及至他们方出城门，而他的大嫂却被两个十七八岁小伙子夹起正在周身上

摸索。他那三岁的小侄子在泥地上瞪着发呆的一双小眼连哭也不敢做声。这时他的白发老爹早气愤得倒在城墙之下，好歹被他们调笑尽情之后，她头发蓬乱地拖了这命运穷苦的孩子踱出城来。

复仇的心，那一天都在他胸中沸腾着！因为他的老爹出城后不三天便因惊成疾，埋在人家的义田里。他嫂嫂也带了孩子跟随着一位商人的妻跑到邻近的县中避难去了。

他一个人本可离开这血染的乡城，但他却觉得一切无挂碍了，一颗炽热的心教他安置在那里？他便跑到这宁埠中，经人保荐充当小队民团的队长。他仍然勤尽职务，精于训练，不说不笑，终天的咬紧了牙齿。

他这时为了有特别勤务带了这几十个团丁来到这绣谷河岸。清冷的晨风吹着满野的蓬根零叶作出飒飒簌簌的鸣声。谁说这是喋血的战场？尽目力遥望，二十里以外的，城垣隐约中似乎有些小黑影在上边浮动着，几丈宽的清澄的河水活活的流着，蛇蜒着在火野中如同一条爬动的青色修蛇。乔仔将带来的少年壮士都向四处分散隐藏之后，一个儿在树后几乎目不停晌的望着河那面秋风中的大道。然而他的目光与他的心思在这一时中却不能连合于一点上了。冷峭的景色中他的一颗血热的心早平静下去，他没有诗人的灵感，却一样也有一般人所共有的，对于当前风物变化而起的莫能言说的凄清之感，枯瘦的郊原，血染的草碛，长流不息的河水，似在哀悼众生般的落叶的叹息，他终天在训练与搜讨中度过的少年，这时在等待强敌厮杀的闲时中，对着自然现象使他也一样怅惘与凄然。一家的死亡流离，几个月来的拼命仇杀，这等奇怪的生活将一个活泼勇健的少年的心麻木了！僵死了！痛苦，憎恶，仁爱，同情，这些观念他没有工夫去分析，去研索，但只凭了一颗复仇的心，他要将它投向烈火与深坑中去！因此他近来也觉得十分沈默，除掉喊步法喊口令外，没有人看见他好说那一类的话，可是强烈的烧酒他居然能一次喝过半斤了，这便是他在逃出大血污的城后之生命力的表现。

　　沈静中他仿佛已看得到那古苔斑驳的砖石大圈内的生活，他看见破败的木器与烧残的房屋，那些旧日的陈列在奇巧木架上的古钢宝物委在泥泞中作了溺器，他看见那些纱帐炉香的大家内房，变成露牙大笑的人们的宣淫的地方，各色的旗帜罩遍晴空，各样的喊呼震动了大地，更看见枪刺上血洗的婴儿，粪坑中割去耳鼻的动物，碎石的街市上全是血迹与铅壳。在幻态中，下意识地将他引诱到那所大高墙后的巷中，那矮的茅屋枯了半面的老槐，向惨惨的空

18　　　青潮月刊　　　第一卷

人的靈感，却一樣也有一般人所共有的，對於當前風物變化而起的莫能言說的淒清之感，枯瘦的郊原，血染的草磧，長流不息的河水，似在哀悼衆生般的落葉的嘆息，他終天在訓練與搜討中度過的少年，這時在等待強敵廝殺的閒時中，對著自然現象使他也一樣悵惘與淒然。一家的死亡流離，幾個月來的拼命仇殺，這等奇怪的生活將一個活潑勇健的少年的心麻木了！僵死了！痛苦，憎惡，仁愛，同情，這些觀念他沒有工夫去分析，去研索，但只憑了一顆復仇的心，他要將牠投向烈火與深坑中去！因此他近來也覺得十分沈默，除掉喊步法喊口令外，沒有人看見他好說那一類的話，可是強烈的燒酒他居然能一次喝過半斤了，這便是他在逃出大血污的城後之生命力的表現。

　　沈靜中他彷彿已看得到那古苔斑駁的磚石大圈內的生活，他看見破敗的木器與燒殘的房屋，那些舊日的陳列在奇巧木架上的古鋼寶物委在泥濘中作了溺器，他看見那些紗帳爐香的大家內房，變成露牙大笑的人們的宣淫的地方，各色的旗幟罩遍晴空，各樣的喊呼震動了大地，更看見槍刺上血洗的嬰兒，糞坑中割去耳鼻的動物，碎石的街市上全是血跡與鉛壳。在幻態中，下意識地將他引誘到那所大高牆後的巷中，那矮的茅屋枯了半面的老槐，向慘慘的空

中摇动它那为风霜剥蚀的秃顶。又仿佛满屋子中全是饥瘦的乌鸦与悠然自得的蜗牛。一派阴沈的光色将高墙后矮檐下的人家全行罩住。他冒险的灵魂从自家乱石砌成的门首游行过当日曾有白发老人夜咳声的堂屋，游行过一灯映照，掩了泪痕在夜间纺棉的大嫂的耳房。那三五只啄饮虫蚁的母鸡，那盛不满的天井中的几个囷角，一切是颓丧与悽恻！空屋子惟有饥鸟与瘦鼠的死鸣与啮物声，勉强去对抗外面欢乐的叱咤与无望的呻吟。菜园中满生了几尺长的青蒿，与萎落下的金针，还有那个用大石小石杂堆着砌成的古井。啊！古井！乔仔幻见到这里更仿佛看见那只黄瘦而带有斑点的手捧着旧绸包放在井栏边，石底下的情形……井水泛滥上来了，一瞥的红光，由井波中射出一双曼媚的眼睛，也变做红波，撕破的衣裤，脱掉了的污鞋，当中掩映着几个皮肤肿胀的女体。她们望着灰暗如凝铅的天空作死后的哀祷！这其中有一双特别曼媚的，似乎自己曾见过的，曾在欢笑的神思授予之中得了不是平常的回顾的那双眼睛，在红波中若向他飞动，向他凄笑！

　　这不是无所为而来的奇态，在大野中沈默的少年的眼前展开了一幅恐怖惨恻的幻画！由一双曼媚的眼睛中将来从下意识的恍惚状态中唤回，他突然立了起来，记起了昨天村子中外巡者的报告。

　　城南面的小村落全烧净了,那以做精巧点心著名的桃园也一例遭了浩劫。一百二三十户的房屋大半已成了破壁颓垣,甚至无辜的牛驴也受了判决书,在匪军的铁蹄之下,一共这十几个村庄死去的老弱有几十口,而跑不及的妇女有些与男子们同做了战胜者的肉票。

　　当他昨天听见过这个惊心的探报之后,若在平日听惯了的时候,在他那坚定的被杀戮与火光炼成的个性上,他绝不同那些胆小的人们一听见便会瞪着眼睛皱起眉头互相低低的耳语。他还是咬咬牙齿的面色更变成铁青罢了。但他自听说桃园也同其他被害的村庄一样遭了这场灾害,他的中心却忽然陡添上一层疑云,直至今天的清晨,他在守夜的屋子中没曾合眼安睡。他终是看见那双曼媚的眼睛向他哀诉,向他回绕,向他发出最后切盼的神光。所以直到他在河边树后等待他的敌人时,他的灵魂忽又从他家的菜园中瞥见她的凶身。那一对送与他以不易得的礼物的媚眼在红波中浮沈。

　　他的周身的神经如同受了电一般的痉挛,他直立在大树后面眼望着在远处的旷野尽处的微光,如同竭尽他的目力,要从这遥远的微光中找寻甚么似的。

20　　　　青潮月刊　　　　第一卷

村子中外巡者的報告。

　　城南面的小村落全燒淨了,那以做精巧點心著名的桃園也一例遭了浩劫。一百二三十戶的房屋大半已成了破壁頹垣,甚至無辜的牛驢也受了判決書,在匪軍的鐵蹄之下,一共這十幾個村莊死去的老弱有幾十口,而跑不及的婦女有些與男子們同做了戰勝者的肉票。

　　當他昨天聽見過這個驚心的探報之後,若在平日聽慣了的時候,在他那堅定的被殺戮與火光鍊成的個性上,他絕不同那些膽小的人們一聽見便會瞪著眼睛皺起眉頭互相低低的耳語。他還是咬咬牙齒的面色更變成鐵青罷了。但他自聽說桃園也同其他被害的村莊一樣遭了這場災害,他的中心卻忽然陡添上一層疑雲,直至今天的清晨,他在守夜的屋子中沒曾合眼安睡。他終是看見那雙曼媚的眼睛向他哀訴,向他迴繞,向他發出最後切盼的神光。所以直到他在河邊樹後等待他的敵人時,他的靈魂忽又從他家的菜園中瞥見她的凶身。那一對送與他以不易得的禮物的媚眼在紅波中浮沈。

　　他的周身的神經如同受了電一般的痙攣,他直立在大樹後面眼望著在遠處的曠野盡處的微光,如同竭盡他的目力,要從這遙遠的微光中找尋甚麼似的。

第二期　　　火　　城　　　21

他忽然如同發了狂疾，便將手中的短鎗扳開机子，一連向空遠處放了十響。這尖嘯的子彈鳴聲突破了大地的沈寂，接連着東北角上對面河岸上一陣急切的鎗聲無次序地打起。

原來這是他們出來截刧城中匪人由車站運來糧餉子彈的叫號，他手下的少年早從小路上穿過林子泅到對岸相隔五六地的路上，在埋伏着，但聽他在正面瞭望的敵方的車子來到的號令。

他已從幻覺中醒來，看到遠處塵土飛揚的車馬，所以一連聲的號鎗之後他便投身河中，游泅過去，那埋伏下的鎗聲便出其不意地將那邊相隔約有半里的幾十匹馬上騎士風掃下來少半。

為公仇與同憤的熱力，這些鄉村少年從四面的林莽中與擄掠他們焚燒他們的外人勢力下的匪軍作死命的奮擊，雖是一場劇烈的搏戰，然而出其不意地五十匹馬隊上披了紅綢的敵軍，除去三十餘個的死傷在地外都四散奔去。十餘輛車子都成了戰勝者的禮物。只不過一刻的時間，他們便將驕悍的敵人驅逐淨盡。緊接着左近村莊的鑼鼓齊鳴中，迸出驚人的吶喊，幾百支霜刃紅纓列在河岸上，令人覺得如置身在古舊的戰場。

他忽然如同发了狂疾，便将手中的短枪扳开机子，一连向空远处放了十响。这尖啸的子弹鸣声突破了大地的沈寂，接连着东北角上对面河岸上一阵急切的枪声无次序地打起。

原来这是他们出来截劫城中匪人由车站运来粮饷子弹的叫号，他手下的少年早从小路上穿过林子泅到对岸相隔五六地的路上，在埋伏着，但听他在正面瞭望的敌方的车子来到的号令。

他已从幻觉中醒来，看到远处尘土飞扬的车马，所以一连声的号枪之后他便投身河中，游泅过去，那埋伏下的枪声便出其不意地将那边相隔约有半里的几十匹马上骑士风扫下来少半。

为公仇与同愤的热力，这些乡村少年从四面的林莽中与掳掠他们焚烧他们的外人势力下的匪军作死命的奋击，虽是一场剧烈的搏战，然而出其不意地五十匹马队上披了红绸的敌军，除去三十余个的死伤在地外都四散奔去。十余辆车子都成了战胜者的礼物。只不过一刻的时间，他们便将骄悍的敌人驱逐净尽。紧接着左近村庄的锣鼓齐鸣中，迸出惊人的呐喊，几百支霜刃红缨列在河岸上，令人觉得如置身在古旧的战场。

其结果是大获全胜,在人众的欢呼与疯狂的行动中间,用攒集的长矛将伤重未死的敌人刺死,将他们的尸身抛到河内。这种惨烈的举动,在从前谨愿的农民看都没看过的,现在也被杀戮狂所引动了。人们的平和与恻隐心思早埋在飞鸣的枪弹与锋利的刀刃之下了。就在这匆遽奇异的时间中,突有一种特异的思想使得领队乔仔俯下身去从容地将受了枪伤的一个死去的骑匪的军衣剥下,窄缘的青帽,毛蓝布的褂裤,最重要的衣肩上还有一个黄色绸带,上面印着淡红的印字,印子底下有几个小字。

农家的早饭时他们狂跃着奏了凯旋,仍然是零叶凄鸣的秋郊,却再没看见有敢来报复的敌人。一包包的上等白米,一盒盒的封固好的子弹,都由他们特派来的船只运回村中,更将船从浅滩边拖到岸上的芦苇丛中。

近于梁山泊的风景与举动,在狂愤与大胆的乡民心中也得了一点新鲜的由血的渴慕中尝得到的一点激动。虽然他们也一样想到手捏锄头,全赤了身体在田地的高粱林中工作的过去生活,但现实呢?却使他们对于已往的生活不追慕也不希求,只是想用自己的血去洗涤他们的耻辱,去浇灭他们受了损害的毒火。所以他们将一个个跳跃不安的心联合成一个整个的有力的热烈的生命,投掷在这大时代的烈燄之中。

落日後的緊閉的城門洞中，已經十分黑暗，一盞破罩的煤油燈的搖曳之下，一個穿了藍布軍衣臉上劃有血痕的少年，方被那一羣守在門口的蓬髮短衣幾乎如同鬼魔似的人們盤查過。於是在大意與信從中，這突來的少年便隨著另一羣的步兵走入這兩月中被匪軍佔據的火城。

除掉聽見破壯的門窗內有一陣陣的俗歌高喊，或是說著狂妄的言語，猜拳行令的聲音外，其實城中是十分寂靜。沒有狗吠，沒有兒啼，更沒有當街婦女的笑語，然而清秋黃昏後的棲鴉卻仍在大樹上爭巢啼鬥，想去尋覓牠們的迷夢。

為好奇心與貪戀的迷惑，將一無所畏的我們的英雄喬仔單身驅迫到全是敵人的窟穴之內。他只憑了在「二理」的幾種術語，只憑了那身剝下來的服裝，與肩條，偷偷跑出寧埠隨了出巡的匪軍到了城裏，其實他還是憑了用尖刀劃破的腮頰上皮肉的創傷，與一個為探訪舊情而敢於冒險的靈魂。

從陰沈與破壞的街道中間，他踏著一塊塊的漬落在鋪石上的血跡，經過一羣羣夜巡的魔鬼的視察，方轉到城中心的北面。在道中，他不敢張望著窺看一切，只是從隱暗

的烈焰之中。

落日后的紧闭的城门洞中，已经十分黑暗，一盏破罩的煤油灯的摇飐之下，一个穿了蓝布军衣脸上划有血痕的少年，方被那一群守在门口的蓬发短衣几乎如同鬼魔似的人们盘查过。于是在大意与信从中，这突来的少年便随着另一群的步兵走入这两月中被匪军占据的火城。

除掉听见破壮的门窗内有一阵阵的俗歌高喊，或是说着狂妄的言语，猜拳行令的声音外，其实城中是十分寂静。没有狗吠，没有儿啼，更没有当街妇女的笑语，然而清秋黄昏后的栖鸦却仍在大树上争巢啼斗，想去寻觅它们的迷梦。

为好奇心与贪恋的迷惑，将一无所畏的我们的英雄乔仔单身驱迫到全是敌人的窟穴之内。他只凭了在"二理"的几种术语，只凭了那身剥下来的服装，与肩条，偷偷跑出宁埠随了出巡的匪军到了城里，其实他还是凭了用尖刀划破的腮颊上皮肉的创伤，与一个为探访旧情而敢于冒险的灵魂。

从阴沈与破坏的街道中间，他踏着一块块的渍落在铺石上的血迹，经过一群群夜巡的魔鬼的视察，方转到城中心的北面。在道中，他不敢张望着窥看一切，只是从隐暗

火城

中见到处处的灯火通明，知道他们方在作长夜的宴乐。他抱着悲愤的血心，暗地里紧咬着牙齿，几乎感到膀臂中的力要奋跃而出，忍受摸索到阎王巷的东口。

一切的破坏全隐在暗中，一切的杀戮血沈于地下，一切的诅恨与愤怒全被铁的威力酒肉中的欢声所遮藏。他虽是坦然，而又是十分小心地走到被抢掠被损毁的家门。他并没曾看见这奇怪而纷扰的城中有甚么痕迹，幸而这冷落的僻巷，原来就是破坏的贫民窟，此刻并没有匪军愿意在此住居。

他立住踌蹰了一会，听听四无声息，连曾前高墙前面的铁锁声现已寂然。他想他们得了自由了！忽的西北墙角下一闪的磷光由丛草中落到墙上，这仿佛是示他以前进的引导与光明。

黑越越地他却能辨识那颗古槐下的大青石，与两个月前铺凉席子的土地。他仿佛看见古槐的弯枝下有个白发点头的幻影，他一阵心头搏跳，使他在暂时中似失却了这些日子中一往直前的壮勇！他手指颤颤地摸到自己的门首，前身一闪，便闯了进去。原来门板早已在门前粉碎了。他十分恐怖地走到空空的堂屋中，甚么都没有了，只有屋角上倾颓的几条木椽，长的山草如女鬼似的披覆下她的乱发

（编者按：因原版缺失，此篇未完。）

24　青潮月刊　第一卷

中見到處處的燈火通明，知道他們方在作長夜的宴樂。他抱着悲憤的血心，暗地裏緊咬着牙齒，幾乎感到膀臂中的力要奮躍而出，忍受摸索到閻王巷至束口。

一切的破壞全隱在暗中，一切的殺戮血沈於地下，一切的詛恨與憤怒全被鐵的威力酒肉中的歡聲所遮藏。他雖是坦然，而又是十分小心地走到被搶掠被損毀的家門。他並沒曾看見這奇怪而紛擾的城中有甚麼痕跡，幸而這冷落的僻巷，原來就是破壞的貧民窟，此刻並沒有匪軍願意在此住居。

他立住躊躕了一會，聽聽四無聲息，連曾前高牆前面的鐵鎖聲現已寂然。連想他們得了自由了！忽的西北牆角下一閃的燐光由叢草中落到牆上，這彷彿是示他以前進的引導與光明。

黑越越地他却能辨識那顆古槐下的大青石，與兩個月前鋪涼蓆子的土地。他彷彿若見古槐的彎枝下有個白髮點頭的幻影，他一陣心頭搏跳，使他在暫時中似失却了這些日子中一往直前的壯勇！他手指顫顫地摸到自己的門首，前身一閃，便闖了進去。原來門板早已在門前粉碎了。他十分恐怖地走到空空的堂屋中，甚麼都沒有了，只有屋角上傾頹的幾條木椽，長的山草如女鬼似的披覆下她的亂髮

青　湖[①]

尼古拉·捷木诺 作　杜宇 译

　　十二时后,在那无涯的地平线广漠的道路上,马车颠簸着,载着我们到了青湖的溪谷。这是一个丰丽的豁谷。这谷宽有半俄里,长约一俄里。三面被耸立的岩石环抱着。映入眼帘的是悦目的鲜花,灿烂得同锦绣一般,看起来好像深奥的洞穴的底。在这上面,年久的筱悬树像画中的岛子似的扩张着,石岩花吐放着芬香,在豁谷到处开放着。在这芬香中,混合着硫磺的香味,笼罩着湖畔。

　　我们对这丰丽的自然美惊叹了,恍惚地站立着,左边是高耸的岩壁,看着宛如新涂的白垩般的白,在这巨大的展图上,生着一棵大树,好像什么人在岩端上装置的窗户一样。正面是五层的露台,被各种植物蔽覆着,直垂到山峡去。鲍尔喀的山峡围绕在右边,从那里焦莱克河响声滔滔地迸流出来,混浊的奔流一直汹涌地流到岩间,从山谷的右边,把巨岩冲起。那澎湃的河流,挟着大石像火车在镔道上驶行的轰音似的响澈了山谷。临于焦莱克河面的岩石,被茂草覆遮,类似青青缠绕的长春藤。在巨岩上,从山巅披着的雪,溶解为小河,像银带子蜿蜒地流下来。

　　我们默然地立在那里,看着围着我们的怪石巉岩的山,感到在地平线所感不出的郁闷。……

　　"湖水在那儿?"有一个人向做向导的纳特这样问。他是随我们这次旅行来的向导人。是那利捷克的喀巴达人。

　　"进口在那边。"纳特说着用激动的手指着那遮湖水的一带筱悬树林。

　　我们向周围的丛林望了一望,大失所望。那并不是像我们想像中那样的湖水,只是一个约有几十丈大的一个四角池;那湛湛的湖水,像水晶般的透明。湖

---

　　① 1937年6月27日,杜宇在《天津益世报》上发表了名为《在青湖上》的翻译小说,苏联尼古拉·捷木诺作,杜宇译。本次新版,因为《青潮》档案资料有部分缺失,所以参考《天津益世报》上的《在青湖上》补全了该文。

水异常澄清。被暴风吹倒的筱悬树,树根会密连在石岸上,可是那树梢完全浸入水中,看看异常清晰。

"这湖水那里青,这简直是骗人。"

"投一点白东西进去,就可明白青不青了。"纳特像受了侮辱似的这样说。

有一个人从提篮里拿出一个煮熟的鸡子,投入湖中。睡眠着的湖面,骤然起了震动的波纹,鸡子消逝在涟漪之下了。我们随哄然大笑,像呆子一般,宛如渔夫瞅着浮子,凝视生着涟漪的湖水。

"喂,喂,请看那边呵!"纳特疯狂的喊着,指着静寂的水面。我们都凝然地齐向水中注视。

"呵,看哪!那鸡子多青呵!"妇女们齐跑到我们身边,看见那像土耳其玉般的鸡子,大声叫喊起来。欢喜与感叹的叫声,继续了多时。不久,那鸡子就在我们岸边消灭了。

"好深哪!"一个人这样说。"喂,再来一个吧!"

又一个鸡子飞入湖中,但聪明的纳特即刻把提篮关闭,提在手里。"都没完了,吃什么?"他摇着头责怪的这样说。

我们都同小孩子般的快活。但我们仍感佩纳特的聪明,即刻停止投鸡子,改投石块。

"啊!请看那边,天黑了!"纳特突然急遽地喊着,

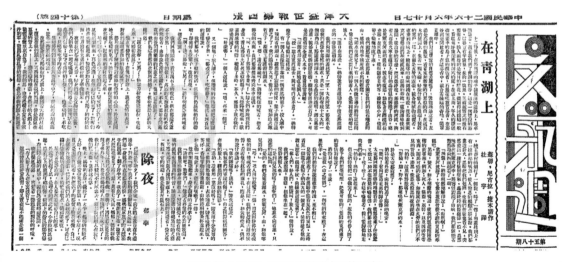

1937 年 6 月 27 日《天津益世报》第四版

指着山顶。

我们回过头来，看着岩石上的夜色，但是在那里天并不十分黑……在披雪的岭上，落霞的光辉像红莲的光那般燃烧着；由珍珠色而变为赭色了。不久，那射在满开着花的山谷闪闪烁烁的红莲之流，也颤震着消逝了。

我们被这自然的壮丽所感撼了。但是突然爵士大声的叫道：

"诸位旅客，天黑了！快拿刀去伐斫筱悬树枝，生起火来，天即刻就黑了。……"

他左右的彷徨着，在他的红脸上，现着恐怖的表情。对于我们这坦然自如的态度气愤了。

终于我们了解爵士对于夜临的恐怖的心情。于是就开始寻集取暖的东西。爵士选了一颗枝叶繁密的筱悬树，在那树下，把集来的薪材生起火来了。

积雪的山岭也消褪了他的颜色，变成郁苍色了。冷风从那里吹来，暮色渐浓；夜像幻灯似的来了。旅客们将薪火聚拢起来，预备茶和食物。我们又听了爵士的指挥，用刀将有大叶的树枝斫下来做寝床。

夜使我们都趋近火旁。妇女们报告食物须备完竣，我们随都围坐在一处食晚餐。我们的向导是一个默罕莫德忠

34　　　　青　湖　月　刊　　　　第一卷

實的信徒；遵守着可蘭經的訓條：——他不喝酒，不吃豬肉，只喝茶和吃羊肉香腸。

黑暗將我們包圍在四面巖壁中了，從這靜寂的夜間，送來一些神秘的喝語。

在那鬱蒼的天鵝絨般的天空上，嵌鑲着大粒的星星，覆蓋在我們頭上。天空圍繞在我們的四周，像是橫臥在巨象的背上。……篠懸樹的綠葉，在薪材的火焰上，戰慄着變爲灰白色了。我們的馬，在旁邊嘶着食着多液汁的草，發出札苦札苦的響聲。夜烏在我們頭上飛翔着，繞着薪材的煙打了一個旋，叫了一聲，向叢林飛去。有一種神秘的喝語，使人窒息的醞釀在空氣裏。我們都靠近薪火，黑暗把我們包圍，使我們什麼都看不見。突然發出一種什麼響聲來，轟轟隆隆的像砲聲一般，轟然的落在焦克萊河中。那大聲音響澈了山峽，我們都顫慄着默然的向四面週看了一周。

「地裂」！爵士坦然的解釋說：「山崩啊！」

焦克萊河是沈靜了，他是在耽想什麼不測之災厄來加臨吧！

黑暗，焚火，和不明瞭的喝語，使我們想起種種恐怖的故事來。例如：死人，強盜，巫師，及凶神等等東西。

实的信徒；遵守着可兰经的训条——他不喝酒，不吃猪肉，只喝茶和吃羊肉香肠。

黑暗将我们包围在四面岩壁中了，从这静寂的夜间，送来一些神秘的喝语。

在那郁苍的天鹅绒般的天空上，嵌镶着大粒的星星，覆盖在我们头上。天空围绕在我们的四周，像是横卧在巨象的背上。……筱悬树的绿叶，在薪材的火焰上，战栗着变为灰白色了。我们的马，在旁边嘶着食着多液汁的草，发出札苦札苦的响声。夜鸟在我们头上飞翔着，绕着薪材的烟打了一个旋，叫了一声，向丛林飞去。有一种神秘的喝语，使人窒息的酝酿在空气里。我们都靠近薪火，黑暗把我们包围，使我们什么都看不见。突然发出一种什么响声来，轰轰隆隆的像炮声一般，轰然的落在焦克莱河中。那大声音响澈了山峡，我们都颤栗着默然的向四面回看了一周。

“地裂”！爵士坦然的解释说：“山崩啊！”

焦克莱河是沈静了，他是在耽想什么不测之灾厄来加临吧！

黑暗，焚火，和不明瞭的喝语，使我们想起种种恐怖的故事来。例如：死人，强盗，巫师，及凶神等等东西。

而那些可怕的故事,好像就在坐在火旁我们
的不可见的背后一般。漆黑,像黑水般黑的
夜的深渊。……

"爵士,这里有野兽吗?"

"野猿,熊,野牛,都来喝焦克莱河的
水。……"

于是大家都寂然了。

爵士披着外套,向我们道了临睡的晚安。

"听啊! 有向这边走来的脚步声……"

大家都回头向发声的地点看去,从那边
来了什么登音,又听见一种不很清楚的嗫嚅
声,我们随都注神以待。

"啊! 哇! 哇!"在暗中嗫嚅着,像三只脚
似的走向我们来。

"爵士! 爵士! 请起来!"

但是爵士像把一切做完了似的,很快的
昏昏入睡了。

终于我们把他喊醒,把那可怕的三只脚
的东西来了的事情对他说了。

爵士只唾了一口说:

"是达彼(山之侯爵),一个嗜酒的老殿
下,在这里牧羊。"

我们对于爵士说的达彼牧羊的话,并不
信任。

足音渐渐近了,在黑暗中能看见灰色的
胡须,立时就

看见一个戴毛皮帽子的高大的老人。侯爵拖着他的跛足，挂着一根粗手杖，向燃薪这边走来了。

"好人们，好人们，健康啊！旅人！"侯爵说。

我们都说欢迎，欢迎，招他坐在一起。

侯爵脱帽入坐。

"是到这里玩的吗？旅客们？"他并不向谁只漫然的这样问。

"是的，我们是来看湖水，焦克莱河，山，和保喀儿道的。"

"唔"，老人用唇嘘了一声，用黑的狞狰的透视般的眼，俯视着我们。在这其间，我们也趁此去观察侯爵。看他有红须的面孔，鹰鼻子，和尖的指爪。但是不知说什么话才好。

"你的脚痛吗？达彼？"医生这样说。

"我被你们的军队打伤了！"山之侯爵这样回答。在他的脸上，骤然闪着忿怒的阴影。

"达彼，请你用一点饭好吗？"医生用十分亲切的态度说。侯爵默然的点头，表示愿意。医生随将酒瓶，茶杯，香肠等物送在他面前。山侯随将两个茶杯并起来，和食物一块饮下去，轻轻的咳嗽了一声。

36　　　青 湖 月 刊　　　第一卷

看見一個戴毛皮帽子的高大的老人。侯爵拖着他的跛足，拄着一根粗手杖，向燃薪這邊走來了。

「好人們，好人們，健康啊！旅人！」侯爵說。

我們都說歡迎，歡迎，招他坐在一起。

侯爵脫帽入坐。

「是到這裏玩的嗎？旅客們？」他並不向誰只漫然的這樣問。

「是的，我們是來看湖水，焦克萊河，山，和保喀兒道的。」

「唔，」老人用脣噓了一聲，用黑的貓狰的透視般的眼，俯視着我們。在這其間，我們也趁此去觀察侯爵。看他有紅鬚的面孔，鷹鼻子，和尖的指爪。但是不知說什麼話才好。

「你的脚痛嗎？達彼？」醫生這樣說。

「我被你們的軍隊打傷了！」山之侯爵這樣回答。在他的臉上，驟然閃着忿怒的陰影。

「達彼，請你用一點飯好嗎？」醫生用十分親切的態度說。侯爵默然的點頭，表示願意。醫生隨將酒瓶，茶杯，香腸等物送在他面前。山侯隨將兩個茶杯並起來，和食物一塊飲下去，輕輕的咳嗽了一聲。

第二期　　　青　　　湖　　　37

他的眼也朦胧起来，身子渐渐的支持不住了。

「請睡吧，旅客們！」他說着将他的外套展放開。

我們也照樣的倒身在樹枝上，預備去睡覺。聽着從山澗的溪流發出的朗朗的聲音，睡眼朦朧的仰視黑暗的天空。天空在那巨巖凸凹的表面上，彎曲的低垂着，像天花板一般。牠那兩端，像是橫貫在巖上。……………

他的眼也朦胧起来，身子渐渐的支持不住了。

"请睡吧，旅客们!"他说着将他的外套展放开。

我们也照样的倒身在树枝上，预备去睡觉。听着从山涧的溪流发出的朗朗的声音，睡眼朦胧的仰视黑暗的天空。天空在那巨岩凸凹的表面上，弯曲的低垂着，像天花板一般。它那两端，像是横贯在岩上。……

头　巾

（现代独幕剧）

乔治·露丹巴苦 作　息卢 译

人物：

　　姜先生

　　医生

　　琚都莱姊姊（此非平常称呼乃

　　西人称女尼之专名——译者注）

　　巴儿巴拉

布景：　姜先生家之一室

时间：　现在

頭　巾

（現代獨幕劇）

喬治，露丹巴苦作　息盧譯

人物：

　　姜先生

　　醫生

　　琚都萊姊姊（此非平常稱呼乃西

　　　人稱女尼之專名——譯者註）

　　巴兒巴拉

布景：　姜先生家之一室

時間：　現在

（一間寬大而有很高的天花板的餐室．懸着長窗帘極寬鬆地摺着遮住兩個窗子．對牆立着一架古式的橡木大鏡．屋子中有三個門：一個門在後面,向通着到街上的走廊開着；一門在左方,是到花園去的,一門在右方是到幾間寢室去的；末後一門自從戲劇開始便開着．屋中央一個桌子兩個坐位．火在爐中燃燒着．）

幕啟時,左近禮拜堂的鐘聲微弱地響着可以聽得到．巴兒巴拉（正當剛在桌旁坐下）這些就全了嗎？讓我瞧瞧：這些杯子,畫托兒,還有燈,是啊,還有這玻璃瓶子與牠那冒氣的水兒！我頂不明白今兒個幹嗎使我不爽快！我對甚麼東西都討厭！這永久不變的鐘與打窗子的雨．真的呀,我不能夠幻想甚麼東西是錯誤的．我似乎時時在別的些地方．甚麼東西都變了哩．啊,連這房子瞧着也兩樣．一所房子中躺着一個病人是多可悲愁！——特別是桑近禮拜堂的房子——與禮拜堂的鐘！我可憐的太太！（鐘聲突然響了）她躺在她床上一動不動,像一個生客．這全然多可怕！但現在我一定須在這尼姑的威權之前俯伏在地了,琚都萊姊姊,誰看護她,能這樣的在意．啊,在這位奇怪尼姑帶了她那冰冷的聲音未來以前我多愛這所房子,她那聲音吹出來

（一间宽大而有很高的天花板的餐室,悬着长窗帘极宽松地折着遮住两个窗子。对墙立着一架古式的橡木大钟。屋子中有三个门：一个门在后面,向通着到街上的走廊开着；一门在左方,是到花园去的,一门在右方是到几间寝室去的；末后一门自从戏剧开始便开着。屋中央一个桌子两个坐位。火在炉中燃烧着。）

幕启时,左近礼拜堂的钟声微弱地响着可以听得到。巴儿巴拉（正当刚在桌旁坐下）这些就全了吗？让我瞧瞧：这些杯子,画托儿,还有灯,是啊,还有这玻璃瓶子与它那冒气的水儿！我顶不明白今儿个干吗使我不爽快！我对甚么东西都讨厌！这永久不变的钟与打窗子的雨。真的呀,我不能够幻想甚么东西是错误的。我似乎时时在别的些地方。甚么东西都变了哩。啊,连这房子瞧着也两样。一所房子中躺着一个病人是多可悲愁！——特别是靠近礼拜堂的房子——与礼拜堂的钟！我可怜的太太！（钟声突然响了）她躺在她床上一动不动,像一个生客。这全然多可怕！但现在我一定须在这尼姑的威权之前俯伏在地了,琚都莱姊姊,谁看护她,能这样的在意。啊,在这位奇怪尼姑带了她那冰冷的声音未来以前我多爱这所房子,她那声音吹出来

恰像从一个石像的冰冷嘴唇中出来的一个样儿。

（琚都莱姊姊在左方的门口中出现拿着一大把芬芳的菊花。）

巴　（在一边）琚都莱姊姊！

琚　巴儿巴拉吗？给我一个花瓶，我忽忙地出去采了这些花儿；她们似是十分孤寂——像些没爹妈的孩子。

巴　姜先生要说甚么吧？

姊姊　我并没采得很多将她们取来在我的保护之下：她们似乎很难过，可怜的花儿！现在，在这灯光之下，她们出作一种光轮，明映着桌子，一个人可以爱花儿们；甚至于这些对于入庵为尼的人也可欣乐这无伤的热情。（她十分销魂地看着这些花）这些花儿是花园中末后的余存了，这是些秋菊呀——多难受，多容易碎落。黄金色——像一个多年王冕的黄金色——这死去的凋落的夏日的王冕，这一年中年纪大的花儿！

巴　你是十分爱怜她们么？

姊姊　在她们的凋落以前我要救助这些短命的晚开的花儿们那不对么？对于天然的东西那正是我们的应分哩！

巴　在你的修道院中你还要时时注念你舍弃的世界么？

姊姊　不！我们的戒律绝不是十分严厉啊。我们的誓言使

40　　　青 潮 月 刊　　　第一卷

恰像從一個石像的冰冷嘴脣中出來的一個樣兒。

（琚都萊姊姊在左方的門口中出現拿着一大把芬芳的菊花。）

巴　（在一邊）琚都萊姊姊！

琚　巴兒巴拉嗎？給我一個花瓶，我忽忙地出去採了這些花兒；她們似是十分孤寂——像些沒爹媽的孩子。

巴　姜先生要說甚麼吧？

姊姊　我並沒採得很多將她們取來在我的保護之下：她們似乎很難過，可憐的花兒！現在，在這燈光之下，她們出作一種光輪，明映着桌子；一個人可以愛花兒們；甚至於這些對於入菴爲尼的人也可欣樂這無傷的熱情。（她十分銷魂地看着這些花）這些花兒是花園中末後的餘存了，這是些秋菊呀——多難受，多容易碎落。黃金色——像一個多年王冕的黃金色——這死去的凋落的夏日的王冕，這一年中年紀大的花兒！

巴　你是十分愛憐她們麼？

姊姊　在她們的凋落以前我要救助這些短命的晚開的花兒們哪不對麼？對於天然的東西那正是我們的應分哩！

巴　在你的修道院中你還要時時注念你拋棄的世界麼？

姊姊　不！我們的戒律絕不是十分嚴厲啊。我們的誓言使

137

得我們——像這樣吧——在一顆青草後面輕過牠我們能否這世界,雖並不是在青草的本身.

巴　我可不情願去當尼姑,且老住在修道院裏.因為照規矩卽在我的年紀,也要要求將頭髮削下,這對一個女子太難爲情了.一個人的信念必須這麼辦纔堅強麼!因為我們的頭髮——是我們的一部分.設使我削去了頭髮簡直個兒我便覺得似乎不願活了——縱像從死人身上取頭髮是一個樣兒.

姊姊　我却應當把「我的」頭髮去掉!但你須曉得我們的戒律並不須要永久的誓言;我們便違背誓言了.在帽子之下,我們保存我們的頭髮裝扮着真像在一個鴿兒樣中的怪靈.　(Holy Spirit)

巴　確的不錯!你也將你所有流動的鬈髮都保留着麼?

姊姊　是呀,全留着,雖然她們是一無用處.我們却不一概把她們捨了哩,我們要赦放了她們,似乎這樣吧.

巴　(行近姊姊,姊姊,我忘却了病人呢,她時時的衰弱了.用些火光照着她的屋子你想這很對麼?

姊姊　是呀,老人是怕黑暗的.他們簡直是小孩子.

巴　除掉火光溫煖的慰安之外,那幾乎似是火光對於死引導着一種阻力.

得我们——像这样吧——在一颗青草后面经过它我们能看这世界,虽并不是在青草的本身。

巴　我可不情愿去当尼姑,且老住在修道院里,因为照规矩即在我的年纪,也要要求将头发削下,这对一个女子太难为情了。一个人的信念必须这么办才坚强么!因为我们的头发——是我们的一部分。设使我削去了头发简直个儿我便觉得似乎不愿活了——就像从死人身上取头发是一个样儿。

姊姊　我却应当把"我的"头发去掉!但你要晓得我们的戒律并不须要永久的誓言;我们便违背誓言了。在帽子之下,我们保存我们的头发装扮着真像在一个鸽儿样中的怪灵。(Holy Spirit)

巴　确的不错!你也将你所有流动的鬈发都保留着么?

姊姊　是呀,全留着,虽然她们是一无用处。我们却不一概把她们舍了哩,我们要赦放了她们,似乎这样吧。

巴　(行近姊姊,姊姊,我们忘却了病人呢,她时时的衰弱了。用些火光照着她的屋子你想这很对么?

姊姊　是呀,老人是怕黑暗的。他们简直是小孩子。

巴　除掉火光温暖的慰安之外,那几乎似是火光对于死引导着一种阻力。

姊姊　死绝不为这点点便停止啊！人生谁无死。死一步步的追着我们而且抛掷过今天的生命便阴罩住明日的。你真想一点小小的火光便能制服住它么？但我要替她壮胆将灯点上。

（姊姊走出）

巴　她常常用她那天上般的声音使我很满意！但我却不想她的话是对的，因为她待我如同待一个田舍郎一般哩。她真真是个卖俏的女子，在她那种种宗教式的后面，而且虽然用她那象牙的手儿不拘数的数着念珠儿——我真奇怪，或者在这修道院口她们有宴会么？她关于这花儿的言谈现在摇动我恰像在一个尼姑的礼服中间我找到一个香囊呢。（老礼拜堂的尖塔上正报着时刻）唉！七点了。主人家！我听明他的脚步在楼梯上了。（姜先生从后面进来，微抖着。）

姜　恰好这是重回的时候，也觉到火炉的温和的暖力哩。这十一月的天气多不爽快！（对巴儿巴拉）我姑母怎么样了？

巴　睡着了。你不要叫醒她。

姜　琚都莱姊姊呢？

巴　同她在一堆。

42　　　青潮月刊　　　第一卷

姊姊　死絕不爲這點點便停止啊！人生誰無死。死一步步的追着我們而且抛擲過今天的生命便陰罩住明日的。你真想一點小小的火光便能制服住牠麼？但我要替她壯胆將燈點上。

（姊姊走出）

巴　她常常用她那天上般的聲音使我很滿意！但我却不想她的話是對的，因爲她待我如待一個田舍郎一般哩。她真真是個賣俏的女子，在她那種種宗教式的後面，而且雖然用她那象牙的手兒不拘數的數着念珠兒——我真奇怪，或者在這修道院口她們有宴會麼？她關於這花兒的言談現在搖動我恰像在一個尼姑的禮服中間我找到一個香囊呢。（老禮拜堂的尖塔上正報着時刻）唉！七點了。主人家！我聽明他的腳步在樓梯上了。

（姜先生從後面進來，微抖着。）

姜　恰好這是重回的時候，也覺到火爐的溫和的暖力哩。這十一月的天氣多不爽快！（對巴兒巴拉）我姑母怎麼樣了？

巴　睡着了。你不要叫醒她。

姜　琚都萊姊姊呢？

巴　同她在一堆。

第二期　　　頭　　巾　　　43

姜　　去告訴她晚餐是停當了。(巴走出)在這兒每一件東西像似向我微笑。(他突然看見桌子上的菊花)一束花兒！但是殘敗了，只是沒大有香味了。一把秋日的花束殘敗得像這屋子一樣！那無疑是琚都萊姊她採來的。她多好啊！然而她多使我不好過！她隱藏着她那些美髮！誰曉得她頭髮的顏色！

　　(琚都萊姊姊入。巴兒巴拉從別屋子中將晚餐收拾過來。)

姊姊　姜先生！晚安。

姜　　晚安，姊姊。我願意去瞧瞧我姑母，但我不敢：巴兒巴拉告訴我她睡着了哩。

姊姊　她正休息着，她一個人在那兒還好些。

姜　　可憐的姑母！在我幼小的時候他對我太好了！我見她病躺着我心裏着實難受，在死的面上她是無望了，死隔她並不遠了。像這樣子，我時常覺得我是真正的她的孩子啊！讓我們吃晚餐吧。

　　(他們走到桌旁。)

姊姊　就像一個異教徒麼？甚至就沒有一段小小的祈禱麼？我真不高興我是同一個生客用晚餐。

姜　　(他自己坐下，並且作一個十字的記號)設使你願意如

姜　　去告诉她晚餐是停当了。(巴走出)在这儿每一件东西像似向我微笑。(他突然看见桌子上的菊花)一束花儿！但是残败了，只是没大有香味了。一把秋日的花束残败得像这屋子一样！那无疑是琚都莱姊姊她采来的。她多好啊！然而她多使我不好过！她隐藏着她那些美发！谁晓得她头发的颜色！

　　(琚都莱姊姊入，巴儿巴拉从别屋子中将晚餐收拾过来。)

姊姊　姜先生！晚安。

姜　　晚安，姊姊。我愿意去瞧瞧我姑母，但我不敢：巴儿巴拉告诉我她睡着了哩。

姊姊　她正休息着，她一个人在那儿还好些。

姜　　可怜的姑母！在我幼小的时候他对我太好了！我见她病躺着我心里着实难受，在死的面上她是无望了，死隔她并不远了。像这样子，我时常觉得我是真正的她的孩子啊！让我们吃晚餐吧。

　　(他们走到桌旁。)

姊姊　就像一个异教徒么？甚至就没有一段小小的祈祷么？我真不高兴我是同一个生客用晚餐。

姜　　(他自己坐下，并且作一个十字的记号)设使你愿意如

此。

姊姊　当人们生活在一起时，最好便是他们少少的类似一点。

（巴儿巴拉，有事办，便出去了。）

姜　　生活"真是"奇怪。想想我们实实在在一起在这儿么，你与我！我们即是没了呼吸，我们却永不会是一个的，但在这儿我们的生活是少少的像一个男子同妻的生活哩。这便使我快乐的叫你声"姊姊"。

姊姊　我对于你是一个姊姊——在礼拜堂我们的怪母中的姊姊。

姜　　但有些事情要除外的：你是一个朋友，几乎是个真姊姊，一个在长久不见后找到的姊姊，有人对我说我们小时候在一起常常玩哩。

姊姊　然而多微小的机会在一霎时就这样使我们两个的生命在一起呀！（她注视姜在抖颤着）你在发抖呢！

姜　　我有点冷！你为甚么把话说远了！我们不要常在想这些了；为甚么不忘去呢？我现在常常在这儿同你住着。我不能孤独的居住；在你面前你能使每件事儿十分称心。你，一个尼姑；而且我，一个非幻觉者，静默的男子，由生活的极度中来，难道我们还彼此相知！即至现在，我们却是生人呢。我们住在一起——而且同我们带来了我们孤独的生活——在床边看护我的姑母，低柔地说着耳语，像兄弟与姊妹或像男人与妻。虽然我对你是甚么也不知道。

姊姊　你知道的很多哩。

姜　　在你那大的高起的眼睛后面真是神秘。

姊姊　他们是耶稣的反光镜。

姜　　一个冰冷的反光镜吧！我在这镜子中看我自己时我着实害怕哩。冰冷得如同头巾严密包藏着你的流动的发儿一样。关于你的头发为甚么这么神秘？为甚么藏在头巾之下，在头巾之下我能想到它那柔美的波痕么？你的鬈发是黑亮的，赤褐色，还是棕色呢？不知道甚么颜色真把我闷坏了；有时我想是黑色，有时又想是光亮的……

姊姊　它们早从我的视线中永久藏起来了。

姜　　但究竟告诉我。那是一件令人忍不住的事，告诉我——只将颜色告诉我吧。

姊姊　我并不知道这颜色。在看不清的阳光中我带上头巾，当我除下时也是在这个时候。

姜　　告诉我吧！我不希望看见它们，我只希望知道便好了。揭发这神秘吧。

姊姊　我的头发即对我自己便是神秘的。在多年以前我记得是怎样欢喜它们，但它们一定变更了……就对于你还有甚么两样！

姜　　告诉我，这并不是强迫你破坏你的誓言呀。

姊姊　（从桌旁起立）不！只有上帝本身能够知道："他"单独可以知道。

（她走到炉边坐下，作她的刺绣。）

姜　　你确的是严守你的信念。这一点你也不能舍弃。上帝对于这样并不愿意啊。一枝玫瑰便埋葬于雪中！你常常怎么的镇定！除了魔鬼你甚么都不怕。你是多无情趣呀！你甚至舍弃了你的名字。每一个尼姑在某圣者之后喊叫她自己哩。

姊姊　似乎我们是也曾在不可亵渎的乐园的境界里呢。

姜　　似乎你们是死了吧！

姊姊　或者在天上呢！

姜　　离去这世界你曾不注意么？你永不愿有小孩子么？你不为他们在连续的悲伤中么？

姊姊　耶稣是我的丈夫，而且假定我们穿的这件礼服是黑色，因此愿我们的灵魂可以光照着十分明丽哩。

46　　　青潮月刊　　　第一卷

了．揭發這神秘吧．

姊姊　我的頭髮即對我自己便是神秘的．在多年以前我記得是怎樣歡喜牠們，但牠們一定變更了．……就對於你還有甚麼兩樣！

姜　告訴我，這並不是強迫你破壞你的誓言呀．

姊姊　（從桌旁起立）不！只有上帝本身能夠知道：「他」單獨可以知道．

（她走到爐邊坐下，作她的刺繡．）

姜　你確的是嚴守你的信念．這一點你也不能捨棄．上帝對於這樣並不願意啊．一枝玫瑰便埋葬於雪中麼！你常常怎麼的鎮定！除了魔鬼你甚麼都不怕．你是多無情趣呀！你甚至捨棄了你的名字．每一個尼姑在某聖者之後喊叫她自己哩．

姊姊　似乎我們是也曾在不可褻瀆的樂園的境界裏呢．

姜　似乎你們是死了吧！

姊姊　或者在天上呢！

姜　離去這世界你曾不注意麼？你永不願有小孩子麼？你不為他們在連續的悲傷中麼？

姊姊　耶穌是我的丈夫．而且假定我們穿的這件禮服是黑色，因此願我們的靈魂可以光照著十分明麗哩．

姜　如此說來我甚麼東西便不要懂了麼？你太利害了！但告訴我這使我作祟的秘密，而且再不麻煩你了．她不是赤褐色麼？

姊姊　請了吧！我真不明白為甚麼——除非我能覩得到，我真不明白為甚麼你似是魔鬼般地質問我！那真像一種罪惡的起頭。

（恰在這時門鈴響了，在這沉睡的房子中驚起一些囘響。）

姜　（突然驚起）門鈴！姊姊，你聽見沒有？啊，我們太快樂了。這門鈴驚破了我的迷夢了。

姊姊　你聽錯了。門鈴並沒響。那是沒個人的。誰在這時候來？

巴　（開開在後面的門）醫生來了，先生。

姜　（驚惶）現在麼？（對巴兒巴拉）請他進來。（巴兒巴拉出去）為甚麼在這晚上呢？我告訴你這門鈴顯示出我的幸福的終了，姊姊。

（巴兒巴拉將醫生引進來，便離開這屋子。）

姜　（起來迎接他）醫生！

醫　朋友，晚安，你很驚惶吧？我經過這兒，我願進來一會看看病人。

姜　　　如此说来我甚么东西便不要懂了么？你太利害了！但告诉我这使我作祟的秘密，而且再不麻烦你了。她不是赤褐色么？

姊姊　　请了吧！我真不明白为甚么——除非我能观得到，我真不明白为甚么你似是魔鬼般地质问我！那真像一种罪恶的起头。

（恰在这时门铃响了，在这沉睡的房子中惊起一些回响。）

姜　　　（突然惊起）门铃！姊姊，你听见没有？啊，我们太快乐了。这门铃惊破了我的迷梦了。

姊姊　　你听错了。门铃并没响。那是没个人的。谁在这时候来？

巴　　　（开开在后面的门）医生来了，先生。

姜　　　（惊惶）现在么？（对巴儿巴拉）请他进来。（巴儿巴拉出去）为甚么在这晚上呢？我告诉你这门铃显示出我的幸福的终了，姊姊。

（巴儿巴拉将医生引进来，便离开这屋子。）

姜　　　（起来迎接他）医生！

医　　　朋友，晚安，你很惊惶吧？我经过这儿，我愿进来一会看看病人。

姜　（神经激动地）她很坏吧？

医　哦，不：她是作一种奋力的挣扎呢。（作一种冷淡的表情。）冬季的天气多可怕。

姊姊　（起来慢慢地走到寝室的门口）我要告诉马丹去。（她走出。）

医　（讥讽地）多庄严的神气！

姜　她是确实的峨德式的——像一个怪者止步在污秽的玻璃窗前一样。

医　她真标致呀。所以你们两个住在这十分古老的房子如同在一所修道院中；你实行是一个和尚，而她，将她的戒律作得很好。真正的够劲呀！

姜　我现在觉到孤寂稍差一点。她带来光明的光线，在沉默中的一种声音。……

医　当危险是迷了心时，一个人便很快要被捆住了……

姜　不！妇女们曾不能纷扰我，除非有些实在东西在远处微蓝的梦国之中；这时我接近去，迷力便早走了。或者这城，这教堂的钟，这些修道院，这个在空中的神秘都该受责罚么？

医　是啊，不过人类却是柔弱得很。

姜　这个城简直是死了，而且这城便像我。这不流动的水

48　　　青潮月刊　　　第一卷

姜　（神經激動地）她很壞吧？

醫　哦，不：她是作一種奮力的掙扎呢。（作一種冷淡的表情。）冬季的天氣多可怕。

姊姊　（起來慢慢地走到寢室的門口）我要告訴馬丹去。（她走出。）

醫　（譏諷地）多莊嚴的神氣！

姜　她是確實的峨德式的——像一個怪者止步在污穢的玻璃窗前一樣。

醫　她真標致呀。所以你們兩個住在這十分古老的房子如同在一所修道院中；你實行是一個和尚，而她，將她的戒律作得很好。真正的夠勁呀！

姜　我現在覺到孤寂稍差一點。她帶來光明的光綫，在沉默中的一種聲音。………

醫　當危險是迷了心時，一個人便很快要被綑住了……

姜　不！婦女們曾不能紛擾我，除非有些實在東西在這處微藍的夢國之中；這時我接近去，迷力便早走了。或者這城，這禮堂的鐘，這些修道院，這個在空中的神秘都該受責罰？

醫　是啊，不過人類卻是柔弱得很。

姜　這個城簡直是死了，而且這城便像我。這不流動的水

在沟渠中——我觉得这水便在我的心里。别的一些城辉光灿烂，一个疲惫的人，也能激动；这座城我所爱的却在梦中。这儿我用我的脑力去爱：一种陶醉，一种声音的传响，一个妇人的头发，这一个身体的曲线。这过去的一刹那没有甚么激刺过我，这妇人绝不对我动情。我不过在我梦中把爱慕加于实际上罢了。

医　　真的。在这里同着这位姊姊你是梦想着你可以有你的小家庭。你们只在一处吃饭，你们却不能助成点结婚人的留遗……

姜　　不要提这些事！

医　　而且对你们自己你们像两个孩子呢。

姜　　（轻怒状）不要说这个！当我请求你静静儿你偏对我们取笑。你这是太亵渎了。

医　　一个自然的笑话罢了。好——现在我要看病人去。（他走出。）

姜　　是啊，我觉得不大孤寂了。踞都莱姊姊是一个妇人！我爱她么？甚么是爱？便是一个人懂得一个人爱的时候么？那就完了么！唔，那就完了么？（姊姊由寝室中进来。）

姜　　（心神不宁状）好么？

姊姊　她更坏了。脉息已经反常，心意错乱。又添上些别的不好病象。

姜　（扰乱状）那不是——完了么？

姊姊　我们必须顺从天主的命令。

姜　（呜咽）完了！可怜的姑母！她待我十分好……她对于我舍弃了她的全生命，她对我简直是一个母亲。我记得头一次她携着我的手去行领怪餐礼。我那时还很小……（外面钟声开始再鸣。）

姊姊　姜先生上帝完全保护着我们，而且谁知道呢？他给我们别的兴趣，别的感动在生活之中。

姜　我觉得它在我的中心——这最后并不很远了。

姊姊　你不要断绝了希望哩。

姜　这钟声！它将我的心割破了！

姊姊　让我们祈祷吧。这教区的礼拜堂的钟声要把我们的祷词带到天上去。

姜　我不能呢，我的上帝啊！

姊姊　为甚么不祈祷——少少的也罢先生？去说一段的玫瑰经（Rosaries 乃天主教派中之祈祷经名。——译者。）并且点一枝腊烛，绝没有害的。（钟声止住）病人还没到死之门，但死却是我们在地上的幸运：我们

50　　　　肖潮月刊　　　　第一卷

姊姊　她更壞了。脈息已經反常，心意錯亂。又添上些別的不好病象。

姜　（撹亂狀）那不是——完了麼？

姊姊　我們必須順從天主的命令。

姜　（嗚咽）完了！可憐的姑母！她待我十分好……她對於我捨棄了她的全生命，她對我簡直是一個母親。我記得順一次她攜著我的手去行領怪餐禮。我那時還很小……（外面鐘聲開始再鳴。）

姊姊　姜先生上帝完全保護著我們，而且誰知道呢？他給我們別的興趣。別的感動在生活之中。

姜　我覺得牠在我的中心——這最後並不很遠了。

姊姊　你不要斷絕了希望哩。

姜　這鐘聲！牠將我的心割破了！

姊姊　讓我們祈禱吧。這教區的禮拜堂的鐘聲要把我們的禱詞帶到天上去。

姜　我不能呢，我的上帝啊！

姊姊　為甚麼不祈禱——少少的也罷先生？去說一段的玫瑰經（Rosaries 乃天主教派中之祈禱經名。——譯者。）並且點一枝臘燭，絕沒有害的。（鐘聲止住）病人還沒到死之門，但死卻是我們在地上的幸運：我們

第二期　　頭　　巾　　51

迟速是终归去的。人们相爱，——住於一处，——以及分離。這燈台要有兩支臘燈；兩個人住在同一個房子裏，在他們必须去走——他每人的路以前他們却很難彼此相愛哩。

姜　（於以上末後的些字說出之後向她在惊詫中注視）走？真的。很快的那事完全要發生的。怎麼——分離呢？

姊姊　（走到他近前握住他的手十分感動）每個人不過是將來一定與他人脫離的。我們彼此都沒有许多光陰了，漸漸地老了，而且生活僅在過去之中；末後呢——忘了。

姜　（大爲憂亂）不！你不要忘了我！在下面你說的甚麼，我究竟明白了！我覺得那全在你手裏！在要離開的思想上你是很悲傷的啊！

姊姊　（撒脫她的手）我真不明白你！

姜　你覺得你不能夠離開我單獨地在這裏。然而在你自己，一個難言的甜密的秘密已經從你的中心深處逃出來了。……

姊姊　（跳起）你的意思要怎麼樣？

姜　（困惱狀，似他已經看出自己的錯處）沒有甚麼，姊姊，沒有甚麼，我說………

迟速是终归去的。人们相爱，——住于一处，——以及分离。这灯台要有两支腊灯；两个人住在同一个房子里，在他们必须去走——他每人的路以前他们却很难彼此相爱哩。

姜　（于以上末后的些字说出之后向她在惊诧中注视）走？真的。很快的那事完全要发生的。怎么——分离呢？

姊姊　（走到他近前握住他的手十分感动）每个人不过是将来一定与他人脱离的。我们彼此都没有许多光阴了，渐渐地老了，而且生活仅在过去之中；末后呢——忘了。

姜　（大为扰乱）不！你不要忘了我！在下面你说的甚么，我究竟明白了！我觉得那全在你手里！在要离开的思想上你是很悲伤的啊！

姊姊　（撒脱她的手）我真不明白你！

姜　你觉得你不能够离开我单独地在这里。然而在你自己，一个难言的甜蜜的秘密已经从你的中心深处逃出来了。……

姊姊　（跳起）你的意思要怎么样？

姜　（困恼状，似他已经看出自己的错处）没有甚么，姊姊，没有甚么，我说……

姊姊　我觉得累了。我必须休息。巴儿巴拉要替我在病人床侧,而且看守着直到中夜。晚安,先生!

（她走出。）

姜　　是啊,我爱她。她爱我么？或者她不过是可怜我么？两个死人！一个是无可奈何,是像在阴云后的月亮看不见了。但别一个我能阻止住——设若她是愿意！她将要可怜我吧！她一定住下！我需要她,我愿望她！教士们能从她的誓言中放赦了她,她要成了我的被爱者,我的圣洁的妻子。我要用别的装饰她的头发,一个极美丽的头巾,一个花制的头巾！所有这个事的发生全因为她的白头巾,像一个鸟儿,因为她的尼衣包裹住她的身体便是这地球上的秘密,因为我不知道她头发的颜色。这便是爱情如何爬到我的心里。而且她那甜蜜的声音,柔软与光明正如同她那头巾一个儿样啊！（听到警告的喊声与急促的脚步声在第二个屋子里。）这是甚么事！

声音　（在别屋子里）姜先生!

姜　　有人在叫我——

（琚都莱姊姊出现于门口。她表示出方在觉醒,因她没戴头巾,她的发流披在肩上下垂背后。）

52　　青潮月刊　　第一卷

姊姊　我覺得累了。我必須休息。巴兒巴拉要替我在病人床側,而且看守着直到中夜。晚安,先生!

（她走出。）

姜　是啊,我愛她。她愛我麼？或者她不過是可憐我麼？兩個死人！一個是無可奈何,是像在陰雲後的月亮看不見了。但別一個我能阻止住——設若她是願意！她將要可憐我吧！她一定住下！我需要她,我願望她！教士們能從她的誓言中放赦了她,她要成了我的被愛者,我的聖潔的妻子。我要用別的裝飾她的頭髮,一個極美麗的頭巾,一個花製的頭巾！所有這個事的發生全因為她的白頭巾,像一個鳥兒,因為她的尼衣包裹住她的身體便是這地球上的秘密,因為我不知道她頭髮的顏色。這便是愛情如何爬到我的心裏。而且她那甜蜜的聲音,柔軟與光明正如同她那頭巾一個兒樣啊！（聽到警告的喊聲與急促的腳步聲在第二個屋子裏。）這是甚麼事!

聲音　（在別屋子裏）姜先生!

姜　有人在叫我——

（琚都萊姊姊出現於門口。她表示出方在覺醒,因她沒戴頭巾,她的髮流披在肩上下垂背後。）

姊姊　（在惊恐中）那是我呀！

姜　　你！她的头发啊！

姊姊　快快！我正在睡觉！巴儿巴拉喊着，马丹死了！

姜　　她死了么？

巴　　（在寝室门口大为扰乱。）救助啊！快点来！

姊姊　（困恼状）我还没穿好衣服——

姜　　死了！

（他忽忙到寝室中去。）

姊姊　（回向巴儿巴拉）让我们求彼得助着她到上天之门。（她们跪下一同背诵）我们在天上之父，颂祝到你的名字。来到你的王国。你在地上所做完的如在天上一样。给我们这白昼我们每日的面包。赦免了我们的负罪，就像我们忘记了我们的债户一样。而且引导我们不要在这诱惑之中，但要从邪恶中救出我们来：因为王国与灵威，与荣耀以及一切，全是你的，阿门。

（姜先生再进来，姊姊便出去了。）

姜　　我合上她的眼睛——这双眼睛在距离中间空空洞洞的注视着。她看去这样老了！我连合了她的双手。她并没有痛苦。她十分爱我！现在我是孤独了！

巴　　谁埋葬她呢？谁将她包裹于殓衣里呢？

姜　　请问这姊姊吧。（巴儿巴拉走出）过去了。现在开始我的孤独生活了！（钟声又开始响起）这钟声！是啊，是啊，再开始吧！哭泣吧，哭泣吧，放射出你的眼泪来为这两个死人！我已看见琚都莱姊姊，像一个妇人显示于我——没了她的尼姑帽子。她的松散开的鬈发！我的爱，产生于神秘之中，而死于我明白这秘密的一刹那。这位姊姊她自己并不知道，像她那样我却看见了，而且她并不是我梦见的她，她已丢失了她的光轮了。那一切是过去了，我晓得太多了。爱情必有一个秘密去保护她哩。

（巴儿巴拉再进来，紧跟着姊姊也进来。这末后她戴上她的头巾，她的双臂交叉在胸前，抱着她的外衣状如尼姑们穿着出门似的。）

姊姊　我很难过要离开了，姜先生，但那是我们圣职的戒律。我们是不看守死尸的；我们是防护生者。我现在要去了。两个小沙弥快要从修道院来备办葬事了。

姜　　（顺从状）设如你必须走——

姊姊　再见，先生，我要为你祷告呢。

姜　　谢谢你，姊姊。（他立着少少寻思一会）可是姊姊！再见。

（姜作一绝望的姿势回转到死妇人屋子中去。）　　　　（幕落）

54　　青潮月刊　　第一卷

姜　請問這姊姊吧。（巴兒巴拉走出）過去了。現在開始我的孤獨生活了！（鐘聲又開始響起）這鐘聲！是啊，是啊，再開始吧！哭泣吧，哭泣吧，放射出你的眼淚來為這兩個死人！我已看見琚都萊姊姊，像一個婦人顯示於我——沒了她的尼姑帽子。她的鬆散開的鬈髮！我的愛，產生於神秘之中，而死於我明白這秘密的一刹那。這位姊姊她自己並不知道，像她那樣我却看見了，而且她並不是我夢見的她，她已丢失了她的光輪了。那一切是過去了，我曉得太多了。愛情必有一個秘密去保護她哩。

（巴兒巴拉再進來，緊跟着姊姊也進來。這末後她戴上她的頭巾，她的雙臂交叉在胸前，抱着她的外衣狀如尼姑們穿着出門似的。）

姊姊　我很難過要離開了，姜先生，但是我們聖職的戒律。我們是不看守死屍的；我們是防護生者。我現在要去了。兩個小沙彌快要從修道院來備辦葬事了。

姜　（順從狀）設如你必須走——

姊姊　再見，先生，我要爲你禱告呢。

姜　謝謝你，姊姊。（他立着少少尋思一會）可是姊姊！再見。

（姜作一絕望的姿勢回轉到死婦人屋子中去。）（幕落）

雪的西比利亞

黑島傳治 著
姜宏 譯

送同年兵們回國，從車站回來後，兩個人躺在兵營的寢床上，許久許久沒說話，只是深長的嘆息了一聲。從今後，還得受一年的苦役，才能夠回國去。

兩個人回想自從來到西比利亞，在過去的一年中，覺着十分的鬱悶和長久。到了二年級，暫時被派留在衛戍病院裏做事。從那以後，就和同年兵士百餘人，一塊兒從敦賀上船被派遣到西比利亞來了。他們一到西比利亞，在那裏的四年兵和三年兵的一部分，就撤回國去了。

西比利亞是被極目無涯的雪包圍着。河是結了冰。馱

雪的西比利亚

黑岛传治 著 姜宏 译

一

送同年兵们回国，从车站回来后，两个人躺在兵营的寝床上，许久许久没说话，只是深长的叹息了一声。从今后，还得受一年的苦役，才能够回国去。

两个人回想自从来到西比利亚，在过去的一年中，觉着十分的郁闷和长久。到了二年级，暂时被留在卫戍病院里做事。从那以后，就和同年兵士百余人，一块儿从敦贺上船被派遣到西比利亚来了。他们一到西比利亚，在那里的四年兵和三年兵的一部分，就撤回国去了。

西比利亚是被极目无涯的雪包围着。河是结了冰。驮

马拖着雪橇在冰上通过。因为怕在冰上滑倒，所以穿着靴里垫了呢子的防寒靴，戴着皮帽，穿着皮外套，他们走到野外去，看见白嘴的乌鸦，集在雪地里频频的啄着什么食物。

雪一消融，无论那里的地面，都无变化的显露出来了。马与牛的群，吼鸣着，低叫着，游散在野地里。不久路旁的草儿也萌着青青的嫩芽。并且在前面的草原上，和那边的小丘上，那小草儿到处咩咩的生长着。一星期的工夫，一向是全然荒寒的草原，此刻也变成一片青了。草儿萌了芽，树子也伸长着枝儿，鹅与鹜已在各处打着旋儿飞翔着。到了夏天，他们和步兵队一块儿移近了中俄国境的交界处。在十月里，和红军发生了冲突，他们就坐着铁甲车从第一线上退回来。

草原裹在浓雾里，半里之外什么都看不见。这样的日子继续着过了一个星期。

他们占领了在一个高岗上用炼砖建造的俄国的兵营。他们立刻把里边打扫干净，用板子分格了好些小房间，按上手术台，又把药品搬运进去。在大门外，挂上了陆军兵院的牌子。

在十一月里，雪就下降了。落下的雪尚未融解。接着雪又降落下來，一直的疊積著。從山谷中的泉穴裏，苦力擔著水往病院送，往來的道上滴落下的水滴，都結成了冰。因為每天擔水往返的次數很多，所以道的兩邊結成很高的冰層，像山脈般的高低起伏著。

屋外天氣極其寒冷，他們焚燒着柴木，蟄居在室內。

他兩個回想起來到此地的一年中，目擊着一些負傷的，斷手缺足或死去的同伴們，使他們常常憶起在國內的情形。他們一心等着接防兵來，他們得以早日轉回國去。

換防兵來了。那正是他們去年被遣派到這兒來同一的日子。四年兵和三年兵大部分撤回國去了。但是因為要指導初從國內派來剛受過初等軍事教育的二年兵士們，所以在三年兵的裏頭，只剩下他們兩個了。

在軍醫與看護長的酌商之下，把平日性情惡劣的亂暴的及不馴服的兵卒們，提前遣送回國去。而將馴良的辦事勤勞及聽呼使的吉田與小村，他兩個人在軍醫命令下，被留下了。

二

無論誰，都不願長久的住在這荒漠的西比利亞。

在好狠勇鬥素喜殺伐的揮着刺刀去刺殺俄國人，在沒有敵人時就去刺殺散在野地裏的牛和豚以取樂。那就是在

雪又降落下来，一直在叠积着。从山谷中的泉穴里，苦力担着水往病院送，往来的道上滴落下的水滴，都结成了冰。因为每天担水往返的次数很多，所以道的两边结成很高的冰层，像山脉般的高低起伏着。

屋外天气极其寒冷，他们焚烧着柴木，蛰居在室内。

他两个回想起来到此地的一年中，目击着一些负伤的，断手缺足或死去的同伴们，使他们常常忆起在国内的情形。他们一心等着接防兵来，他们得以早日转回国去。

换防兵来了。那正是他们去年被遣派到这儿来同一的日子。四年兵和三年兵大部分撤回国去了。但是因为要指导初从国内派来刚受过初等军事教育的二年兵士们，所以在三年兵的里头，只剩下他们两个人了。

在军医与看护长的酌商之下，把平日性情恶劣的乱暴的及不驯服的兵卒们，提前遣送回国去。而将驯良的办事勤劳及听呼使的吉田与小村，他两个人在军医命令下，被留下了。

二

无论谁，都不愿长久的住在这荒漠的西比利亚。

在好狠斗勇素喜杀伐的挥着刺刀去刺杀俄国人，在没有敌人时就去刺杀散在野地里的牛和豚以取乐，那就是在

鼻下有丛丛髭髯的屋岛。

"这种事回到国内就不能做了。——可是在无法律的西比利亚，就畅所欲为了。"

他是常常的和军医及看护长发生冲突的。有时还拿着手枪追赶军医各处乱跑。军医要求他按着规则办事时，他就暴怒起来，用手枪向着奔跑的军医，轰然放了一枪，枪弹把两重的玻璃窗都打穿了。

谁也想他希望常久的住在西比利亚吧。

"一年或二年，或久或暂的住在西比利亚，从悠长的一生中看来，不是都一样吗？——不是不算得什么了不得的事情吗？"

他在大家面前，这样悠然的扬说着。

但是，军医和看护长，在决定撤回的兵卒们当中，屋岛的名字就被列在第一名。——总之，留下这种乱舞刺刀胡放手枪的人，是既危险而又担心的。

有一个叫做福田的兵士，他自愿到西比利亚来。福田是略会一点俄国话，因为想到西比利亚趁机会学点俄语，所以自愿到西比利亚来了。他原来是性情鲁莽的，倘若他得着一个俄国人和他谈话，他随将他正做着的事情抛开，两点钟三点钟那样继续的谈着。因此他的俄国话有了相当

58　　　　青潮月刊　　　　第一卷

鼻下有蓬蓬髭髯的屋島。

「這種事回到國內就不能做了。——可是在無法律的西比利亞，就竭所欲為了。」

他是常常的和軍醫及看護長發生衝突的。有時還拿着手槍追逐軍醫各處亂跑。軍醫要求他按着規則辦事時，他就暴怒起來，用手槍向着奔跑的軍醫，轟然放了一槍，槍彈把兩重的玻璃窗都打穿了。

誰也想他希望常久的住在西比利亞吧。

「一年或二年，或久或暫的住在西比利亞，從悠長的一生中看來，不是都一樣嗎？——不是不算得什麼了不得的事情嗎？」

他在大家面前，這樣悠然的揭說着。

但是，軍醫和看護長，在決定撤回的兵卒們當中，屋島的名字就被列在第一名。——總之，留下這種亂舞刺刀胡放手槍的人，是既危險而又擔心的。

有一個叫做福田的兵士，他自願到西比利亞來。福田是略會一點俄國話，因為想到西比利亞趁機會學點俄語，所以自願到西比利亞來了。他原來是性情魯莽的，倘若他得着一個俄國人和他談話，他隨將他正做着的事情拋開，兩點鐘三點鐘那樣繼續的談着。因此他的俄國話有了相當

的程度，於是他希望快回國去。

由於上列的緣故，福田在撤囘兵的名簿中，也正正當當的寫上他的名子。

像這種例子其他還有很多。

不經許可面暗地裏離開病院溜到俄國人的家裏去，住上三二天的人也有。這就是逃營。逃營是在交戰的期間要處以死刑的。但是爲要保守秘密，所以免了那人的死刑。因此就想將他也留在四年兵裏，促他覺悟，以儆效尤。

但是他也成爲撤囘兵之一了。他的名子也清清楚楚的記在名簿上。

其中被餘留下的，只有做事勤勞和聽使喚的小村與吉田兩個人了。

在小村與吉田兩個人的意思，都以爲只要聽吩咐，凡事勤謹的做下去，就能以得到早囘國去的報酬。所以他們總是殷勤的做事。就是稍微有一點不舒服，和煩悶的時候，也未容隨便把公事拋棄不管的。

然而這種勤勞的報酬，就是爲國家不得不再在西比利亞住上一年。

他們兩個覺着像是受了欺騙一樣，鬱鬱在心中久久的不散。

的程度，于是他希望快回国去。

由于上列的缘故，福田在撤回兵的名簿中，也正正当当的写上他的名字。

像这种例子其他还有很多。

不经许可而暗地里离开病院溜到俄国人的家里去，住上三二天的人也有。这就是逃营。逃营是在交战的期间要处以死刑的。但是为要保守秘密，所以免了那人的死刑。因此就想将他也留在四年兵里，促他觉悟，以儆效尤。

但是他也成为撤回兵之一了。他的名字也清清楚楚的记在名簿上。

其中被余留下的，只有做事勤劳和听使唤的小村与吉田两个人了。

在小村与吉田两个人的意思，都以为只要听吩咐，凡事勤谨的做下去，就能以得到早回国去的报酬。所以他们总是殷勤的做事。就是稍微有一点不舒服，和烦闷的时候，也未尝随便把公事抛弃不管的。

然而这种勤劳的报酬，就是为国家不得不再在西比利亚住上一年。

他们两个觉着像是受了欺骗一样，郁郁在心中久久的不散。

三

在等火车的时候，屋岛这样道：

"你们到底是愚蠢的，若想早回国去，就照我的样做去。无论谁都愿意他自己支配下的人像羊一般驯服的；那不是都是这样吗？——但是在西比利亚住一年或二年，在这悠长的一生中看来，都是一样的。喂！保重吧。"

听了这些话的小村和吉田，二人都搭然若失了。

同年兵们回国去都做些什么？在入营前认识的姑娘，现在是什么样了。来迎接的人又是谁。以前还常常来往的女人的事情，也坦然的忘却了。大家不住地谈论着这些事情。

"我回家之后，立刻就讨老婆。"那志愿到西比利亚来的福田，也急急的想回国了。

"不会说俄国话也不要紧。——借着老子遗下的余荫，就不用愁没有什么吃。在这说不定什么时候会被农民军夺去的西比利亚，我已经很讨厌了。"

在回国的同伴中，只有他两个人除外。在候车室的一角里，觉得自己是十分渺小。他们两人从前本来是意气不很相投的伙伴。小村是胆小的，别人所吩咐的事没有不做的。可是并不十分通快的去做。吉田做事是很认真的。人

60　　　　青潮月刊　　　　一卷

三

在等火車的時候，屋島這樣道：

「你們到底是愚蠢的，若想早囘國去，就照我的樣做去。無論誰都願意他自己支配下的人像羊一般馴服的；那不是都是這樣嗎？——且是在西比利亞住一年或二年，在這悠長的一生中看來，都是一樣的。喂！保重吧。」

聽了這些話的小村和吉田，二人都搭然若失了。

同年兵們囘國去都做些什麼？在入營前認識的姑娘，現在是什麼樣了。來迎接的人又是誰。以前還常常來往的女人的事情，也坦然的忘却了。大家不住地談論着這些事情。

「我囘家之後，立刻就討老婆。」那志願到西比利亞來的福田，也急急的想囘國了。

「不會說俄國話也不要緊。——藉着老子遺下的餘蔭，就不用愁沒有什麼吃。在這說不定什麼時候會被農民軍奪去的西比利亞，我已經很討厭了。」

在囘國的同伴中，只有他兩個人除外。在候車室的一角裏，覺得自己是十分渺小。他們兩人從前本來是意氣不很相投的夥伴。小村是胆小的，別人所吩咐的事沒有不做的。可是並不十分通快的去做。吉田做事是很認真的。人

也很诚实。自己的事常常听别人的意见，结果若是有什么错误，总是自己一人承当。但当他两人在一块儿的时候，吉田是无论什么总照着自己的意思去作，一面装出大人的架子来。因此在小村心里，常常的露出反感来。但到了现在，两个人彼此都感着不和和气气地是不行了。虽然有什么不满意的事，总觉得不能不忍耐着。同年兵只剩他两个人了，在今后的一年间，总得互相扶助的生活着。

"诸位今天特意来送行，十分感谢。"

火车一到，归还的兵士们，都把满装着珍奇的礼物的背囊，提在手里，争先恐后挤进车箱里去寻找自己的座位。坐下来脱下防寒帽，从玻璃窗里探出头来。

那儿并没有比路线更高一层的月台，所以他两个人站在路线的中间，仰视着这长火车的行列。坐在车里探首于窗外的兵士们，个个都笑着，不知是在谈些什么。他二人也本想去附和着谈谈笑笑，但是不知怎的脸上一曲，显出哭容来。

二人因不愿使大家看出这样的面容来，所以就沈默不语了。

……火车开始的行动了。

探出于窗外的头，即刻都缩回去了。

二人从先抑制着的欲哭的情感，现在一时都洋溢在脸上。

“喂！回病院吧。”吉田说。

“唔！”小村的声音有点唏嘘了。吉田想使他免去哀感，于是就说：

“我们比赛一下，看谁先跑到那个桥好吧。”

“唔”，小村的声音仍旧不变的回答着。

“来！一，二，三。”

吉田在前头，二人跑了一町来地。但离到桥边不到一半就无力再跑了。

二人拖着沉重的脚，回病院去了。

在五六日之中，病院中一切的事务，都靠给二年兵去做，自己则躺在营房里呼呼的睡觉。

四

“喂！打兔子去吧。”吉田说。

“这近处会有兔子吗。”毛毯覆于鼻端睡着的小村，这样说。

“有的，你看那不是在那跑着吗？”

吉田以手指着窗外，他俯身在二重玻璃窗前，向对面的小丘那边看着。小丘是起伏着一直的连接着山岭。那小

62　　　　青 潮 月 刊　　　　第一卷

二人從先抑制着的欲哭的情感，現在一時都洋溢在臉上。

「喂！囘病院吧。」吉田說。

「唔！」小村的聲音有點唏噓了。吉田想使他免去哀感，於是就說：

「我們比賽一下，看誰先跑到那個橋好吧。」

「唔，」小村的聲音仍舊不變的囘答着。

「來！一、二、三。」

吉田在前面，二人跑了一町來地。但離到橋邊不到一半就無力再跑了。

二人拖着沉重的脚，囘病院去了。

在五六日之中，病院中一切的事務，都祟給二年兵去做，自己則躺在營房裡呼呼的睡覺。

四

「喂！打兔子去吧。」吉田說。

「這近處會有兔子嗎。」毛毯覆於鼻端睡着的小村，這樣說。

「有的，你看那不是在那跑着嗎？」

吉田以手指着窗外，他俯身在二重玻璃窗前，向對面的小丘那邊看着。小丘是起伏着一直的連接着山嶺。那小

丘上生着繁密的草叢，和灌木林，旁邊沒有一個小石堆。那一切，現在都被蓋在雪裏，成了一片白境。

兔子從草叢旁一跳一跳的跑出來，在雪中消滅了。不久又在別處跳躍的出現了。最先映入眼瞼的是牠那大耳朵，不過必須得十分注意，才能夠和雪分別出來。

「喂！出來拉。」吉田小聲的喊着，「敏捷的跳着哪。」

「在那裏？」小村爬起來走到窗前「看不見呢。」

「仔細的看，還跳呢……那不是在那一塊石頭旁走着，可以看見那長的耳朵吧。」

二人睡覺都睡煩了。那就是說：他們兩個人都不專心去作事了。撤回的兵士們現在到了敦賀了吧。不久期滿就回家了。二人這樣的想着。又想起了自己到西比利亞來在船上的前夜。那一晚，船是停泊在敦賀。又想起那可懷戀的敦賀碼頭，是怎樣的繁盛喲！有幾年沒有看見海了啊。二人從到西比利亞來，已經三年了。不，他們覺着好像有五年似的呢！爲什麼要差遣一些強橫的軍隊到西比利亞，這又有什麼必要呢？差遣兵士來是爲殺俄國人。又是爲被俄國人殺的。要不是爲出兵到西比利亞，自己已經到了三年兵，也不至於被遣來了。

他二人想以前做事過於認眞和馴順，現在他們開始後

丘上生着繁密的草丛，和灌木林，旁边还有一个小石堆。那一切，现在都被盖在雪里，成了一片白境。

兔子从草丛旁一跳一跳的跑出来，在雪中消灭了。不久又在别处跳跃的出现了。最先映入眼睑的是它那大耳朵，不过必须得十分注意，才能够和雪分别出来。

"喂！出来拉。"吉田小声的喊着，"敏捷的跳着哪。"

"在那里？"小村爬起来走到窗前"看不见呢。"

"仔细的看，还跳呢……那不是在那一块石头旁走着，可以看见那长的耳朵吧。"

二人睡觉都睡烦了。那就是说：他们两个人都不专心去作事了。撤回的兵士们现在到了敦贺了吧。不久期满就回家了。二人这样的想着。又想起了自己到西比利亚来在船上的前夜。那一晚，船是停泊在敦贺。又想起那可怀恋的敦贺码头，是怎样的繁盛哟！有几年没有看见海了啊。二人从到西比利亚来，已经三年了。不，他们觉着好像有五年似的呢！为什么要差遣一些强横的军队到西比利亚，这又有什么必要呢？差遣兵士来是为杀俄国人。又是为被俄国人杀的。要不是为出兵到西比利亚，自己已经到了三年兵，也不至于被遣来了。

他二人想以前做事过于认真和驯顺，现在他们开始后

悔了。未能随便任意的做去，这是自己的损失。从今后，要把这一年随自己的便做去吧。

——吉田穿上防寒衣提着装妥子弹的枪，从营房里走出来。

"喂！打兔子还用实弹吗？"

小村也和吉田一样，穿着防寒衣这样说。

"有什么要紧。"

"给他（看护长）知道了，不生气吗？"

枪和子弹是病院里发给的，除了在非常的时候，是禁止使用的。所谓非常的时候，就是指着受敌人袭击的时候。

吉田不理会的走出去。小村也随着小心的拿了枪，与吉田同出去了。

吉田跳过病院的栅栏，走了二三十步左右，就站下拉开了枪栓。他在国内的时候，常常的出去打鹿，对于放猎枪，是很熟练的。在拳步枪放射的时候，可以沉静的，慢慢的，瞄准再放。但在打猎，就没有那种余暇了。因为对方就是那拼命逃走的动物，所以不得不托枪就放。他对于托在掌上放枪是极熟练的，并且差不多是十发九中。

一声像战争时的枪声，兔子跳起有数尺高，向空中描

64　　　青潮月刊　　　第一卷

悔了，未能随便任意的做去，這是自己的損失。從今後，要把過一年隨自己的便做去吧。

——吉田穿上防寒衣提着裝妥子彈的槍，從營房裏走出來。

「喂！打兔子還用實彈嗎？」

小村也和吉田一樣，穿着防寒衣這樣說。

「有什麼要緊。」

「給他（看護長）知道了，不生氣嗎？」

槍和子彈是病院裏發給的，除了在非常的時候，是禁止使用的。所謂非常的時候，就是指着受敵人襲擊的時候。

吉田不理會的走出去。小村也隨着小心的拿了槍，與吉田同出去了。

吉田跳過病院的柵欄，走了二三十步左右，就站下拉開了槍栓。他在國內的時候，常常的出去打鹿，對於放獵槍，是很熟練的。在拳步槍放射的時候，可以沉靜的，慢慢的，瞄准再放。但在打獵，就沒有那種餘暇了。因為對方就是那拼命逃走的動物。所以不得不託槍就放。他對於託在掌上放槍是極熟練的，並且差不多是十發九中。

一聲像戰爭時的槍聲，兔子跳起有數尺高，向空中描

第二期　　　雪 的 西 比 利 亞　　　65

了一個圓圈，就向對面跑去，真是槍不虛發啊。

「中了！中了！」

吉由提着槍，向隨在後面的小村一看，就往前跑去了。

在那裏兔子的腑臓流出來，血染紅了白雪，像小孩一樣的躺在地上。

「我也能打呢！怎麼，不會再有一隻跑出來嗎？」小村不服氣的說。

「有的，三兩匹總是有的。」

二人登山越谷，隨後又走到另一個小丘。去路中的窪地，有灌木林。二人踏着軋軋的積雪，向前走。立刻從前面的樹林裏跑出一隻兔子來，最先看見的是吉田。

「喂！讓我來，喂………」

小村把吉田舉起來的槍按住。

「好好放。」

「當然。」

小村瞄槍的工夫，雖比吉田長些，但是那子彈卻也並沒虛發。

那隻兔子在一丈外的地上，跳了一下，就倒在地上死了。

五

二人將存在倉庫的子彈，偷偷的拿出去。每人裝着十

了一个圆圈，就向对面跑去，真是枪不虚发啊。

"中了！中了！"

吉田提着枪，向随在后面的小村一看，就往前跑去了。

在那里兔子的腑脏流出来，血染红了白雪，像小孩一样的躺在地上。

"我也能打呢！怎么，不会再有一只跑出来吗？"小村不服气的说。

"有的，三两匹总是有的。"

二人登山越谷，随后又走到另一个小丘。去路中的洼地，有灌木林。二人踏着轧轧的积雪，向前走。立刻从前面的树林里跑出一只兔子来，最先看见的是吉田。

"喂！让我来，喂……"

小村把吉田举起来的枪按住。

"好好放。"

"当然。"

小村瞄枪的功夫，虽比吉田长些，但是那子弹却也并没虚发。

那只兔子在一丈外的地上，跳了一下，就倒在地上死了。

五

二人将存在仓库的子弹，偷偷的拿出去。每人装着十

粒左右在衣袋里，天天到小丘那边去猎兔。

回来时，必定有获得物一同带来。

"像这样天天猎得这一些，西比利亚兔子的种子，也要打绝了。"吉田这样说。

第二天他们又出去了。兔子听见他二人踏在雪上的靴声，吃惊的垂着耳朵，从草丛中跳出来了。两个人一见了目的物，绝对不能让它逃走的。

"你们的枪弹从那里得来的？"上等看护长见他两人抛了勤务不干，只是一心的去打猎，于是暗暗的跟出来这样问。

"是从联队里要来的。"吉田说。

"近顷俄国的农民军，不时的出没，要留心不要走到危险的地带去啊！"

"农民军来的时候，我们也和打兔子一样杀死他们。"

严冬来了。二人出去打猎为的是消散郁愤和烦恼的。但兔子的趾迹，也逐渐的希少了。二人的靴子踏在荒漠的雪上的痕迹，不久又被新的雪盖平了。但是在这一带地方，新的足迹几乎不容易看到的。

"这么打下去，西比利亚兔子的种，也快绝了。"二人说着笑了。

每天的越过了远远的小丘,爬过了深深的山谷,登上了高的山,再潜过了联队所设置的警戒线的铁丝网,向远方走去。

雪是很深的,差不多没到腰了。二人很有趣的蹴着,大步的行走。

获物渐渐的少了。耗去半天的工夫,两个人一只也没打着。像这样的时候,当他二人回来走到山上把他们带来的枪弹,一粒不留的向空中乱放个净光。

有一天,他两人钻过了警戒线的铁丝网,向谷中行去。又从谷中登上山。看着一望无际的雪,太阳光是很弱微的。大地静寂无风。耳朵所听见的只是自己踏在雪上的靴声。联队所驻扎的村庄,和小丘上的病院,都被后面的山所遮隔着,看不见了。走向山顶,来到了一个像谷间一样的地方。在这谷间旁有一个水池。池里结了冰。在池的对面有二三处民房被雪遮盖着。

二人到现在一只兔子也没打着。有一回看见一只兔子,但结果又被它逃脱了。虽然紧赶了一回,也是妄然。从此就连兔子的长耳朵,也未看见。

"回去吧。"

小村站住,对于这不明瞭的民屋,有点害怕。

"一只兔子也没有打着，就回去吗？——我是不干的。"

吉田不顾的，跑向池塘那边去。小村也不得不跟在吉田的后面。

谷是很深的。从山峡上有一条往池里流水的小溪，好像冻了似的静流着。而且溪水流入池后，又从池中流到下方去。

在往下去的路上，突然从二人的足下，有一只大兔子跳出来。二人不加思索托枪就放。兔子还未跑到两丈远的地方，就被打倒了。

二人的枪弹，同时都打中了。那有着长长的耳朵的可怜而又可爱的东西，终于饮了人间的枪弹而死了。可怕的两粒子弹打在它的颈上相离只有一寸多远。

二人把那滴滴的在雪上流着血，渐渐冻去的获物，放在面前休息了一回，既疲倦而又口渴。

"现在回去吧。"小村催促着说。

"不到池子那边看看？"

"不，我要回去了。"

"忙什么，不远呢。"

吉田这样说着，提起了那滴着血的获物，站起来刚向他们走下的山一回顾。

"啊呀！"

他不觉发出了惊愕的叫声。他看见在他们走来的积雪无边不见一人的山上，有一个有茶色的髭须的俄国人和一只狗。那俄国人穿着皮外套，拿着枪，向这边瞰视着。这不是马贼，必是农民军。

小村的脚麻痹般的站不稳了。

"喂！逃命啊！"吉田说。

"等一等。"

小村的脚，无论怎么也立不稳。

"怕什么，不要紧。"吉田说。"等他过来的时候，我们就杀死他。"

他虽是这样说，可是也慌慌张张的想逃走。若是在这边山的斜坡上，没有民屋和别的东西，一定有逃走的路。但在就近有五六处民房，隐在雪地里，那无疑的是俄国人的住宅。

在山顶上的俄国人，四散开了。刹时间，把他两个人近近的包围起来。

吉田抓起枪来，向走近的人，瞄准放射了。小村也将枪举了起来。可是他两个人，并没有打兔子时的微笑的心境,那样愉快的放射了。虽然用心瞄准,但是手也发着抖。枪也不能随心所欲了。不足十发的子弹,立刻放完了。二人挥举着枪,殴打近前来的人。但是不久从四面就来了一些强有力的人,把他的手给反扭过去,夺去了枪。

吉田被一个粗壮而恶臭的汉子,按在地上,几乎连气也喘不上来。

一个大眼睛而发光的强健的老人,用有力的声音,向擒着他二人的周围的人们,发了一些像命令似的话。骑在吉田身上的汉子,向老人答了几句话,如是就让吉田站起来。

老人走近了那用七八只强有力的手捉着的一动身也动不得的二人旁边。用执拗的不说明来意便不行似的眼光,睨视着他二人,用他们不解的俄国话讯问。

吉田和小村都是不懂俄国话的。可是看着老人的眼光和姿势,是像在怀疑他们两个人来这样是做什么,又像问现在这村里驻有多少日本兵,想从他二人的口中探出来。他二人觉察出来了,并且老人也留心到这时候日本兵,或许有从山上蜂拥而来的事上了。

吉田以忽然想起来的俄国话说道:

"我不懂。"

70　　　青潮月刊　　　第一卷

境‧那样愉快的放射了。雖然用心瞄准‧但是手也發着抖。槍也不能随心所欲了。不足十發的子彈‧立刻放完了。二人揮舉着槍‧毆打近前來的人。但是不久從四面就來了一些強有力的人‧把他的手給反扭過去‧奪去了槍。

吉田被一個粗壯而惡臭的漢子‧按在地上‧幾乎連氣也喘不上來。

一個大眼睛而發光的強健的老人‧用有力的聲音‧向擒着他二人的周圍的人們‧發了一些像命令似的話。騎在吉田身上的漢子‧向老人答了幾句話‧如是就讓吉田站起來。

老人走近了那用七八隻強有力的手提着的一動身也動不得的二人旁邊。用執拗的不說明來意便不行似的眼光‧睨視着他二人‧用他們不解的俄國話訊問。

吉田和小村都是不懂俄國話的。可是看着老人的眼光和姿勢‧是像在懷疑他們兩個人來這樣是做什麼‧又像問現在這村裏駐有多少日本兵‧想從他二人的口中探出來。他二人覺察出來了‧並且老人也留心到這時候日本兵‧或許有從山上蜂擁而來的事上了。

吉田以忽然想起來的俄國話說道:

「我不懂‧」

老人以执拗的眼光,炯炯的将他二人看了一会,向戴着蓝色帽子的青年,不知吩咐了些什么。

"奈波尼玛——由",吉田重覆的说了几遍"奈波尼玛——由"。那语调,不知不觉就变为哀求的声音了。

老人向青年们吩咐了一句,如是青年们将他二人的防寒服,军衣,衬衫,裤子,靴袜都剥下来了。

……二人裸体的站在雪地里。他们随知道不久要被杀了。有二三个青年,严厉的去搜查他们剥下的军服的口袋。又有两个青年,则持着枪走到离他们稍远的地方。

吉田想那两个人就是杀他们自己的吧。他不觉的忽然想起了一句俄国话:"救命""救命啊",但是他想起的俄国话,是错误的。他把"救命呀""斯帕西——帖"说成了一句"谢谢""斯帕西——波"了。

俄国人像并没有听见他们哀求的话的样子。而老人那可怕的眼光,对他二人连睬也不睬。

走向那方的两个青年,托起枪来了。

一直到现在站在雪地里的吉田,忽然往前跑去,如是小村也跟着跑了。

"救命啊!"

"救命啊!"

"救命啊!"

两个人这样叫喊着,在雪地里往前跑去。但是他两个人喊出来的救声,在俄国人听来则是:

"谢谢!"

"谢谢!"

"谢谢!"

……即刻两发枪声响澈了山谷。

老人将从他二人身上剥下来的军服,防寒具,枪与靴子,交给一个青年拿着,向埋在雪中的屋子而去。临行时说道:

"不要忘记那只断头的兔子啊。"

六

三天头上,两个中队的将卒们,一同出来寻找这走失的两个兵士。到等寻着的时候,看见他俩冻僵的皮色和生前一样。只是在脊梁上有一个指头顶大的伤口。

脸上现出呼喊什么的表情。眼睛大睁着,尸体已经冻僵了。

"我从早就叫你们注意——若是你们不到这里来打兔子,怎么能遇到这样的事呢?"

上等看护长站在一群兵士团团围住的他二人的尸前,

像自己毫無過失的這樣說。

他一點也不想：假使他二人隨着三年兵一同囘國去，也就絕對不會發生這種事了。

在他腦裏只有一個問題：那就是對於這失去的兩枝鎗和兩套被服，用什麼理由去報告呢。

一九廿九，十，二五。

像自己毫无过失的这样说。

他一点也不想：假使他二人随着三年兵一同回国去，也就绝对不会发生这种事了。

在他脑里只有一个问题：那就是对于这失去的两枝枪和两套被服，用什么理由去报告呢。

一九廿九，十，二五。

约　　会

杜　宇

（给漱子）

干么，你又哭了，当此刚刚见面。
你是在恼我，或者是伤我的心？
别来也够苦了，见面却只悲叹！
你没听见恶人又在乱发谗言。
快别哭了，乖乖，让我们来加紧
我们的拥抱，延长我们的亲吻。
怎么，你尽不言语，只向我呆看？
咳！真恼杀我了，这灼人的情恋！

約　會

杜　宇

（給漱子）

幹麼，你又哭了，當此剛剛見面。
你是在惱我，或者是傷我的心？
別來也夠苦了，見面却只悲嘆！
你沒聽見惡人又在亂發讒言。
快別哭了，乖乖，讓我們來加緊
我們的擁抱，延長我們的親吻。
怎麼，你儘不言語，只向我默看？
咳！真惱殺我了，這灼人的情戀！

谁叫你是个女人，我是一个男；
这社会只有虚伪，那里容得恋。
当初你就不该爱我，对我放箭；
（那挽着弓的小孩不是好惹的）
你瞧，如今你我不是被他射穿！
这能怨谁，也许我们前世有账没算？
真对，我们简直不如水里鱼，梁间燕。
咳！愿来生变为鱼虾，不再为人！

对　　酒

来来来请再来干此一杯，
把蔷薇之梦抛于浩浩烟海。
任君踏破了你笨重的铁鞋，
已失的情爱是永不能寻回。

来来来请再来干此一杯，
青春已随落花永葬于尘埃。
休向夕阳述你往日的悲哀，

荒冢中埋遍了青春的残骸。

来来来请再来干此一杯，
把幻想的玉杯向殿墀掷碎。
从冗长噩梦中将回忆丢开，
任尔生千载总须黄土葬埋。

来来来请再来干此一杯，
人间的荣华请俱付之一醉。
且来看取晚霞逦迤于苍苔，
惟杯中能觅得永恒的存在。

听 琴

丁东,丁东,丁东,丁东……
是那里来的这迷人的琴声,
当傍晚夕阳的微红,
借着这醉人的和风,
送,送,送,
送入我的心胸,

76　　　青潮月刊　　　第一卷

荒冢中埋遍了青春的残骸。

来来来请再来干此一盃，
把幻想的玉杯向殿墀掷碎。
从冗长噩梦中将回忆丢开，
任尔生千载总须黄土葬埋。

来来来请再来乾此一盃，
人间的荣华请俱付之一醉，
且来君取晚霞逦迤於苍苔，
惟盃中能觅得永恆的存在。

聽 琴

丁東，丁東，丁東，丁東，………
是那裏来的迷人的琴聲，
当傍晚夕陽的微紅，
藉着迷醉人的和風，
送，送，送，
送入我的心胸，

使我这般的颤动。
丁东，丁东，丁东，丁东……
是那里来的这迷人的琴声，
使我心房这样的颤动；
是这般的凄惋，
是这般的动听，
好像大地在哀吼，
宇宙也在和应。
又像追悼死者的葬钟，
在半夜里悠鸣；
又像礼拜堂圣诞夜的祷钟，
报告基督的降生；
使空气为之宁静，
大地为之无声。
丁东，丁东，丁东，丁东……
吹送，吹送，吹送，
金声，银声，铁声，铜声，
风声，雨声，雹声，雷声，
铃声，磬声，木鱼声，
古伽蓝的礼忏声，

大海的怒号声，
鹧鸪的凄鸣声，
是胡人的筘角，
是战场的鼓鸣，
是大自然的 Symphony，
是一切声音的总成。
丁东，丁东，丁东，丁东……
是那里来的这迷人的琴声，
当这夕阳的微红，
借着这醉人的和风，
吹送，吹送，吹送，
使我心尖这般的颤动。
灵魂翔翱于无极的苍空；
是那里来的这迷人的琴声。
丁东，丁东，丁东，丁东……
丁东，丁东，丁东……

来，让我来掘一个坟！

让我们这样的死去吧，亲爱的，死于这样
紧的拥抱。

你瞧，你在我怀里何等的娇小，竟像抱着
一匹小猫。

175

什麼，我們還有快樂沒享受，並且幸福還在後頭？

傻丫頭，幸福只是一個幻影，而快樂更是水幻夢泡。

別空想那不可知的未來，只緊捉着現實別另牠空跑。

你聽，那微風正吹過林稍，夜鳥也在開始的低叫。

這裏，這裏有的是野花的吹息，和茸茸滿地的青草。

來！讓我來掘一個墳，快把我們這幕慘情悲劇終了。

這不正和了你的心願，省得活着受這樣大的煩惱。

這才完成了我們的愛：生既不能如願，則期之於死後。

譯詩三首

夜

英　F. W. Bourdillon 作

夜晚有幾千隻眼睛星星，
白日的眼睛只一個太陽。
但當那太陽一落了西方，
世界隨也就消逝了明亮。

人有幾千隻理智的眼睛，
心的眼睛只一隻是愛情。

什么，我们还有快乐没享受，并且幸福还在后头？

傻丫头，幸福只是一个幻影，而快乐更是水幻梦泡。

别空想那不可知的未来，只紧捉着现实别另它空跑。

你听，那微风正吹过林稍，夜鸟也在开始的低叫。

这里，这里有的是野花的吹息，和茸茸满地的青草。

来！让我来掘一个坟，快把我们这幕惨情悲剧终了。

这不正和了你的心愿，省得活着受这样大的烦恼！

这才完成了我们的爱：生既不能如愿，则期之于死后。

译诗三首

夜

〔英〕F. W. Bourdillon　作

夜晚有几千只眼睛星星，
白日的眼睛只一个太阳。
但当那太阳一落了西方，
世界随也就消逝了明亮。

人有几千只理智的眼睛，
心的眼睛只一只是爱情。

但当那爱情一到了临终，
全生活也就失去了光明。

陷　阱

〔爱尔兰〕A. E. 作

我听见突发的苦痛的叫声，
是一只家兔堕入陷阱：
现在这叫声还未终停，
但来自何方我无从办明。

但来自何方我无从办明，
他这高喊求救的呼声。
这呼声使空气为之震动，
使万物也为之动容。

使万物也为之动容，
颦蹙起他小小的脸庞；
像是还在喊着救命，
我寻不出他来自何方。

80　　青潮月刊　　第一卷

但當那愛情一到了臨終，
全生活也就失去了光明。

陷　穽

愛爾蘭 A. E. 作

我聽見突發的苦痛的叫聲，
是一隻家兔墮入陷穽：
現在這叫聲還未終停，
但來自何方我無從辨明。

但來自何方我無從辨明，
他這高喊求救的呼聲。
這呼聲使空氣爲之震動，
使萬物也爲之動容。

使萬物也爲之動容，
顰蹙起他小小的臉龐；
像是還在喊著救命，
我尋不出他來自何方。

青湘

第二期　　　約　　　會　　　81

我尋不出他來自何方，
他的腳墮入何處的陷穽。
小物件，哦，小物件啊！
我在到處尋你的蹤影。

我們的詩是

日本上野壯夫作

我們的詩是我們的傳單，
是給親愛的同志的書簡。
黃昏——
烈風將街路樹吹斷，
我們的手是
在地窖中裝着鎗彈！

我們的詩是我們的傳單，
是給親愛的同志的令文。
早晨——
微風吹過高岡，
我們的旗鮮明的在空中飄蕩。

我寻不出他来自何方，
他的脚堕入何处的陷阱。
小物件，哦，小物件啊！
我在到处寻你的踪影。

我们的诗是

〔日本〕上野壮夫　作

我们的诗是我们的传单，
是给亲爱的同志的书简。
黄昏——
烈风将街路树吹断，
我们的手是
在地窖中装着枪弹！

我们的诗是我们的传单，
是给亲爱的同志的令文。
早晨——
微风吹过高冈，
我们的旗鲜明的在空中飘荡。

朋友！
明日，我们拿笔代枪去。
明日，我们高歌马赛曲。
明日，我们去讴歌人类。

——到了那天，
朋友！
我们的诗是我们的传单，
是给亲爱的你们的书简！

82　　　　　青潮月刊　　　　第一卷

朋友！
明日，我們拿筆代槍去。
明日，我們高歌馬賽曲。
明日，我們去謳歌人類。

——到了那天，
朋友！
我們的詩是我們的傳單，
是給親愛的你們的書簡！

幼兒之殺戮時代
（野 外 劇）
秋田雨雀著　　慕華譯

從那以後，
等着一個時候到来，
在那個期間，
人，
神，
及一切存在的；
都睡眠在死裹
沈静了。———哀奴大傳

幼儿之杀戮时代

（野外剧）

秋田雨雀 著　慕华 译

从那以后，
等着一个时候到来，
在那个期间，
人，
神，
及一切存在的；
都睡眠在死里
沈静了。——哀奴大传

人物

十三个儿童

十三个母亲

十三个兵士

黑衣之女（二名）

其他儿童

（儿童及母亲等人的服装，不须特制。但兵士则必须持盾与剑。黑衣之女的形状，类似从来童话之世界的束装。全体的歌词是受哀奴大传（POROINA）的影响，所以这个歌曲是朴素的，单纯的，而且是直情的。——哀奴大传，系叙述善神与恶神经过长期间的战争，卒被善神与人类协力将世界平定；万物长生，国土卒得平安的故事。和这戏曲的构想上，并没有直接的关系的。——作者）

报告的儿童　在这里所出现的儿童们，不是演戏的，也不是唱歌曲的。我们不过是每天大家在学校的庭院中，在电车上，和其他各处的街上，所常见的普通的儿童而已。而且，我们今天所在这里表演的，也决不是什么珍奇的事情。因为我们不能把我们所想说的话充分

第二期　幼兒之殺戮時代　101

人物

十三個兒童

十三個母親

十三個兵士

黑衣之女（二名）

其他兒童

（兒童及母親等人的服裝，不須特製。但兵士則必須持楯與劍。黑衣之女的形狀，類似從來童話之世界的束裝。全體的歌詞是受哀奴大傳（POROINA）的影響，所以這個歌曲是樸素的、單純的，而且是直情的。——哀奴大傳，係敘述善神與惡神經過長期間的戰爭，卒被善神與人類協力將世界平定；萬物長生，國土卒得平安的故事。和這戲曲的構想上，並沒有直接的關係的。——作者）

報告的兒童　在這裏所出現的兒童們，不是演戲的，也不是唱歌曲的。我們不過是每天大家在學校的庭院中，在電車上，和其他各處的街上，所常見的普通的兒童而已。而且，我們今天所在這裏表演的，也決不是什麼珍奇的事情。因為我們不能把我們所想說的話充分

102　　青潮月刊　　第一卷

的說出來；所以用像夢一般的場面，表演在大家的眼前。大家看着滿不滿意，我們是不得而知的。但是我們想使大家了解的，就是兒童有兒童的世界；兒童是 X。兒童是 Alpha。兒童並不是大人的所有物；兒童是屬於 X 世界，屬於Alpha世界的。兒童不是大人可任意殺戮的東西。

報告的兒童
　　獨　唱
「生育我們的島，
是個美麗的島；
在這島上，
我們是
生育了。」
（此時十三個兒童們，都由草叢中和小山陰出現。找一個地點做中心，大家都聚集起來。）
　　合　唱
「生育我們的島，
是個美點的島；
在这個島上，
我們是

的说出来；所以用像梦一般的场面，表演在大家的眼前。大家看着满不满意，我们是不得而知的。但是我们想使大家了解的，就是儿童有儿童的世界；儿童是 X。儿童是 Alpha。儿童并不是大人的所有物；儿童是属于 X 世界，属于 Alpha 世界的。儿童不是大人可任意杀戮的东西。

报告的儿童
　　独　唱
"生育我们的岛，
是个美丽的岛；
在这岛上，
我们是
生育了。"
（此时十三个儿童们，都由草丛中和小山阴出现。找一个地点做中心，大家都聚集起来。）
　　合　唱
"生育我们的岛，
是个美点的岛；
在这个岛上，
我们是

第二期　　幼兒之殺戮時代　　103
　　生育了。」
報告的兒童
　　「霜降，
　　冰埋，
　　風吹，
　　眼淚的幾千年，
　　輝輝的日，
　　爽朗的風，
　　光亮的大地，
　　惡神叫着
　　從巖上，
　　從波上，
　　逃向遠方去。」
　　　　○
　　「輝輝的日，
　　靜靜的地，
　　樹木叢叢，
　　把新的靈魂的
　　芽兒生出。
　　樹葉的響聲，

生育了。"

　　报告的儿童

　　"霜降，

　　冰埋，

　　风吹，

　　眼泪的几千年，

　　辉辉的日，

　　爽朗的风，

　　光亮的大地，

　　恶神叫着

　　从岩上，

　　从波上，

　　逃向远方去。"

　　"辉辉的日，

　　静静的地，

　　树木丛丛，

　　把新的灵魂的

　　芽儿生出。

　　树叶的响声，

沙沙地
春天来访问了。"
　　合　唱
"沸腾的力,
跳跃的力,
聚为一起,
变成转轮。
团团的回旋,
在日光中
在和风前,
发狂的跳舞。"

"沸腾的力,
跳跃的力。
聚为一起,
变成转轮。
团团的回旋,
在日光中,
在和风前,
发狂的跳舞。"

（在这合唱之间，十三个儿童和着华美的 Orchestra，开始的轮舞起来。其他的儿童，亦由林中和小山荫间出现。看见轮舞颇羡之。后来之儿童手中俱持美丽之花束。）

后来的儿童

　独　唱

"春天来了，

从山上，

从波上，

从丘上。

花儿开了，

在山上，

在波上，

在丘上。"

后来的儿童

　合　唱

"春天来了，

从山上，

从波上，

从丘上。

第二期　　　幼兒之殺戮時代　　　105

（在這合唱之間，十三個兒童和着華美的 Orchestra，開始的輪舞起來。其他的兒童，亦由林中和小山蔭間出現。看見輪舞頗羡之。後來之兒童手中俱持美麗之花束。）

後來的兒童

　獨　唱

「春天來了，

從山上，

從波上，

從丘上。

花兒開了，

在山上，

在波上，

在丘上。」

後來的兒童

　合　唱

「春天來了，

從山上，

從波上，

從丘上。

花儿开了，

在山上，

在波上，

在丘上。"

后来的儿童　不让我们加入吗？——我们想着加入呢。

先前的儿童　请来吧！请来吧！——都请进来吧！

报告的儿童

独　唱

"长大起来，

长大起来，

踊子们长大起来。

伸出手来，

伸出手来，

紧紧的握起来。"

合　唱

"长大起来，

长大起来，

踊子们长大起来。

伸出手来，

伸出手来，

紧紧的握起来。"
报告的儿童

　　独　唱

"辉辉的日，
静静的地，
树木丛丛，
把新的灵魂的
芽儿生出。
树叶的响声，
沙沙地，
春天来访问了。"

　　合　唱

"沸腾的力，
跳跃的力，
聚为一起，
变成转轮。
团团的旋转，
在日光中，
在和风前，
发狂的跳舞。"

第二期　　　幼兒之殺戮時代　　　107

　　紧紧的握起来。」
報告的兒童

　　獨　唱

「輝輝的日，
靜靜的地，
樹木叢叢，
把新的靈魂的
芽兒生出。
樹葉的響聲，
沙沙地，
春天來訪問了。」

　　合　唱

「沸騰的力，
跳躍的力，
聚為一起，
變成轉輪。
團團的旋轉，
在日光中，
在和風前，
發狂的跳舞。」

108　　青 潮 月 刊　　第一零

（輪舞終時，前兒童圍著後來兒童談話。）

先前的兒童　你們是從那裏來的？

後來的兒童　我們是從那邊山蔭的遠村來的。

先前的兒童　在那個山蔭裏也有村莊嗎？

後來的兒童　是，有的。

先前的兒童　在那裏也有很多的小孩嗎？

後來的兒童　是，有的。那裏的小孩比你們還多呢！

先前的兒童　也有女孩子嗎？

後來的兒童　當然有的，女孩子且比男孩子還多着呢！

先前的兒童　都很和愛的嗎？

後來的兒童　是的，但有的時候也打架的。

先前的兒童　你們到這裏做什麼，你們怎麼知道我們在這兒呢？

後來的兒童　我們起初不知道你們在這兒。可是後來聽見唱歌的聲音，我們想這兒一定有人的。

先前的兒童　從那個小山頂上，能夠望見你們的村嗎？

後來的兒童　看不見吧，因為是很遠的。

先前的兒童　那麼，到那邊去就能看得見嗎？

後來的兒童　上去看看吧。

（大羣的兒童，都手攜手登上小山。）

（轮舞终时，前儿童围着后来儿童谈话。）

先前的儿童　你们是从那里来的？

后来的儿童　我们是从那边山荫的远村来的。

先前的儿童　在那个山荫里也有村庄吗？

后来的儿童　是，有的。

先前的儿童　在那里也有很多的小孩吗？

后来的儿童　是，有的。那里的小孩比你们还多呢！

先前的儿童　也有女孩子吗？

后来的儿童　当然有的，女孩子且比男孩子还多着呢！

先前的儿童　都很和爱的吗？

后来的儿童　是的，但有的时候也打架的。

先前的儿童　你们到这里做什么，你们怎么知道我们在这儿呢？

后来的儿童　我们起初不知道你们在这儿。可是后来听见唱歌的声音，我们想这儿一定有人的。

先前的儿童　从那个小山顶上，能够望见你们的村吗？

后来的儿童　看不见吧，因为是很远的。

先前的儿童　那么，到那边去就能看得见吗？

后来的儿童　上去看看吧。

（大群的儿童，都手携手登上小山。）

报告的儿童

　独　唱

"辽远的乡国，
附近的村庄，
都浴入霞光。
波辉辉，
家光亮，
接续到何处，
全世界各地方。"

　合　唱

"小草萌萌，
霞光皲觑，
太阳在笑，
小河在歌，
和平的日子啊！
永远的继续下去吧！"
母亲们（只闻声）

　合　唱

"孩子们在唱歌，
好快乐的声音啊！

生于贫穷中

的孩子，

富有了！

生于眼泪中

的孩子，

幸福了！

好快乐，

孩子们的歌。"

先前的儿童　听呵，母亲们在唱歌，母亲们是在快乐的唱着歌哪！

后来的儿童　那是你们母亲的歌声吗？我们也要回家去了。

先前的儿童　你们要回去吗？

后来的儿童　是的，因为天晚了不能回去了。

先来的儿童　天还没黑，还早呢。

后来的儿童　天虽没黑，但是我们的家离这里是很远的，说不定在道上天就黑了。

先前的儿童　是吗？那么以后请再来玩吧。

后来的儿童　（向小山下行）再见，再见。……

先前的儿童　再见，再见。

双方的儿童

　　合　唱

"小草萌萌，

霞光暖暖，

太阳在笑，

小河在歌，

和平的日子啊！

永远的继续下去吧！"

先前的儿童　（挥着帽子与手帕）再⋯⋯

见⋯⋯

后来的儿童　（频频回首）再见，请也到

我们那边来玩吧。⋯⋯

　　母亲们　（只闻声）

　　合　唱

"小孩子在唱歌。

好快乐的歌声啊！

生于贫穷中

的孩子，

富有了！

生于眼泪中

的孩子，

第二期　　　幼兒之殺戮時代　　　111

雙方的兒童

　　合　唱

「小草萌萌，

霞光暖暖，

太陽在笑，

小河在歌，

和平的日子啊！

永遠的繼續下去吧！」

先前的兒童　（揮着帽子與手帕）再⋯⋯見⋯⋯

後來的兒童　（頻頻回首）再見，請也到我們那邊來玩

吧。⋯⋯

母親們　（只聞聲）

　　合　唱

「小孩子在唱歌，

好快樂的歌聲啊！

生於貧窮中

的孩子，

富有了！

生於眼淚中

的孩子，

幸福了!

啊! 好快乐,

孩子们的歌。"

黑衣之女(两个着黑衣的女人,悲伤的在路上走着。)

　　合　唱

"不幸的人之母啊!

不幸的人之子啊!

你们还什么都不知道,——

你们的敌人,

快到眼前了!

那残忍的敌人,

就要到眼前了!"

"好好的看守着无罪的婴儿,

好好的看守着无罪的婴儿,

那残忍的敌人,

就要到眼前了!"

黑衣之女一　她们现在还什么都不知道呢! 生于现世的小孩子,是怎样的不幸啊!

黑衣之女二　是的,没有小孩的人是真幸福。

第二期　　　幼兒之殺戮時代　　　113

黑衣之女一　　所謂生是怎樣不幸的事啊！難道小孩子，是只爲被殺而生的嗎？

黑衣之女二　　所以生總是無益的事啊！

黑衣之女一　　是啊，悲慘的悲慘的不幸啊！

（黑衣之女人走過去了。先前之兒童不可思議的目送着她們。）

　合　唱

「不幸的人之母啊！

不幸的人之子啊！

你們還什麼都不知道，——

你們的敵人，

快到眼前了！

那殘忍的敵人，

就要到眼前了！」

○

「好好的看守着無罪的嬰兒，

好好的看守着無罪的嬰兒，

那殘忍的敵人，

就要到眼前了！」

（此時在突然的強烈的音樂中，十三個兵士從森

黑衣之女一　　所谓生是怎样不幸的事啊！难道小孩子,是只为被杀而生的吗？

黑衣之女二　　所以生总是无益的事啊！

黑衣之女一　　是啊,悲惨的悲惨的不幸啊！

（黑衣之女人走过去了。先前之儿童不可思议的目送着她们。）

　合　唱

"不幸的人之母啊！

不幸的人之子啊！

你们还什么都不知道,——

你们的敌人,

快到眼前了！

那残忍的敌人,

就要到眼前了！"

"好好的看守着无罪的婴儿,

好好的看守着无罪的婴儿,

那残忍的敌人,

就要到眼前了！"

（此时在突然的强烈的音乐中,十三个兵士从森

林中出現。身著甲冑，手持古式盾與槍，凶猛遲頓的眼睛，在甲盔下輝輝的發光。）

兵士　有命令嗎？

兵士　沒有命令。

兵士　沒有下命令嗎？

兵士　沒下命令。

兵士　我不能幹這種事，我自己也有小孩子。我不能幹這種非人類所能幹的事！

兵士　你不愛自己的民族嗎？

兵士　我正因為愛自己的民族，所以不能去幹這種慘無人道的事！

兵士　你是沒有勇氣的東西。不要理他。為我們民族起見，我們大家都應當竭盡全力去殘酷！

兵士　殘酷起來！

兵士　殘酷起來！

兵士

　　合　唱

「近前來的，

刺殺之，

不死不止。

林中出现。身着甲冑，手持古式盾与枪，凶猛迟顿的眼睛，在甲盔下辉辉的发光。）

兵士　有命令吗？

兵士　没有命令。

兵士　没有下命令吗？

兵士　没下命令。

兵士　我不能干这种事，我自己也有小孩子。我不能干这种非人类所能干的事！

兵士　你不爱自己的民族吗？

兵士　我正因为爱自己的民族，所以不能去干这种惨无人道的事！

兵士　你是没有勇气的东西。不要理他。为我们民族起见，我们大家都应当竭尽全力去残酷！

兵士　残酷起来！

兵士　残酷起来！

兵士

　　合　唱

"近前来的，

刺杀之，

不死不止。

把精神振起，

举起盾来，

步武整齐，

一心的，

勇敢的杀上前去。"

（此时儿童们哭喊逃奔，兵士们持盾追之于后。）

儿童　母亲！（呼喊着倒于盾下。）

儿亲　母亲！（被枪刺刺倒。）

儿童　母亲？（被刺于山道上。）

儿童　母亲！（被打死于草丛中。）

儿童　母亲！（刺死于树下。）

儿童　母亲！（在盾下。）

儿童　母亲！（在盾下。）

儿童　母亲！（在靴下。）

儿童　母亲！（盾压于胸。）

儿童　母亲！（在盾下。）

儿童　母亲！（在小河中。）

儿童　母亲！（握住兵士之枪。）

兵士

合　唱

「一切都完了，
只餘血的色．
愛惜，
慈悲，
憐憫，
一切都完了，
只餘血的色．
刺死即滅亡．
死盡了，死盡了，
不再甦生．
一切都完了，
只餘血的色．」

兵士　不能使這些小東西再活．把盾很很的壓在他們的
　　　死屍上．
兵士　究竟這些小孩子犯了什麼罪？
兵士　犯了什麼罪，我也不知道．
兵士　你既不知道犯了什麼罪，為什麼要殺死他們呢？
兵士　我只知道殺死他們是對的．是為我們的民族，我
　　　們才殺他們的；此外再沒有別的．
兵士　你是奉誰的命令這樣做？

"一切都完了，
只余血的色。
爱惜，
慈悲，
怜悯，
一切都完了，
只余血的色。
刺死即灭亡。
死尽了，死尽了，
不再苏生。
一切都完了，
只余血的色。"

兵士　不能使这些小东西再活。把盾很很的压在他们的死尸上。

兵士　究竟这些小孩子犯了什么罪？

兵士　犯了什么罪，我也不知道。

兵士　你既不知道犯了什么罪，为什么要杀死他们呢？

兵士　我只知道杀死他们是对的。是为我们的民族，我们才杀他们的；此外再没有别的。

兵士　你是奉谁的命令这样做？

兵士　谁的命令也没奉。

兵士　没有奉命令吗？

兵士　没有奉谁的命令，不是以前和你说过了。你还噜嗦什么，现在天快黑了，赶快回去罢。

兵士　（唱歌而去）

　合　唱

"一切都完了，

只余的血色。

爱惜，

慈悲，

怜悯，

一切都完了，

只余血的色。

刺死即灭亡。

死尽了，死尽了，

不再苏生。

一切都完了，

只余血的色。"

母亲们　（十三个母亲唱歌出现。）

　合　唱

第二期　　幼兒之殺戮時代　　117

兵士　誰的命令也沒奉。

兵士　沒有奉命令嗎？

兵士　沒有奉誰的命令，不是以前和你說過了。你還嚕嗦什麼，現在天快黑了，趕快閱去罷。

兵士　（唱歌而去）

　合　唱

「一切都完了，

只餘的血色。

愛惜，

慈悲，

憐憫，

一切都完了，

只餘血的色。

刺死卽滅亡。

死盡了，死盡了，

不再起生。

一切都完了，

只餘血的色。」

母親們　（十三個母親唱歌出現。）

　合　唱

「来了，
悲惨的日子来了，
悲惨的日子来了，
快快醒来吧！
我们的孩子们，
都死在恶魔的手里，
死在凶恶残酷的
恶魔的手里。
恶魔，你们的盾怎么不破毁？
恶魔，你们的枪怎么不折摧？
真理不存於世吗？
神与人都睡眠了吗？
日之神啊！
你的眼瞎了吗？
若是你睁着眼，
你为什么看不见
这种残酷的事情呢？
日之神啊！
把恶之神六十摇篮
破坏，

"来了，
悲惨的日子来了，
悲惨的日子来了，
快快醒来吧！
我们的孩子们，
都死在恶魔的手里，
死在凶恶残酷的
恶魔的手里。
恶魔，你们的盾怎么不破毁？
恶魔，你们的枪怎么不折摧？
真理不存于世吗？
神与人都睡眠了吗？
日之神啊！
你的眼瞎了吗？
若是你睁着眼，
你为什么看不见
这种残酷的事情呢？
日之神啊！
把恶之神六十摇篮
破坏，

建立善神六十摇篮

之日之神啊！

日之神啊，

你若真是日之神，

为什么有这样悲惨的日子啊！

可咀咒的今日之日啊，

永远的，永远的

消灭了吧！"

母亲们　（卧于盾上哭泣。）这个孩子是被杀死了！

母亲们　（举起盾来，看见小孩的尸体。）这个孩子是完了！

母亲们　这个孩子是白生了！

母亲们　这个美丽与康健的孩子是白生了！

母亲们　从今我不信神了。我也不信真理了。若是神与真理还存在这世界上，我那孩子也不会死了吧！

母亲们　可是我无论怎样也不信那孩子是死的。让我叫一叫摇一摇看看吧。

　独　唱

"我的孩子啊，

　醒来吧，

第二期　　　幼兒之戮戮時代　　119

建立善神六十搖籃

之日之神啊！

日之神啊，

你若眞是日之神，

爲什麼有這樣悲慘的日子啊！

可咀咒的今日之日啊，

永遠的，永遠的

消滅了吧！」

母親們　（臥於楯上哭泣。）這個孩子是被殺死了！

母親們　（舉起楯來，看見小孩的屍體。）這個孩子是完了！

母親們　這個孩子是白生了！

母親們　這個美麗與康健的孩子是白生了！

母親們　從今我不信神了。我也不信眞理了。若是神與眞理還存在這世界上，我那孩子也不會死了吧！

母親們　可是我無論怎樣也不信那孩子是死的。讓我叫一叫搖一搖看看吧。

　獨　唱

「我的孩子啊，

　醒來吧，

睁开了眼
脱离了
罪恶的摇篮，
重见
光明吧！"

　合　唱

"我的孩子啊，
醒来吧，
睁开了眼
脱离了
罪恶的摇篮，
重见
光明吧！"

（十三个母亲持着血染的盾，围着小孩子们的尸体像狂人般乱舞。）

母亲们

　合　唱

"恶魔啊，
恶魔的恶魔啊！
腐烂了的

毒虫的汁啊！
让你的毒
把你自身
腐烂到底吧！
毛西来持克持克
柯达内持克持克
毛西罗阿西达
柯达诺阿西达
恶魔呵，
恶魔的恶魔呵！
腐烂了的
毒虫的汁呵！
让你的毒
把你自身
腐烂到底吧！”

（十三个母亲持盾倒于小孩们的周围。——长时间的静默。）

报告的儿童　（从倒地的儿童中间立起来。）我是第一个最初醒来的孩子。承诸位耐心的将这无味的梦看完了，我们是很感谢的。现在我们要起来回家了。或者

第二期　　　　幼兒之殺戮時代　　　　121
毒蟲的汁啊！
讓你的毒
把你自身
腐爛到底吧！
毛西來持克持克
柯達內持克持克
毛西羅阿西達
柯達諾阿西達
惡魔呵，
惡魔的惡魔呵！
腐爛了的
毒蟲的汁呵！
讓你的毒
把你自身
腐爛到底吧！」
（十三個母親　持楯倒於小孩們的周圍。———長時間的靜默。）
報告的兒童　（從倒地的兒童中間立起來。）我是第一個最初醒來的孩子，承諸位耐心的將這無味的夢看完了，我們是很感謝的。現在我們要起來回家了，或者

和诸位同乘在一个电车上也说不定。若是诸位看见他们的时候，请费神关照一些。不要把小孩看成"小孩是无论怎样都可以"的态度。任意压杀或践踏是不对的。小孩是 X，是 Alpha。诸位，再见！　　　　　　（完）

诗

谁毁灭了我的青春

张永成

一面椭圆的洁净的明镜，
反映出一个憔悴的面影。
一个流浪者在对镜出神，
因为呀发见了白发数根。

他看着白发，没有那银的
光采，也没有玉的晶莹，
却像是一个死人的脸那般
没有生气，而那般狰狞。

他不信会有那白发产生，
便对着明镜张大了眼睛；

詩

誰毀滅了我的青春　張永成

一面椭圆的潔淨的明鏡，
反映出一個憔悴的面影。
一個流浪者在對鏡出神，
因爲呀發見了白髮數根。

他看着白髮，沒有那銀的
光采，也沒有玉的晶瑩，
却像是一個死人的臉那般
沒有生氣，而那般狰獰。

他不信會有那白髮產生，
便對着明鏡張大了眼睛；

洁净的明镜没有欺骗他，
蓬松的乱发呀黑白分明。

他于是怔住了不作一声，
理想之塔在他眼前倒崩。
塔中有一个绝世的美人，
死了，污血染满了一身。

"谁毁灭了我的青春？"
他心中留着了一个疑问。
无人回答也无人告诉他，
他忽然看到了命运之神。

"呵，你，美的破坏者！
怎么夺去了我的青春？"
然而命运之神笑着走了，
也不否认也不向他说明。

他于是哭了，泪流涔涔，
珠泪打叠成了一座愁城。

这城中，沙漠般的荒凉，
没有抱拥，也没有接吻！

会 见

李同愈

冒了刺骨底寒风，
抱了战栗底心胸，
踏着雪径，穿过了树林；
到了呀，却又踌躇不进。

微颤的手轻叩虚掩底房门，
"请进来哟"，是里面的应声。
纵然预期着相见时底喜欢，
可是一见呀反局促地不宁。

灯光映照着两人底影，
壁炉烘燃着两人底心。
默默地谁也不再说话了，
任空中散满着幽情。

黎 明

王 玫

月儿仍在高高悬着，

第二期　　　诗　　　125

这城中，沙漠般为荒凉，
没有抱拥，也没有接吻！

會 見　李同愈

冒了刺骨底寒風，
抱了戰慄底心胸，
踏着雪徑，穿過了樹林；
到了呀，却又踌躇不進。

微顫的手輕叩虚掩底房門，
「請進來哟，」是裏面的應聲。
縱然預期着相見時底喜歡，
可是一見呀反局促地不寧。

燈光映照着兩人底影，
壁爐烘燃着兩人底心。
默默地誰也不再說話了，
任空中散滿着幽情。

黎 明　王 玫

月兒仍在高高懸着，

云儿朵朵悠然飘过，
海滨，
沙地，
凄凉的秋月，
那时候我何曾忘却？

这已是残了的旧梦，
刺着我热情的心窝，
海滨，
沙地，
月下的伊影，
那时候我何曾忘却？

我不该陪她寻幽乐，
只惹些凄伤伴孤寞，
海滨，
沙地，
她泪珠滚落，
那时候我何曾忘却？

她竟肯忍心远弃我，
又恨我往时情丝多，
海滨，
沙地，
我忧思孤寞，
那时候我何曾忘却？

吃

一　石

我是一个人，
我需要饮食；
我买了一只鸡——
我细细的咀嚼，
我细细的去吃。

扯去鸡皮，
有肉白晰；
大嚼呵，
这样的美品，
有钱人之美食！

第二期　　　　詩　　　　127

她竟肯忍心遠棄我，
又恨我往時情絲多，
海濱，
沙地，
我憂思孤寞，
那時候我何曾忘却？

吃　　一　　石

我是一個人，
我需要飲食；
我買了一隻鷄——
我細細的咀嚼，
我細細的去吃。

扯去鷄皮，
有肉白晰；
大嚼呵，
這樣的美品，
有錢人之美食！

肉的下层，
有几丝血迹；
这样的美品，
血足以润泽丰肌。

没等我吃完，
白骨如堆，
拿去——
我的三个声差的之一！

从此，
我常常吃鸡。
你看！
我的面庞温嫩，
我的筋肉油腻。

有人说，
我的肉是鸡的肉，
胡诌！
鸡肉那能在我的躯壳以里！

然而——
有人正吃糠；
然而——
我的同类也易子而食！

你还记得？

王漪女士

你还记得？——那日暗风横之朝，
我俩徘徊在曲曲遥长的小道；
浪儿狂啸，
鸟儿低叫，
遮断了你我的欢笑。

你还记得？——风儿拂起花儿谢，
我俩并着肩静凭在碧栏干下；
嫩的心苗，
怦然活跃。
梨梦儿已被杜鹃叫醒了。

你还记得？——宿雨乍晴月明夜，
我俩伴院落讴歌赞美嫦娥；

209

青潮

燕志俊（1907—1982），又名燕遇明，作家，山东泰安人。两期《青潮》月刊中，燕志俊的作品有诗歌《病》。

荫下叹嗟，
这苍茫的人间，
只清空有疏星点点。

你还记得？——轻轻把手儿松散，
谁知缘悭分浅徒叫我着空唤；
你说重逢，
良辰休闲，
在紫藤花下且复流连。

三，十二，二九。

病

燕志俊

西风沙沙的扑进窗吹透我的薄被，
窗下有一只秋虫幽久的孤啼自诉，
我头发纷乱，眼睛灰淡，
辗转反侧在被里自己无声的流泪。

姑娘，你自九月十二日舍我自去，
不和我相别，不给我回信，
如今我已病倒在这深秋的客舍，
白日苦呕，深夜里想你蒙被啜泣。

我索性再不要饮食，
好在也无人为我担心，
但我又一想也真不愿死去，
就恹烦的把我这孤身支持。

仿佛看见了你两眼的柔波，
但是一睁眼什么也没有了，
恍惚听着你在我耳旁说话，
但我一惊心那温柔的声音也逝去了。

昏梦把我围绕，
看见你坐在我的床边，
眼睛温柔的看我，
拿手静悄悄的摸抚我发热的前额。

我胸里挤出发烧的最后一滴眼泪，
噙在眼眶里，看你像隔一片薄雾，
我才想起来去拥抱你，
恍惚间你已经像飞鸟般的逝去。

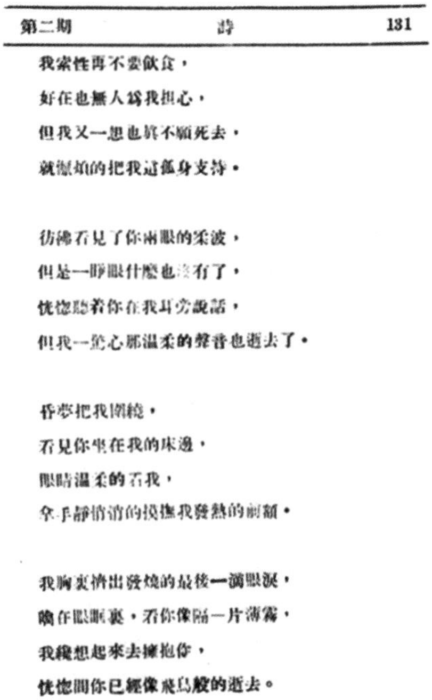

第二期　詩　131

我索性再不要飲食，
好在也無人為我担心，
但我又一想也真不願死去，
就懨煩的把我這孤身支持。

彷彿看見了你兩眼的柔波，
但是一睜眼什麼也沒有了，
恍惚聽着你在我耳旁說話，
但我一驚心那温柔的聲音也逝去了。

昏夢把我圍繞，
看見你坐在我的床邊，
眼睛温柔的看我，
拿手静悄悄的摸撫我發熱的前額。

我胸裏擠出發燒的最後一滴眼淚，
噙在眼眶裏，看你像隔一片薄霧，
我纔想起來去擁抱你，
恍惚間你已經像飛鳥般的逝去。

唉，我还说什么呢，
我只有痛哭，我只有痛哭，
我早看出你想对我冷淡了，
但我怎样能在记忆中把你抛掷！

我想，没有苦味不是人生，
我就想着这些苦事安慰自己，
我心里平静一回泪珠再滴，
独有它，能微温了我的心室。

姑娘，原谅我说这些怨恨你似的话，
我实是一丝一毫都不怨你，
你不爱我我不能强求你的事我早已想到
了，
只让我生病哀哭想你的好处。

我早已料到我生命的悲运，
我是细细的想了而生病哀哭的，
我睡在床上，反覆的想着你从前来看我
的事，
我想明白了，谁也再不能把我的爱情从
心底拿出。

小 彼 得

滋尔·苗林 著　姜宏 译

（续）

茶壶的故事

　　小彼得听了火柴盒的故事过了二三天以后的晚上，有一个穿着很黑的衣裳的女人，到他这儿访问来了。那女人做着可怕的脸色，走进这小屋里来，在他寝床的旁边坐下了。

　　小彼得是很熟知这个女人的。这个女人是常到街头上的贫民窟中来，无所乞求的到每一个小屋中，赠送关于宗教一类的书籍，讲说神的故事的女人。

　　小孩们都怕这个女人。这个女人虽有温和的微笑，或用薄薄的嘴唇说着亲切的言语，但是听的人一个也没有。而且从她嘴里说出的神们，一定都像她一样的可怕。为甚

小 彼 得

滋爾，苗林著 姜宏譯

（續）

茶 壺 的 故 事

　　小彼得聽了火柴盒的故事過了二三天以後的晚上，有一個穿着很黑的衣裳的女人，到他這兒訪問來了。那女人做着可怕的臉色，走進這小屋裏來，在他寢床的旁邊坐下了。

　　小彼得是很熟知這個女人的。這個女人是常到街頭上的貧民窟中來，無所乞求的到每一個小屋中，贈送關於宗教一類的書籍，講說神的故事的女人。

　　小孩們都怕這個女人。這個女人雖有溫和的微笑，或用薄薄的嘴唇說着親切的言語，但是聽的人一個也沒有。而凡從她嘴裏說出的神們，一定都像她一樣的可怕。爲甚

麼呢？因爲她所説的神們常是猙獰可怕的，説是窮人不勞動是不行的。並且得常常知道滿足，和感謝那勞苦的生活的。因爲這是神們的命令。

今天她又以可怕的眼光睨着小彼得了，彼得很想隱藏着不見她，但是他一動也不能動。

「我的脚很痛啊。」他悲哀的述説了。於是他心裏想他這樣説，這女人或者能給他一點親切的同情吧。

但是，那女人用粗暴的聲音去申斥他説：「那是神們給你的試煉，你應該靜靜的忍耐着呀！」她接着又問道：「你每天早晚都祈禱嗎？」

「沒有。」小彼得誠實的回答她。

那可怕的女人做着笑臉。

「看呵！所以你一跌就把脚折了。」

「不是的！」小彼得嗚嚥着説，「我是因滑冰折斷的。」

「不要辯嘴！」那可怕的女人説。「神要處罰你，所以叫你跌倒了。不但如此，不祈禱的壞孩子將來到那兒去你知道麼？」

「不知道。」

「到地獄去啊！」那可怕的女人高興的説了。「在那裏他們要受那永劫的痛苦；被火燒着，又被鬼們用燒紅的火鉗

么呢？因为她所说的神们常是猙狞可怕的，说是穷人不劳动是不行的。并且得常常知道满足，和感谢那劳苦的生活的。因为这是神们的命令。

今天她又以可怕的眼光睨视着小彼得了，彼得很想隐藏着不见她，但是他一动也不能动。

"我的脚很痛啊。"他悲哀的述说了。于是他心里想他这样说，这女人或者能给他一点亲切的同情吧。

但是，那女人用粗暴的声音去申斥他说："那是神们给你的试练，你应该静静的忍耐着呀！"她接着又问道："你每天早晚都祈祷吗？"

"没有。"小彼得诚实的回答她。

那可怕的女人做着笑脸。

"看呵！所以你一跌就把脚折了。"

"不是的！"小彼得嗳嚅着说，"我是因滑冰折断的。"

"不要辩嘴！"那可怕的女人说。"神要处罚你，所以叫你跌倒了。不但如此，不祈祷的坏孩子将来到那儿去你知道么？"

"不知道。"

"到地狱去啊！"那可怕的女人高兴的说了。"在那里他们要受那永劫的痛苦；被火烧着，又被鬼们用烧红的火剪

夹着，痛苦的大声嚎嚎的哭着。你的脚痛吧，但是你要和在地狱中受的痛苦比较起来，那算甚么呢！若是你的母亲不给你祈祷的时候，也将一块儿到地狱中去。"

那可怕的女人，从无论到那儿去都携着的大袋中，拿出一本小书来，一看那封面上画着一个人站在火焰的大海中哭着叫喊，两手高高的举起。那有着狰狞可怕的面孔的小鬼拿着大剪子从左右跑来。

"你读读吧！"那可怕的女人说。"要是这样，不信神的时候，在来世遇着甚么不幸的事那可说不定。我要走啦！要去给别的人以神圣的宗教的安慰去了。"

她离开小屋而去。夜渐渐的来了。但是这可怕的女人走了后，小彼得觉得这小屋好像光明起来了。

可是，他觉得无限的恐惧，对于到地狱里去，被火灼烧底痛苦，是怎样的可怕呀！而且那慈爱底良善底母亲也要到地狱里去。怎么办呢？母亲无论在甚么时候都怀着那么慈爱的心，并且每天总是不断底工作着。

小彼得正在这样想着底时候，突然听见格格底笑声从这小屋中发出。声音是从床的近旁来的。小彼得举目一看在床旁的小桌上，放着一把茶壶和茶杯，像倾倒似的大笑着。茶壶凸着他肥胖的大肚子摇摆着，壶内底水扬起小

第二期　　小　彼　得　　135

夹着，痛苦的大声嚎嚎的哭着。你的脚痛吧，但是你要和在地狱中受为痛苦比较起来，那算甚麽呢！若是你的母亲不给你祈祷的时候，也将一块兒到地狱中去。」

那可怕的女人，从无论到那兒去都携着的大袋中，拿出一本小书来，一看那封面上画着一个人站在火燄的大海中哭着叫喊，两手高高的举起。那有着狰狞可怕的面孔的小鬼拿着大剪子从左右跑来。

「你读读吧！」那可怕的女人说。「要是这样，不信神的时候，在来世遇着甚麽不幸的事那可说不定。我要走啦！要去给别的人以神圣的宗教的安慰去了。」

她离开小屋而去。夜渐渐的来了。但是这可怕的女人走了后，小彼得觉得这小屋好像光明起来了。

可是，他觉得无限的恐惧，对於到地狱里去，被火灼烧底痛苦，是怎样的可怕呀！而且那慈爱底良善底母亲也要到地狱里去。怎麽办呢？母亲无论在甚麽时候都怀着那麽慈爱的心，并且每天总是不断底工作着。

小彼得正在这样想着底时候，突然听见格格底笑声从这小屋中溢出。声音是从床的近旁来的。小彼得举目一看在床旁的小桌上，放着一把茶壶和茶杯，像倾倒似的大笑着。茶壶凸着他肥胖的大肚子摇摆着，壶内底水扬起小

波來。

「呀！真可笑呀！」茶杯小聲底說。「我底身體因爲有一點破隙，所以每次笑起來就痛得要命。嗳！嗳！身體像刀割一般的哟！」

「爲甚麼那樣笑呢？」小彼得於是問。

茶杯只是小聲的唔唔着，可是那肥胖的茶壺，則大笑着把身體搖擺着喊叫道：「那是怎樣愚蠢的女人呀！」

小彼得心裏歡喜起來，因爲茶壺罵那可怕的女人是愚蠢。但是，偶然有那樣的事也說不定。如果是那樣，自己和母親或許不到地獄中去也未可知。

「爲什麼那個心地不良的女人是愚蠢呢？」他問道。

那茶壺嘴上發出一種輕快的聲音來，停止了笑聲，反問道：「你聽過那女人所說底地獄底故事麼？」

「聽過啦。」小彼得回答。「所以我是很憂愁的。」

「那麼你和那女人同樣的愚蠢啦！」茶壺亂暴的說：「我知道地獄，但是那創造者不是神，卻是人自己；小孩和大人之所以到地獄裏去，並不是由於不祈禱，完全是因爲貧窮呀！靜靜地睡下吧，我告訴你地獄的故事。」

「請你講給我聽吧。」彼得祈求了。

「你遇見過悶熱悶熱受不住地那樣的事情麼？」茶壺問。

波来。

“呀！真可笑呀！”茶杯小声底说。“我底身体因为有一点破隙，所以每次笑起来就痛得要命。嗳！嗳！身体像刀割一般的哟！”

“为甚么那样笑呢？”小彼得于是问。

茶杯只是小声的唔唔着，可是那肥胖的茶壶，则大笑着把身体摇摆着喊叫道：“那是怎样愚蠢的女人呀！”

小彼得心里欢喜起来，因为茶壶骂那可怕的女人是愚蠢。但是，偶然有那样的事也说不定。如果是那样，自己和母亲或许不到地狱中去也未可知。

“为什么那个心地不良的女人是愚蠢呢？”他问道。

那茶壶嘴上发出一种轻快的声音来，停止了笑声，反问道：“你听过那女人所说底地狱底故事么？”

“听过啦。”小彼得回答。“所以我是很忧愁的。”

“那么你和那女人同样的愚蠢啦！”茶壶乱暴的说。“我知道地狱，但是那创造者不是神，却是人自己；小孩和大人之所以到地狱里去，并不是由于不祈祷，完全是因为贫穷呀！静静地睡下吧，我告诉你地狱的故事。”

“请你讲给我听吧。”彼得祈求了。

“你遇见过闷热闷热受不住地那样的事情么？”茶壶问。

第二期　　　小　彼　得　　　137
「有過，夏天一到，在街路上熱的喘不過氣來。」
「不錯，請你再想像比街上還有--百倍的熱吧！空氣筍直的像一個大火焰，人的臉和手筍直像被火灼着一樣的熱——在屋之中央放着一個大火爐，爐中的火焰熊熊的放出五彩的光來，使這個屋中充滿了強烈的熱氣。有一個人站在爐前，他裸着半身，被那酷熱所苦他的頭和骸骨綑着，從烤紅的痛楚的眼中落下淚來。他拿住一個大鐵管，插在火裏，又有推着裏邊放着些通紅的東西的鐵車，在那鐵管頭上挑着燒紅的玻璃瓶，小孩子拿着剪子將牠剪下來，稍一不慎，他們就會有從皮膚燒到骨頭的危險。拿着被燒紅的玻璃瓶，戰戰兢兢的走着怕被燒着的小孩也有 他們的臉上流着汗，身體緊張的顫抖着。他們的生命，整天的在燃燒的死之神的 手中握着。這樣的每天工作着。
「又有一種勞動者他們向鐵管吹氣，他們的臉變成紫色，眼珠像要跳出來一般，在這酷熱的屋中許久不息忙碌的工作着。男人女人小孩子都是不住的奔走着，燃燒的熱使他們的喉嚨乾渴的連唾沫都吐不出來。而且像有幾千條的銳針把他們的身體，他們的心臟，他們的刺刺鳴着的肺刺着一般。地獄的火爐，整日的燃燒着，人們漸漸疲倦得連步都行不得了。他們擔心着，現在不會跌倒了嗎？。手中拿

“有过，夏天一到，在街路上热的喘不过气来。”

“不错，请你再想像比街上还有一百倍的热吧！空气简直的像一个大火焰，人的脸和手简直像被火灼着一样的热——在屋之中央放着一个大火炉，炉中的火焰熊熊的放出五彩的光来，使这个屋中充满了强烈的热气。有一个人站在炉前，他裸着半身，被那酷热所苦，他的头和骸骨捆着，从烤红的痛楚的眼中落下泪来。他拿住一个大铁管，插在火里，又有推着里边放着些通红的东西的铁车，在那铁管头上挑着烧红的玻璃瓶，小孩子拿着剪子将它剪下来，稍一不慎，他们就会有从皮肤烧到骨头的危险。拿着被烧红的玻璃瓶，战战竞竞的走着怕被烧着的小孩也有。他们的脸上流着汗，身体紧张的颤抖着。他们的生命，整天的在燃烧的死之神的手中握着。这样的每天工作着。

“又有一种劳动者他们向铁管吹气，他们的脸变成紫色，眼珠像要跳出来一般，在这酷热的屋中许久不息忙碌的工作着。男人女人小孩子都是不住的奔走着，燃烧的热使他们的喉咙干渴的连唾沫都吐不出来。而且像有几千条的锐针把他们的身体，他们的心脏，他们的刺刺鸣着的肺刺着一般。地狱的火炉，整日的燃烧着，人们渐渐疲倦得连步都行不得了。他们担心着，现在不会跌倒了吗？手中拿

138　　青潮月刊　　第一卷

住的灼人的火，不会落在身上吗？他们跄跄踉踉的走着，眼是昏昏沈沈的，小孩们的脸像老人一样，又像可怜的小侏儒一样。

「火焰是天天的燃烧着，热的像蒸着一样。在被热气所疲，一半疯狂似的人们不住的呻吟咳嗽着。彼得君！这才是实实在在的地狱呵！在那儿全世界上有几千万的被咀咒的人们受着苦刑呢。

「慈爱的神不是只把坏人投在地狱中吗？」小彼得这样问道。

茶壶大笑，但是这次的笑声，带着一种可怕的调子：

「神？神对于这些事物是没有关系的。到这地狱中去，是人把人驱逐进去的呀！在这燃烧一般的暑热中，所苦着的人们，到这地狱里去，无宁说是自己愿意进去的。倘若不这样，他们的小孩子们就非饿死不可了。」

「那么，究竟是谁把这些贫穷人送到地狱里去的呢？」

「是有钱的人！当那些贫穷人痛苦在暑中的时候，他们自己则跑到美丽的庭院里去呼吸清爽的空气。那个愚蠢的女人所说的拿赤红的铗子给那可怜的人苦吃的鬼，那是实在有的；但是那鬼既不是漆黑的，也不是头上长着角身上生着尾巴的，却是身穿华丽的衣服和绸缎的衣裳的有钱的人

住的灼人的火，不会落在身上吗？他们跄跄踉踉的走着，眼是昏昏沈沈的，小孩们的脸像老人一样，又像可怜的小侏儒一样。

"火焰是天天的燃烧着，热的像蒸着一样。在被热气所疲，一半疯狂似的人们不住的呻吟咳嗽着。彼得君！这才是实实在在的地狱呵！在那儿全世界上有几千万的被咀咒的人们受着苦刑呢。"

"慈爱的神不是只把坏人投在地狱中吗？"小彼得这样问道。

茶壶大笑，但是这次的笑声，带着一种可怕的调子：

"神？神对于这些事物是没有关系的。到这地狱中去，是人把人驱逐进去的呀！在这燃烧一般的暑热中，所苦着的人们，到这地狱里去，无宁说是自己愿意进去的。倘若不这样，他们的小孩子们就非饿死不可了。"

"那么，究竟是谁把这些贫穷人送到地狱里去的呢？"

"是有钱的人！当那些贫穷人痛苦在暑中的时候，他们自己则跑到美丽的庭院里去呼吸清爽的空气。那个愚蠢的女人所说的拿赤红的铗子给那可怜的人苦吃的鬼，那是实在有的；但是那鬼既不是漆黑的，也不是头上长着角身上生着尾巴的，却是身穿华丽的衣服和绸缎的衣裳的有钱的人；

他们拿着的铗子就是贫穷。"

"我不明白"，小彼得说。"世界上究竟为什么生着这样心怀不良的人呢？"

"火柴盒不是把这些事情都告诉给你了么？"茶壶以责备的口吻说。"火柴盒正在向你告诉资本主义制度的时候，你不是沈睡了么？"

"请你不要发怒。"小彼得恳求似的这样说。"因为我对于这样艰深的话不容易了解呢！"

"那意思是这样：有钱者作无钱者的主人。我所说的有钱者就是鬼那不是真的，不过他们的行为像鬼而已。他们从孩子的时候，就是想要的东西什么都有。他们不知道有饿有冻的事。只要：'我要这个，我要那个'的一说，就会有所要的东西送到手中来。不用说他们这样是很快乐，就是你能够这样的生活着也是写意吧！"

小彼得点点头。

"他们成为大人之后，知道能够得到这种快乐的生活者完全是由于金钱的力量；所以他们就拼命的爱金钱。因此别的人不能不为他劳动，不能不受他的支配。所谓别人就是因为没有金钱的父母的人。所以只要有能得到金钱的事情，他们就喜欢去做。他们为要免除饥饿，就不能不作任何的一种事情。你明白了么?"

"嗳!明白了。"他仍有点踌躇着答。"但是无论到什么时候,都是这样么?"

"不!决不!"茶壶答道。"世上有一种贤良的人们挺然而起,和这种制度奋斗。主张一切的人作工,都应该给予能够得到充分快乐的生活的工钱。这些贤良的人叫做社会主义者。这些话你牢牢的记住吧!"

"一定不会忘掉。"小彼得誓约了。

"请你再讲一个别的故事,你刚才讲给听的地狱的事情,究竟怎样知道的?"

"我自身,就是从那里制造出来的呢!虽然不十分详细,但是应说的事都说了。我说的话过多,我体中的水摇动起来就要引起腹痛的。暂时睡下吧!时间已经很晚了,你的母亲也快回来了吧!"

(本故事完全篇未完)

编 辑 后

　　本刊原定为月刊,但第二期即已脱期两月之多,我们十分惭愧! 这是由于印刷与经济两方的关系,并非稿件的问题。其实本期文稿过多,临时还抽下数万字呢。

　　以稿件过多本期添上三十多页,印费加多,故零售价目不得不酌量增加,我们绝非牟利,然而成本却也不能不顾及,当请阅者原谅!

　　本期材料我们自认比创刊号均匀一些,至好坏在我们自己可不必说;然而如两篇独幕剧(头巾与幼儿之杀戮时代)虽体裁与表象不一样,而在戏剧的构造上,在思想上的分析上确有可以细读的价值。青湖是一种新派的象征意味颇浓厚的短篇,极富有诗意与美丽的词句。雪的西比利亚乃日本新作家的名著。此外王匠伯君的长篇小说白棺是他最近的长篇创作,如能继续完刊,自饶趣味,可惜本期以篇幅所限不能多登。

　　关于诗歌,连来国内各文艺杂志所登的很少,本刊却主张有好诗无妨多登,否则也或一首没有。本期所登的诗不敢自说都有很高的价值,然尚值一看。

　　下期当有论文及小品文字各栏,本期以字数过多,不能各栏俱有。

編 輯 後

　　本刊原定為月刊,但第二期即已脫期兩月之多,我們十分慚愧! 這是由於印刷與經濟兩方的關係,並非稿件的問題。其實本期文稿過多,臨時還抽下數萬字呢。

　　以稿件過多本期添上三十多頁,印費加多,故零售價目不得不酌量增加,我們絕非牟利,然而成本卻也不能不顧及,當請閱者原諒!

　　本期材料我們自認比創刊號均勻一些,至好壞在我們自己可不必說;然而如兩篇獨幕劇(頭巾與幼兒之殺戮時代)雖體裁與表象不一樣,而在戲劇的構造上,在思想上的分析上確有可以細讀的價值。青湖是一種新派的象徵意味頗濃厚的短篇,極富有詩意與美麗的詞句。雪的西比利亞乃日本新作家的名著。此外王匠伯君的長篇小說白棺是他最近的長篇創作,如能繼續完刊,自饒趣味,可惜本期以篇幅所限不能多登。

　　關於詩歌,連來國內各文藝雜誌所登的很少,本刊卻主張有好詩無妨多登,否則也或一首沒有。本期所登的詩不敢自說都有很高的價值,然尚值一看。

　　下期當有論文及小品文字各欄,本期以字數過多,不能各欄俱有。

附　录

回忆我的父亲杜宇

杜小悌

　　说起父亲,真的很心痛。我是 1946 年的 10 月出生,而第二年的冬天,即 1947 年的 11 月,父亲就撒手人寰,其时我仅 1 岁零 1 个月,尚在咿呀学语,蹒跚学步之时。所以我基本是对父亲没有感性认识的,后来慢慢长大,从母亲间或的述说中,从家里父亲遗存的照片和文章剪辑里,渐渐在我的头脑里形成父亲的形象。

　　父亲杜宇,又名杜木华,1907 年冬天出生于山东黄县(今龙口市)大李家村的一户中农人家。大李家村离黄县城不远,大概距城东几里之遥。我去过几次,最后一次去,好像已经划为城区。父亲有两个弟弟和一个姊姊,长大之后兄弟三人都外出学做买卖。我的二叔在烟台的一家油脂厂做会计工作,后退休回家。我的三叔远去哈尔滨,在那里成家立业。父亲的姊姊好像一直在黄县生活,她的子女迄今还在家乡。

　　听母亲说父亲自幼聪慧,书读得好,字写得好,十岁就给乡邻过年写对子,人矮够不着,就站在板凳上书写。都说我的哥哥能写会画,就是秉承了父亲这方面的才华。父亲后来在黄县中学(现在的黄县一中)读书,也不知是初中毕业还是高中毕业,就被送来青岛一所染坊学徒。好像就是从这里自学成才,走上了他的文学道路。

　　从青岛学徒开始,父亲上夜校,学日语和英语,写文章,认识了作家王统照先生,建立了友谊,一直到去世。父亲出殡那天,王统照先生一路步行,送父亲到墓地。在青岛,父亲在《青岛民报》任过副刊的主笔,后任主编,在此期间,刊出了由老舍、洪深等知名作家参与的颇有名气的《避暑录话》。据有关专家考证,他是青岛"左联"的重要成员,《青岛民报》也就成了青岛"左联"的重要活动基地。在青岛中山路的福禄寿影院(后来的红星电影院,现在已拆迁不复存在了)父亲导演了曹禺先生的《日出》，也算岛城话剧界的滥觞。也是在青岛，父亲结识了时任黄台路小学老师的母亲，确立了恋爱关系。

抗日战争爆发期间，父亲去了河南，在三一出版社任主编，后继任社长，从事抗战的宣传工作。1942年秋冬时节，父亲在河南期间，母亲千里迢迢，几经周折，找到那里，并在那里与父亲成婚。现在想想，这件事十分浪漫也十分悲壮。兵荒马乱中，一位弱女子，为了爱情，千里寻夫，成就了一段佳话。翌年夏天我的哥哥杜大恺就出生在河南叶县。

抗战胜利之后，因为母亲的双亲都在青岛，他们又回到青岛了。父亲任中央社青岛分社的社长，青岛记者公会的主席，而母亲又回到青岛黄台路小学任教师。

我还清楚地记得，"文化大革命"之前，家里还保存着父亲的一些遗物，有与友人往来的许多信笺，但不记得是些什么人物了。有许多的照片，还有不少父亲发表在

杜宇和夫人姚淑珊的合影（杜小悌提供）

各报章刊物上的文章和诗歌剪辑，包括一些译作，从中我知道父亲是学过并掌握日语和英语的，好像他的日语更好一些。这就是为什么他是从日语转译卓别林的《一个丑角所见的世界》的原因。我在上海读书的时候，上海图书馆有一位我的同学，我曾烦他给我借出一阅，时隔几十年，还能读到父亲出版的译作，物是人非，感慨系之，不忍释手。

父母回青岛的第二年，即1946年的秋天，我出生了，我是他们的第二个孩子。回青岛之后一年多的时间，大概也是他们的生活相对稳定快活的仅有的一段时光。不久父亲患病，被市立医院的一位日本医生确诊为肝癌，住院几个星期便撒手而去，时年仅为四十岁！

死后父亲葬在青岛第二公墓，20世纪70年代末，第二公墓改建他用，母亲找人把父亲的骨灰迁出。我和哥哥把骨灰迁回老家黄县，由于"文化大革命"，老家的祖茔不复保留，只好草草葬在村子旁一片果林里的一株苹果树下。母亲2004年7月去世后，2005年的清明节前，我和妻子专程回龙口老家取回父亲的骨灰，其实哪里是什么骨灰，家乡的变化太大，当年的果林已经不复存在，我们

就在那附近的地方捧起一把黄土装进罐子里。归来后把父亲的"黄土"与母亲的骨灰合葬在黄岛卧龙陵园之内，算是了却了为老人家并骨的心愿。

父亲一生的政治倾向是积极进步的，对抗日充满激情，参加了抗战军队的文宣工作。他对国民党政府的腐败颇有不满，几次有心投奔延安，但因为担心母亲和孩子的安全而作罢，对此母亲也感到十分内疚，以为耽误了父亲的前程。

父亲去世已经73年，母亲也已去世16年了，他们终于在天国相聚。他们的两个儿子也已霜染双鬓，垂垂老矣，他们的第三代、第四代已经茁壮成长。老人家真的可以在天堂瞑目了。

2020年8月于青岛

父亲王玫记事

王 坚

我的父亲王玫,原名王文栋,1907年出生于山东临沂。爷爷王廷瑞,是书圣王羲之后人,齐鲁大学医学院毕业,曾任吴佩孚的军医。父亲早年在济南读书,曾随大哥王卓入上海美专读书,后定居青岛。

王卓是我的大伯,上海美专毕业,后成为摄影师,曾自营美术摄影馆,并编辑出版《灿烂画报》,出百余期;1933年初移家去天津,在东亚毛呢纺织公司任美术主任,1933年的《北洋画报》曾有过《记画师王卓》的报道。他曾与父亲同在青岛市立中学(现青岛一中)任教,他教美术,父亲教音乐。他们还曾参与王统照等组织的文学社团,参与创办了青岛第一个文学刊物《青潮》月刊,《青潮》的封面就是王卓设计的。王卓曾作为摄影记者,拍摄了淞沪抗战并举办了展览,同时拍摄了许多当时上海的明星,如阮玲玉、黎莉莉、陈燕燕等,著名摄影家吴印咸曾跟王卓学习摄影。抗日战争期间王卓只身去延安,一路上用拍摄的抗战照片做宣传展览所收到的票费作为旅费,经过三个月才到达重庆,遗憾的是到重庆不久他就因心脏病去世,因为战乱,家人很久才得知他去世的消息。

中学毕业的父亲,为了生计,放下了他的音乐梦想,历尽艰辛,考入洋行万国储蓄会做打字员。生活刚稳定,他就用积攒下来的薪水二十多元,买下了他人生的第一把小提琴。可是对于这个艰难度日的大家庭来说,二十多元是什么概念?年轻的父亲只得垂头丧气地退掉了琴,但同时,他立下了自己做琴的志向。

1930年,父亲辞去银行工作,成了青岛市立中学的音乐教师。此时的他已是青岛小有名气的演奏家,并因此结识了当时另一位小提琴手、中华人民共和国成立后的上海音乐学院副院长谭抒真。据当时史料记载,那时青岛已有不少业余管弦乐团,其中有一个主要由外国侨民组成的乐团"水平最高"。而父亲与谭抒真都是乐团里的小提琴手。

父亲被誉为"我国第一把小提琴的制造者"[1]。谈到当初"制琴"的缘由,父

---

[1] 青岛市史志办公室《青岛市志·文化志》,北京:新华出版社1998年版,第103页。

亲说就是为了给中国人争气，"外国人能做的事，中国人为什么做不到？"

1933 年，父亲开始了"制琴"准备，他托朋友寄来了两本英文资料，里面介绍了小提琴的上页板、琴马、f 孔等关键声学部位的制作理论。这年秋天，父亲尝试着把理论应用到实践中。他解剖并修复了一把废琴，从中获得了各声学部件的数据，还有宝贵的木工经验。

1935 年 4 月，父亲开始真正"制琴"。经济原因使他放弃了瑞士云杉、南斯拉夫枫木等小提琴经典木料，而直奔国产木材而去。在一家刻字铺里他买下了中意的东北木料。

第一把小提琴花了父亲 5 个月，他把宿舍变成一个木匠车间，彻夜不眠。后来在《我制造提琴的经过》一文里父亲回忆，他是以刮刀为工具，把一指厚的木板一点点削刮成凸面的上页板。当准备的木料不够用时，父亲又急中生智，截下一段床板做成了小提琴的底板。

1935 年秋，父亲的小提琴制作成功，中国人制造的第一把小提琴由此诞生，完全"中国造"的小提琴在青岛"初啼"时，轰动了当时的文化界，文化人奔走相告。1935 年由此成为中国小提琴制作史"元年"，青岛也从此成为中国小提琴版图上的重镇。

1935 年 9 月 10 日的《青岛民报》为此开辟了一个整版，发表了《介绍中国提琴制造成功者》《音乐家王玫》《一位忠诚的艺术者给我的印象和思想》《我制造提琴的经过》四篇文章。这组报道不仅见证了当时人心激荡的盛况，也成了现今关于父亲和他的小提琴最翔实、最权威的材料。在《我制造提琴的经过》一文里，父亲说，困难并不是仿造小提琴的形状，而是研究声音，像音柱、结构、距离远近、上下板的密度、弦与音板的高低、声音与琴箱里空气容量的关系等，都是极其重要的。

在这张报纸上，一位叫王子豪的先生写下了他对父亲的印象："王先生是一位非常奋发有为的艺术家，他过去二十余年的生活的全部，是他强毅地奋斗的历史，从没有离开他的学业上的努力。他安祥的沉静，他缄默寡言，他不轻易许人，在外表是一个不易结交的人物。可是常与之接近的朋友，是永远不愿意离开他的……音乐会上，节目众多，有口琴、六弦、琵琶、提琴、钢琴等，其中最精彩者，便推王先生之提琴独奏，他的琴声悠扬悦耳……"

父亲制作的第一把小提琴，音色优美圆润，富有穿透力，甚至超出他的预期。同时也引起了外国乐手的怀疑，认为父亲用的是一把意大利斯特拉地瓦利琴（当时价值二三百元），一直到谭抒真出面作证，他们才伸出大拇指，佩服父亲的才华。

随后两年，父亲把自己的宿舍变成了国产小提琴的第一条"流水线"。在

1937年离开青岛前，他总计制作了二十多把小提琴，分送给贫困的音乐爱好者及学生。1949年后，父亲在北京，成为新中国乐器厂副厂长，高级工程师；谭抒真担任上海乐器厂厂长，上海音乐学院副院长。他们南北相望，将中国小提琴制造从零开始起步。

王玫在青岛一中的宿舍兼工作室（王卓拍摄，王坚提供）

除了教学、演奏以及制作小提琴外，父亲在青岛的生活还有着别样的"华彩"。1926年，留学生孙瑜（著名导演，作品有《大路》《武训传》等）从美国返回青岛。孙瑜是中国第一位专攻电影的留学生，他跟教音乐的父亲、教美术的大伯王卓组成了中国历史上第一个电影剧组——《青岛之波》剧组，但遗憾的是，这部电影后来因为摄影师没到位而停拍。孙瑜先生至此成了父亲终生的好友。

父亲还是个诗人。他跟随王统照创办了青岛第一本文学刊物《青潮》，发表了诗作《漫漫夜》《黎明》。他与著名诗人臧克家先生的友谊持续了一生。他还和王卓、杜宇等成立了青岛第一个话剧团——光明剧社，演出的剧目是徐志摩、陆小曼唯一一次合作的话剧剧本《卞昆冈》。演出是在父亲的小提琴声里徐徐拉开幕布的，在当时看惯了传统戏剧的观众眼里，无疑是新鲜的感受。

1937年，抗日战争爆发。为躲避日寇，父亲离开青岛，逃难至天津英租界，以教琴、教书为生。在八年抗战中父亲曾导演话剧《楚霸王》，由陈方千先生主演。因戏中有句台词为"多年抗战失败，愧对江东父老！"因此遭日伪政府通缉。抗战胜利后，父亲在天津中纺四厂工会工作，辅导工人业余文艺活动，因教工人演唱《黄河大合唱》等歌曲，被国民党当局视为左倾分子。

1949年天津解放后，父亲被调到北京人艺创办"新中国乐器厂"。当时在中国没有一个国营乐器厂，毫无基础，完全是白手起家，成立时只有三位领导，父亲是副厂长。

没有工人怎么办？父亲就去街头找做小器作的木匠，找到后就让他们做件木器。如果手艺好就招进厂来，这样招了七八个工人。院里给了些钱买木材做琴，结果买来的木材因腐朽、虫蛀、裂痕等都不能用，钱没了，工资也发不出。

此时，中央戏剧学院提出要买几十把琴，但要求是由王玫亲自做，而且做好了他们来挑，挑中才给钱。为了工厂能继续办下去，父亲答应了所有的条件。他每天除了教工人做琴外，就是废寝忘食地做琴，几乎每天做到半夜。常常我半夜醒来父亲还在工作。这样忙了三年多，终于完成了任务，厂里有了收入，便慢慢发展起来。工厂后来成为现在的星海乐器集团。

1950 年 5 月 28 日，父亲作为音乐界的代表参加了北京市文学艺术工作者代表大会。1956 年父亲调到轻工部科学研究院筹建"中国乐器研究所"，为研究所副所长、四级高级工程师。父亲把全部身心投入到工作中，他一生中最大的心愿就是建立中国自己的"乐器研究所"。他每晚都工作到深夜，写工作计划，研究方向，新的研究项目……乐器研究所成立后的第一件任务就是复原中国古代的乐器"箜篌"，为此父亲与研究所的工程师到故宫查阅古籍、资料。1958 年这件复原的"箜篌"曾在故宫午门上展出。

1956 年 4 月 16 日，父亲出席了全国轻工业先进生产者代表大会，同年 10 月 1 日登上了天安门观礼台，参加了国庆节庆典。

那几年是父亲解放后最开心的几年。1960 年父亲因血压高回家养病了，直到退休。

父亲回家了，似乎远离纷扰，可他还是郁郁寡欢。原青岛图书馆馆长鲁海，曾与他通信，在他们通了四五封信后，父亲提出，能不能给他在青岛安排个工作，哪怕是看大门也行，这是 1985 年，父亲 78 岁。父亲是真想做事啊，即便已是 78 岁的高龄。

晚年的父亲多次提起青岛，他忘不了在青岛度过的美好难忘的时光，曾感慨：再也没有遇到年轻的时候在青岛所相遇相知的那群脾气相投的热血青年，他们热爱艺术，不计名利，在山河破碎、艰难困苦中坚守着自己的艺术理想，填补了许多中国新文化的空白。

1994 年 5 月 23 日，父亲在百年老屋里溘然长逝，享年 88 岁。

2020 年 8 月于北京

回忆我的父亲燕遇明

燕 冲

父亲原名燕志俊,参加革命后改名为燕遇明,生于1907年,少时在泰安天书观小学读书,后就读于济南第一中学。父亲自幼酷爱文学,17岁开始写作。在五四新文化运动的影响下,他执笔撰写新诗、新文。1924年始,他向郑振铎、沈雁冰、周作人等主办的《小说月报》投稿。1925年,他的短篇小说《不安静的人》在《小说月报》发表,并相继在《语丝》《新女性》《青潮》等刊物上发表新诗和散文,得到周作人、郑振铎、王统照等人的赏识。后来郑振铎写信给他,介绍他参加"文学研究会"。可他自认为刚开始写作,水平不高,因而没去参加。这一时期,父亲所创作的小说诗歌、杂文随笔,对旧时代提出了质疑。

1931年,父亲走上革命征程,在泰安师范教师讲习所任教,在鲁宝瑛的帮助下,编辑出版进步刊物《蔷薇》。1932年6月,父亲加入中国共产党,并在下半年担任了泰安县第五区区委书记,在五区范围内建立了7个村党支部,发展党员46人,领导颜张村农民取得抗差减税的胜利,还联合本村进步青年排演剧目,张贴标语进行革命宣传。

1933年,由于叛徒出卖,中共泰安县委遭敌破坏。为保存力量,党组织派父亲去了上海,找到了中共党员鲁宝瑛,参加了左翼作家联盟。同年他在《少年杂志》上发表童话《梨树与麻雀》,并在其他杂志上相继发表作品。1934年,父亲从上海回到家乡,继续从事文学创作,时有作品在《雨丝》《一般》等杂志上发表。在此期间,父亲曾在章丘第一小学任教。为提高学生们的政治觉悟,他授课时,时常以讲故事的形式,向学生讲授抗日救亡的道理。他还主办了校刊《寒流》,宣传进步思想、革命道理,使刊物在校内广为流传。后来,父亲的这些活动引起国民党当局注意,被校方辞退。

1935年,《大晚报》发表了父亲的短篇小说《饿》;《革命诗刊》发表了他的讽刺诗。1936年春节后,父亲赴滕县羊庄小学任教,以教师身份作掩护从事党的工作,并参加了中共滕县特支,同张学周、李树铭、王右池等编辑印刷了《救国图存报》。

1938年1月,为挽救民族危亡,父亲扛起枪,参加了著名的徂徕山抗日武装起义。父亲少年时曾在乡间狩猎,是优秀的猎手,他射击精准,作战勇敢,残酷而白热化的战争,催生了他的激情人生。徂徕山周围的乡村,曾流传着他的许多故事……

抗日战争时期,父亲历任泰安县委宣传部长,淄博地区特委宣传部长,山东尼山地区特委宣传部长,抱犊崮山区第三地委宣传部长,鲁南区党委党校总支书记,《山东文化》主编。解放战争时期,父亲历任《鲁南时报》社副社长,新华社鲁南分社社长,胶东区党委滨北地委民运部长。

1949年初,父亲随部队进入青岛接管城市。入城后,他任青岛纺织管理局党委宣传部长,1953年,父亲调任青岛市委宣传部工作,时任副部长。1955年5月起,父亲历任中共山东省委宣传部文艺处处长,省委文教部副部长,山东省文联党组书记、副主席,山东省文教办公室副主任等职。工作之余,他勤于笔耕,写了大量的采

燕志俊在写作(燕冲提供)

访笔记,并创作了许多文学作品,而他的心路历程也反映在那些不同时期的作品里。特别是在担任山东省文联党组书记时,他埋头创作,写了大量的诗歌和文艺评论。

父亲与青岛有不解之缘。1930年他创作的新诗《病》在王统照创办的《青潮》月刊第二期发表。1949年后,他曾在青岛工作长达6年之久,"三反五反"运动时,父亲参加了青岛国棉六厂工作组,他深入群众,自觉地与厂里工人打成一片,处处维护工人的利益。他为人谦和低调,从不摆架子,工人们都亲切地称呼他为"老燕"。在青岛期间,父亲撰写了许多诗文,在《大众日报》《青岛日报》上发表,其中有中篇小说《苦女翻身记》,诗歌《保卫我们的孩子》《警告战争贩子》《举起我们的笔》等诸多作品,我也出生在青岛,那时父亲在青岛市委宣传部任副部长,家就住在河南路2号。

"文化大革命"时期,我们全家搬到楼下的一间小房里。小房里又挤又闷,鼠辈猖獗。弟弟不知从哪儿抱来只半大猫,浅黄色的皮毛,尖脸,便放在家里养。父亲一见猫,勃然大怒,说这都什么时候了,你们还有心玩猫?玩物丧志!把那猫吓的,后腿直蹬地面,打着滑儿钻进低矮的床下去,再不敢出来了。晚上,一家人正吃饭,忽听床下吱一声,猫叼着一只老鼠从床下窜出来,并炫耀似的拖着老鼠,在屋里来回跑……我和弟弟都扭头去看父亲,只见父亲绷紧的脸上,有了一丝苦笑。猫就这样留下来了。

父亲很支持我写作,经常亲自用红铅笔为我改稿、点评。在父亲的鼓励和指导下,我逐渐找到了自己的人生目标,最终成了一名文学编辑。

1980年父亲身染重病,仍不放下手中的笔,在生命垂危之际,还坚持文学创作。他躺在病床上,倚着枕头写完中篇小说《播种》和几十首诗歌。1982年6月19日,父亲在济南病逝。

父亲一生仇视黑暗,追求光明。他曾忧郁而愤怒,但没有背叛自我、扭曲自己,向黑暗势力屈服,就是在最险恶的时刻,他也没放弃写作。父亲20世纪30年代创作的《守夜人》被选入由鲁迅、茅盾编辑的中国新文学大系。中篇小说《苦女翻身记》、长诗《枯树开花》在文坛上颇具影响。2000年,父亲的文集《燕遇明文集》出版,文集收入小说、散文、童话、寓言、文艺理论80多篇,诗歌140余首。

2020年8月于济南

姜贵遗失小说《白棺》前两章的发现①

周　怡

　　我国台湾作家姜贵有两部同名长篇小说《白棺》,读者现在所能看到的是台湾联亚出版社 1978 年的版本。实际上,该部小说是作家对自己年轻时代创作同名小说的一种怀念,完全是两个作品。初创的《白棺》完成于 1929 年,原稿在投寄过程中遗失,发表情况不详,姜贵为之耿耿于怀,在 40 年之后,创作同题小说,足见作家对这部作品的看重。

　　姜贵在大陆的文学界还有一些陌生,因为夏志清先生写过一部《中国现代小说史》,将姜贵的文学地位提得很高,称其为"中国最伟大的现代作家之一",并有数万字的文字介绍。于是就出现了数篇研究姜贵的文章。然而,学界对于姜贵的注意还是很有限的,他 20 世纪 20 年代末开始走向文坛,1948 年离开大陆,这期间的文学创作主要散见于一些文学期刊和报纸副刊上,由于战争环境,多有遗失。这应该视为研究台湾现代作家的一笔珍贵资料。

一、《白棺》藏身《青潮》月刊

　　近期,笔者投入较大精力查阅青岛早期的报刊资料,其中涵盖文学副刊与文艺期刊,阅读王统照在青岛期间创办的《青潮》月刊,收获颇大。该刊于 1929 年 9 月 1 日创刊,之后陷入经营困境,于 1930 年 1 月 1 日延迟 3 个月出版第二期,旋即停刊。鉴于王统照在现代文学史上的地位以及《王统照文集》与《王统照全集》的出版,原以为《青潮》这种声名显赫的期刊已经被文学研究的学者研读精细之至,所以并不奢望新的文学史料出现,只是预期在编辑出版史志领域寻找一些可以探讨的话题。然而,重要的发现接应不暇,大大超出原本的设想。期刊当中多数文学原创作品并未进入学界研究的视野,包括王统照的佚作、译

---

　　① 按《著作权法》的有关规定,王匠伯(姜贵)所著的《白棺》本次新版因故暂不刊出,该文原载于 2014 年第 4 期《现代中文学刊》(原文附有《白棺》的全文),有删节。

作和编辑性文字,当然还获得该刊广告栏目中所提供的报业信息,诸如 1929 年创办的《灿烂画报》之概况,当中的价目与发行可以推断出《青潮》月刊的经营状态,并获得停刊的具体原因。关于《青潮》月刊的总体分析,另行撰文陈述。

查阅《青潮月刊》最大的收获还是关于姜贵(王意坚)的长篇小说《白棺》第一、二章,作品刊载于《青潮》第 2 期第 83～99 页,凡 6560 言。根据姜贵的回忆,这是他 21 岁完成的第二篇小说,并由姜贵的堂叔王统照带至青岛寻找发表机会,而对于具体发表情况并不知晓。2011 年姜贵的家人见到大陆学者时提及这篇小说,作家前半生颠沛流离,将原稿遗失,成为他创作历程中的一个遗憾。

现存《青潮》的原始期刊第一期封面左上角留有手写题记:"卓贻□先生阅","卓"即月刊美术编辑王卓,也是创刊号的封面设计者,推断是王卓赠送给王统照的样刊,以此作为纪念。所以应该属于王统照自己保留的东西。第二期的目录页面留有王统照钢笔手书"稼民兄王存,剑三赠"(王统照,字剑三)。这是王统照赠给王稼民的期刊,推测是因故未能赠出,留在自己手中。

二、《白棺》作者的相关考证

王统照与姜贵是同一家族的叔侄亲属,祖辈生活在山东省诸城县相州镇。此外,他们还是师生关系,王统照由此成为姜贵的文学启蒙者。1914 年,王统照从省城济南回乡担任诸城相州王氏私立小学的校长,姜贵正是这一年入学读书。次年,王统照赴北京就读于中国大学。尽管两人相处时间较短,但这对于姜贵的影响还是颇大的,并一直持续到王统照离开故乡之后。他在《自传》中记:"王统照先生在西关某街,我只去过一次。那时他还在读中国大学,小说《一叶》刚出版,但我并没有读过《一叶》。"①这一年,姜贵 14 岁。一位乡间的文学少年去拜见一位京城当红的文学家,其情状和影响力完全可以想象,尽管由于政治意识形态的分歧,姜贵在书写这段历史的时候,表达得十分淡定和漠然,但还是可以从中体察到彼此之间默默的情感交融。

王统照与姜贵的乡土情结以及在文学风格上的相似性十分明显,关于这一点,研究"王氏家族创作"的学者王瑞华博士已经在她的《隔海相叙:王统照、姜贵海峡两岸的家族写作》等系列论文当中已有具体的描述。② 在此列举一下两

① 应凤凰《姜贵自传》,《姜贵中短篇小说集》,台湾:九歌出版社有限公司 2003 年版,第 221 页。
② 王瑞华《隔海相叙:王统照、姜贵海峡两岸的家族写作》,《文学评论》2010 年第 6 期。

位作家长篇小说的标题,其相似性也颇值得玩味。他们的早期作品,无一例外的使用双音节词作为小说标题。王统照的长篇小说:《一叶》《山雨》《黄昏》《春花》(未完成)、《双清》(未完成),包括在《青潮》发表的短篇小说《刀柄》与《火城》。姜贵继承了这一传统,早期的长篇小说依次为:《迷惘》《白棺》《突围》《旋风》《重阳》《春城》等,20 世纪 60 年代之后,他的长篇小说标题才开始打破这个模式。

姜贵刚开始涉足文坛,是在 20 岁之前,曾得到王统照的赏识与帮助,《旋风·自序》中有记载:"三十年来,我写过五个长篇小说。二十岁的时候,我写了第一个,那是一个畸形恋爱的悲剧故事。时洪雪帆在上海四马路办现代书局,我投给他,他给我印了。那篇东西,实在很幼稚,以后我常自觉不好意思。初版两千本售罄后,正欲修正重版,而雪帆逝世,现代关门,遂告绝版。第二个也写的是一个恋爱故事,王统照先生拿去,把它在《青岛民报》发表。南京书店拟收购其版权,因价未议妥,亦作罢论。这一篇,题名为《白棺》。"①在《姜贵中短篇小说集》里,姜贵重提此事:"动笔写的第二部是中篇小说《白棺》,可惜没有出版;《白棺》由王统照拿去在《青岛民报》连载之后,南京书店原拟收购版权,因价未议妥而作罢,此书后来在台湾又重写,这是后话。"

实际上,姜贵所说的《青岛民报》是在 1930 年 2 月 1 日创刊,当时青岛市党部宣传部长杨兴勤任社长,之后,曾任《青潮》月刊编辑兼主要作者的杜宇任总编辑,该报的副刊确是王统照发表作品的一块文学园地。但是,《白棺》刊载于《青潮》的时间早于《青岛民报》创刊出版日期足有一个月。可见姜贵并不知晓《白棺》初载于《青潮》的实情。《白棺》是否果真连载于《青岛民报》,也无法得到证实,因为《青岛民报》可能连载的时间是 1930—1931 年,即《青潮月刊》发表此作之后的时间段,而这一时期的报纸已经遗失,中国国家图书馆收藏的《青岛民报》原刊的起讫时间是 1932—1937 年,未能发现《白棺》的连载,所以,《白棺》是否在《青岛民报》连载,亦成为疑案。

至于作者姜贵因为何种原因未能获得自己作品问世的准确信息并保存样报样刊,其中的缘故无法考证,只能做出大致的推断。1930 年前后,《白棺》发表之际,姜贵在广州任国民党部秘书处《中央党务月刊》编辑,之后,于 1931 年赴北平就读于北平铁道学院。这期间辗转南北,其堂叔王统照未必能够获得他的

---

① 姜贵《旋风·自序》,台湾:九歌出版社有限公司 2003 年版。

准确信息和地址。

此外,王统照与姜贵的家乡诸城之间的联系也处于通信不畅的特殊状态,20世纪二三十年代,时逢战乱,山东境内以红枪会为代表的民间武装组织与张宗昌军阀政府相对抗,通信中断习以为常。1930年6月19日烟台的《之罘日报》记载了诸城的一次围城,时间长达三个月之久:

诸城和平解围讯

诸城来客云,该县自三月间发生战争,被困三月有余,城里关厢不通信息。近于月之九日城外之兵完全撤退,该城中亦算平静,惟现时四门尚未全开云。①

以上记载恰恰是在《青潮》月刊第二期出版之后的数月,可见诸城与外地的通信状况。实际上,姜贵因为封建包办婚姻问题,自17岁与家庭脱离关系,即便在省城与北平读书期间,也不再回故乡探家。因此,从家中获得《青潮》的可能性也是极小的。总之,姜贵对于《青潮》月刊与《白棺》的关系,竟一无所知。

剩下的问题便是《白棺》在中国大陆的长时间沉默,自1930年发表至今无人关注。什么原因造成这种沉寂呢?第一是海峡两岸文学交流不够畅通,学界对于"民国"时期原始报刊的文献研究相对薄弱,加之作者与作品的知情人王统照去世过早,造成《白棺》的长期掩埋。第二是姜贵原名王意坚、王林渡,常用笔名辛季子,而《白棺》发表时署名"王匠伯"与"伯匠",以至于新时期以来,有学者研究姜贵与《青潮》月刊,却无法破解这个笔名,作者的真实身份成为疑案。今日得以澄清,作品失而复得,实为幸事。

姜贵在台湾念念不忘的、自认为被遗失的《白棺》正是这部作品,他后期补写的《白棺》显然是一种情感的补偿,并使用倒叙的手法,强化了往事追忆的文学情味。两部作品故事框架大致不变,但人物身份、个性以及语言风格,大相径庭。佚文《白棺》当中的青春气息以及自嘲与反讽的格调,在后来的"补作"中遗失殆尽。为进一步确认这部小说,王瑞华博士(王氏家族中人)与姜贵家人联系,也得到了证实。

---

① 《之罘日报》1930年6月19日,原件现藏烟台档案馆。

编 后 记

　　青岛市市南区是青岛历史文化名城核心城区,文化底蕴深厚。历史上,众多文学大师在市南这片土地上留下了他们的足迹,用如椽之笔创作了一部部不朽之作,诞生于 20 世纪 20 年代末的《青潮》就是其中之一。

　　《青潮》是著名作家王统照主编的青岛历史上第一个文学期刊,引领了青岛现代文学的风气之先,在开创青岛城市文学、奠基青岛城市文化方面具有开拓性意义,它体现了当时青岛本土作家在文化创造上的巨大努力,标志着青岛本土作家群的正式崛起,具有重要的文学价值和文献档案价值。

　　由于各种原因,《青潮》月刊存世极少,青岛市市南区档案馆秉承"立足所在,不局所有,但施所为,力求所成"的编研理念,深入挖掘档案文化资源,克服了重重困难,通过多种渠道,搜集整理了《青潮》的有关资料,开展了组编和新版工作;其中王统照所著的《火城》因原始资料的缺失,未能全文刊出,王匠伯所著的《白棺》虽经多方努力,未能与作者家人取得联系,按《著作权法》的规定,目前暂不能刊出,其余的作品均全文刊发。此次新版,采取了原文影印的形式,使读者能够直观地感受到《青潮》的原貌;为方便读者阅读,在影印件的旁侧,配上横排简体字;在部分作品的开头,附上作者简介;配有王统照、杜宇、王卓、王玫、燕志俊、李同愈等作者和王统照故居、王统照与家人以及青岛书店的有关照片;在附录中收录了部分作者后人回忆性文章及有关学术论文。我们力图通过本书,使全社会进一步了解青岛市以及市南区的历史文化,更好地把握青岛文化发展的脉落,促进青岛市、市南区的文化发展和交流。

　　此次组编新版,青岛大学周海波教授倾注了极大的心血和精力,在内容编排、资料搜集、联系作者家人等方面进行了悉心的指导和帮助,并专门为本书作序;青岛市档案馆周兆利先生积极参与了本书的策划和资料的搜集等工作;杜宇的儿子杜大恺、杜小悌先生,王玫的儿子王坚先生,燕志俊(燕遇明)的儿子燕冲先生等大力支持本次新版,并专门撰写了回忆性的文章;山东大学威海分校周怡教授提供了诸多帮助和相关学术论文;青岛大学刘增人、中共青岛市委党史研究院任银睦、中共青岛市委宣传部王春元、青岛市社会科学院柳宾、山东大学威海分校王瑞华等专家以及于寅生、马召辉、张帆等先生也鼎力相助；北京大学刘群艺、中国海洋大学马树华、山东师范大学杨蕾等老师，南开大学景菲菲博士、日本筑波大学徐畅博士为本书的资料收集提供了重要帮助和线索；青岛市档案馆、中国海洋大学出版社、中共青岛市委党史研究院、中共青岛党史纪念馆、中共青岛市即墨区委党史研究中心等单位给予了积极配合，在此一并致以衷心的感谢！

需要说明的是，除了特别明显的错误我们做了改动外，其他有时代特色的一些词汇、标点符号、疑似错误等，均未改动，保持了原貌，有待相关学者深入研究。

由于时间仓促及资料来源、编者水平所限等原因，本书如有疏漏和不足之处，敬请读者不吝赐教，不到之处，谨致歉意。

本书编委会

2020 年 8 月